ULLSTEIN

DAS BUCH

Nach dem wenig erfolgreichen Winter 1854/55 soll nun im Frühjahr 1855 endlich der britische Plan ausgeführt werden, Sewastopol vom Nachschub abzuschneiden, der die Stadt am Leben hält. Phillip Horatio Hazard, Kommandant der *Huntress*, erhält den Befehl, eine Passage durch die Landenge ins Asowsche Meer zu finden, die gefährlichen Gewässer mit sich ständig verändernden Untiefen auszuloten und mit Bojen zu sichern, ohne sein Schiff dabei mehr als nötig zu gefährden. Hazard sieht sich dabei überraschend mit einer neuen russischen Waffe konfrontiert: hochexplosiven Unterwasserminen, die die Briten bisher nicht kannten und deren Entschärfung einige Verluste mit sich bringt. Hazard erledigt die schwierige Aufgabe mit Bravour, doch wird er dabei gefangengenommen. Er rechnet mit allen Problemen, die einem britischen Offizier in russischer Gefangenschaft zustoßen können, doch daß er am Ende vor ein britisches Kriegsgericht gestellt werden wird, damit rechnet er nicht.
Der sechste Band aus der marinehistorischen Serie um den tapferen Phillip Horatio Hazard.

DER AUTOR

V. A. Stuart veröffentlichte mehr als 60 Bücher und zahllose Zeitungsartikel. Stuart gilt als Koryphäe englischer Marinegeschichte mit besonderen Kenntnissen über den Krimkrieg.

In unserem Hause sind von V. A. Stuart bereits erschienen:

Tapfer bis zum Untergang (24473)
Dem Feind entgegen (24484)
Alle Mann zurück an Bord! (24612)
Anker auf – trotz Eis und Schnee! (24622)
Land voraus! (24725)

V. A. Stuart

Ein Hurra für die Flotte

Phillip Horatio Hazard in Sewastopol

Roman

Ullstein

Ullstein Buchverlage GmbH & Co. KG,
Berlin
Deutsche Erstausgabe

First Large Print published December 1993
by arrangement with Aidan Ellis Publishing,
Nuffield, Henley on Thames, Oxon
Titel der englischen Originalausgabe:
Victory at Sebastopol
Übersetzung: Dieter Bromund
Redaktion Monika Handschuch-Hammann
Karte: Erika Baßler
Umschlagkonzept: Hansbernd Lindemann
Titelabbildung Silvia Christoph

Gesetzt aus der Sabon roman
Satz: hanseatenSatz-bremen, Bremen
Druck und Bindearbeiten: Clausen & Bosse, Leck
Printed in Germany 2000
ISBN 3-548-24734-2

Gedruckt auf alterungsbeständigem
Papier mit chlorfrei gebleichtem
Zellstoff

Die vergessenen Kriegsschauplätze

In vielen britischen Geschichtsbüchern taucht, was wir den Krimkrieg nennen, unter der Bezeichnung »russischer Krieg« auf. Denn die Allianz aus Großbritannien, Frankreich, der Türkei und später Sardinien focht keineswegs nur auf der Krim gegen das russische Reich – auch wenn dort die spektakulärsten und entscheidenden Schlachten stattfanden. Von den Waffengängen der Türken gegen die Russen im Balkan lesen wir noch gelegentlich, da Siege und Niederlagen Spuren und Grenzen hinterlassen haben, die heute noch spürbar sind. Auch die Tschetschenen fochten auf türkischer Seite gegen den Zaren und machten die Kaukasusgrenze zu einer sehr unruhigen.

Am 18. Juni 1855 marschierte der russische General Muraviev mit 40 000 Infanteristen und 10 000 Reitern gegen Kars und schloß die Stadt ein, die ab Mitte Juli gänzlich von der Außenwelt abgeriegelt war. Die Garnison unter türkischen und britischen Offizieren kürzte die Rationen und hoffte auf Hilfe von außen.

Doch solange Sewastopol nicht gefallen war, durften türkische Truppen aus der Krim nicht abgezogen werden. Ehe sie Kars entsetzen konnten, griffen die Russen am 29. September um drei Uhr morgens die Stadt an – und wurden durch gewaltiges Artilleriefeuer zurückgeworfen. Auch der beispielhafte Einsatz russischer Offiziere verhinderte nicht die heillose Flucht der Soldaten.

Am nächsten Morgen um elf Uhr war der Angriff endgültig abgeschlagen, der Belagerungsring aber hielt weiter. Muraviev schloß ihn noch enger und schickte jeden Überläufer zurück. Hunger, Cholera und Erschöpfung forderten im beginnenden eiskalten Winter ihre Opfer.

Am 22. Oktober war zwar Selim Pascha mit 20 000 Türken in Trapezunt gelandet, doch sein Vormarsch gestaltete sich so langsam, daß General Williams Kars am 25. November den Russen übergeben mußte. Zar Alexander II., seit dem 18. Juni auf dem Thron, konnte seinen ersten militärischen Sieg feiern.

An der Nordwestgrenze des russischen Reiches führte Sir Charles Napier die baltische Flotte gegen St. Petersburg. Am 26. Juni 1853 ankerte sie vor Kronstadt. Die Zarenfamilie konnte sie von ihrem Sommersitz in Peterhof beobachten.

Doch statt die Hauptstadt entschlossen anzugreifen, ging Napier gegen den zivilen Schiffsverkehr der damals russischen Provinz Finnland vor, was zu lauten Protesten in der englischen, schwedischen und finnischen Presse führte. Unter Druck entschloß sich Napier dann, als erstes militärisches Ziel Bomarsund auf den Alandinseln anzugreifen. Am 16. August ergab sich die Festung – der erste Sieg der Alliierten in diesem Krieg.

Napier setzte seine Blockade in der Ostsee fort und band immerhin rund eine Viertelmillion russische Truppen vor St. Petersburg. Der öffentliche Druck auf ihn wuchs – Sveaburg und Kronstadt, die Festung vor der Hauptstadt, sollten genommen werden.

Flotteneinsätze in diesem Teil der Ostsee verhinderte der Winter. Im Frühling 1855 wurde der zögernde Napier durch Konteradmiral Sir Richard Dundas abgelöst, der die Blockade fortsetzen, vor allem aber Sveaborg und Kronstadt endlich angreifen sollte. Den Operationsplan entwickelte Kapitän Bartholomew Sulivan, Hydrograph der königlichen Marine. Er sah keine Notwendigkeit für kombinierte Aktionen und hielt Kronstadt für uneinnehmbar. Sein Schiff, die *Merlin*, war das erste Opfer einer russischen Seemine, die allerdings das Schiff nur wenig beschädigte. Nach langen Lotungen und Vorbereitungen begann am 9. August die Bombardierung von Sveaborg durch die britische Flotte. Die *Times* jubelte, der finnische Generalgouverneur Berg mußte dem Zaren zerknirscht britische Erfolge melden. In Helsinki befürchtete man eine Landung des Feindes.

Die britische Öffentlichkeit, zufrieden über diesen Erfolg, wandte ihr Interesse wieder der Krim zu.

Nach dem Fall Sewastopols beriet Österreich sich mit London und Paris und nannte St. Petersburg die Forderungen der Alliierten, die der Zar am 16. Januar 1856 annahm. Am 28. Februar begannen in Paris die offiziellen Friedensverhandlungen, ein Waffenstillstand wurde bis zum 31. März vereinbart, und am 27. April 1856 unterzeichnete man in Paris die Friedensakte. Der Krimkrieg war offiziell beendet, Ende Juli verließ der letzte alliierte Soldat die blutgetränkte Halbinsel.

Einer der britischen Fähnriche, der 1855 vor dem Redan gelegen hatte, erlebte noch den Ersten und den Beginn des Zweiten Weltkriegs mit: Oberst Rookes Compton.

Dieter Bromund

Der Sieg von Sewastopol

Tausende starben im harten Winter auf der Krim 1854/55, doch der belagerte russische Flottenstützpunkt hielt immer noch stand. Commander Phillip bekam den Befehl, ein Fahrwasser zu finden und zu betonnen, das es einem alliierten Geschwader ermöglichen sollte, sich den Weg ins Asowsche Meer zu erzwingen. Hazard wußte, daß er auf gefährliche Sandbänke stoßen würde, auf russische Artilleriestellungen und auf schwimmende Bomben, aber daß er auch vor ein Kriegsgericht gestellt werden würde, ahnte er nicht.

Für meine Tochter Valerie Stuart in Liebe

Vorwort des Verfassers

Mit Ausnahme der Offiziere und Mannschaften von HMS *Huntress* und von Oberst Gorak und seiner Tochter haben alle Gestalten in diesem Roman wirklich gelebt, und was sie taten, ist historisch belegt. Auch in den Charakterisierungen und Unterhaltungen – zum Beispiel mit den erfundenen Personen – wurde größter Wert darauf gelegt, daß sie den Überlieferungen entsprechen.

Ich danke Mr. Ian Scott aus Boston Spa, Yorkshire, der mich über die technischen Details der russischen Höllenmaschine und andere explosiven Geräte informierte.

Meine Hauptquellen waren:
A.C. Dewar (Hrsg.): *The Russian War*. 1855
E.H. Nolan: *War Against Russia*. 1857
Philip Warner: *The Crimean War*. 1972
George Lawson, Victor Bonham Carter (Hrsg.): *Surgeon in the Crimea*. 1968
Illustrated London News 1854-1855

Der Krimkrieg

Vorwort zu den wichtigsten Ereignissen zwischen September 1854 und Mai 1855:

Die Belagerung des russischen Flottenstützpunktes Sewastopol an der Schwarzmeerküste der Krim erfolgte nach der Landung des alliierten Expeditionsheeres der Engländer, Franzosen und Türken am alten Fort in der Bucht von Kalamita am 14. September 1854, mehr als dreißig Meilen nördlich der Stadt.

Unter dem Kommando von Lord Raglan, einem Veteranen von Waterloo, bestand die britische Streitmacht aus 26 000 Mann. Mit 60 Kanonen und ungefähr 2000 Pferden schifften sie sich in Warna an der bulgarischen Küste in 55 Segeltransportern ein, die von Dampfschiffen zur Krim gezogen wurden. Eskortiert wurden sie von Schiffen der Königlichen Marine, deren stellvertretender Befehlshaber, Konteradmiral Sir Edmund Lyons, für die schwierige Operation des Transports und des Ausbordens verantwortlich war.

Die Franzosen unter Marschall St. Arnaud setzten 28 000 Mann und 68 Kanonen an Land, und die Türken, die den gemeinsamen Feind an verschiedenen europäischen und asiatischen Fronten bekämpften, schickten ein kleineres Heer von 7000 Mann. Obwohl der Ausbruch von Cholera den Männern sehr zusetzte, besiegten die alliierten Armeen am 20. September eine auf den Anhöhen über dem Fluß Alma gut plazierte russische Armee mit 120 Kanonen. Die Briten erlitten dort 2000 Tote und Verwundete, die Franzosen 900.

Sewastopol mit seiner kleinen Garnison von Seeleuten lag für einen entschlossenen Angriff aus dem Norden offen. Nur das Sternfort mit 50 Kanonen hätte Widerstand leisten können. Lord Raglan war auf einen Angriff vorbereitet. Doch General Canrobert vertrat die Ansicht, daß die Stadt vom Norden her nicht einzunehmen sei. Er hatte am 23. September das französische Oberkommando übernommen und bestand darauf, daß die Verbündeten ins Inland vorstießen und in einem Halbkreis südöstlich vor die Stadt marschierten. Hier errichteten sie eine britische Basis in Balaklava und zwei französische in Kamiesch und in der Bucht von Kazatch.

Das Anlanden von Belagerungsgeräten, auf dem Canrobert stur beharrte, verschaffte den Russen die nötige Zeit, Sewastopol zur Verteidigung vorzubereiten. Auf Befehl des russischen Oberbefehlshabers auf der Krim, Prinz Menschikoff, ließ Admiral Korniloff sieben Linienschiffe quer über die Hafeneinfahrt versenken, und zwar zwischen den steinernen Forts Constantine und Alexander. Fort Constantine verfügte über 97 Kanonen in Kasematten, 30 über dem Meeresspiegel, Fort Alexander hatte 56 Kanonen, ähnlich verteilt. Außerdem gab es noch die Quarantänebatterie mit 50 Kanonen. So war den alliierten Geschwadern das Einlaufen in den Hafen vollständig unmöglich gemacht worden.

Hinter dieser Barriere lagen von Ost nach West ausgerichtet acht Linienschiffe. Drei dieser Segler waren so gekrängt worden, daß ihre Kanonen über das nördliche Land hinweg schießen konnten. Der Rest der russischen Flotte lag im Hafen vor Anker, und seine Kanonen deckten die Einfahrt.

Der russische Admiral war ein mutiger Mann, der schon bald nach Beginn der Belagerung fiel. Man sagte, ihm sei das Herz gebrochen wegen der schmählichen Verwendung seiner Schiffe. Doch es gab wenig Zweifel, daß Menschikoffs weitsichtige

Entscheidung, die Schiffe im Hafen zu versenken oder sie wenigstens nicht mehr zu verlagern, den Widerstand der Stadt beträchtlich unterstützte. Wenn er Admiral Korniloff erlaubt hätte, nach Marine- und Kriegsbrauch aus dem Hafen zu segeln und die feindlichen Flotten in einen Kampf zu verwickeln, wäre Sewastopol bereits in ein paar Wochen gefallen, wenn nicht schon nach ein paar Tagen, nämlich nach dem Flankenmarsch der Alliierten in den Südosten.

Weil es an Truppen fehlte, konnte die Stadt nicht gänzlich eingeschlossen werden, und während der Belagerung des ersten Jahres blieb die Poststraße nach Simpheropol im Norden immer offen. Menschikoff hatte dort sein Hauptquartier aufgeschlagen und konnte sowohl Verstärkungen und Nachschub in die Stadt schicken als auch draußen eine große und bewegliche Armee unterhalten – im Tal des Tchernaya Flusses. Sie bedrohte ständig die schwachen britischen Stellungen und den Hafen von Balaklava. Auch brauchten die Alliierten fast drei Wochen, nachdem sie ihr Belagerungsgerät in Balaklava und Kamiesch an Land gebracht hatten, bis sie ihre schweren Kanonen auf das Hochland von Kheronese gebracht und Lager und Depots auf der Hochebene eingerichtet hatten. Von dort konnte man auf Sewastopol blicken.

Während dieser unerwarteten Gnadenfrist von drei Wochen gelang es Oberst Franz Iwanowitsch Todleben, einem siebenunddreißigjährigen gebürtigen Preußen aus einer der russischen baltischen Provinzen, die Stadt in einen Zustand zu versetzen, der sie vor dem drohenden Angriff schützte. Er war ein genialer Militär und Ingenieur. Unter seiner Leitung schufteten die Einwohner Sewastopols – Männer, Frauen, ja sogar Kinder – Tag und Nacht, um die zerfallenden Befestigungsanlagen wiederherzustellen und ein System von Batterien und Gräben, über sechs Kilometer lang, zu errichten, in denen er seine Kanonen plazierte.

Im Norden schützte das wiederhergestellte Stern Fort die Straße nach Simpheropol, über die Prinz Menschikoff bis zum 9. Oktober annähernd 30 000 Mann als Verstärkung der Garnison in die Stadt geschickt hatte. In westöstlicher Richtung lagen in einem Halbkreis schwer bestückte Feldschanzen als landwärtige Verteidigung. Es waren der sogenannte Kleine Redan mit dem Malakoff- oder Weißen Turm, vor dem ein verteidigter Hügel lag, der Mamelon. Nach Westen hin schlossen sich an den beachtenswerten Redan gewaltige Erdschanzen bis zu den Kasernen. Am Kopf des Werftbaches waren die Ufer- und die Gartenbatterien mit der Zentralbastion verbunden. Der Halbkreis wurde abgeschlossen durch weitere Erdschanzen, die sich bis zur Quarantänebucht und den dortigen Batterien hinzogen. Alles in allem waren über 1200 Kanonen auf die alliierten Belagerer auf dem Hochland gerichtet, die mit herkulischer Kraft ihre 126 Kanonen sechs bis sieben Meilen von Balaklava und Kamiesch in drei Wochen auf das Hochland geschafft hatten.

Die königliche Marine schaffte Kanonen an Land, wovon die 32-Pfünder bis zu 42 Zentner und die 68-Pfünder-Lancaster bis 95 Zentner wogen, außerdem eine Marinebrigade von über 3000 Mann, Seeleute und Seesoldaten, die die Belagerungstruppen verstärken sollten. 29 der 73 britischen Belagerungskanonen waren von Seeleuten bemannt. Von den schweren Kanonen stammten 56 aus Schiffen.

Die erste alliierte Beschießung, die ein Vorspiel für den lang erwarteten Angriff der Landstreitkräfte auf Sewastopol bildete, begann am 17. Oktober um 6.30 Uhr morgens. Den beiden Flotten war befohlen worden, als Unterstützung die seewärtigen Verteidigungsanlagen unter Feuer zu nehmen. Das taten sie sehr tapfer und setzten ihre hölzernen Schiffe in der Hafeneinfahrt gegen die mauerbewehrten Forts ein – mit wenig Wirkung. Die Beschießung dauerte vom Mittag bis zur Abenddämmerung. Als sie schließlich abgezogen wurden, nachdem sehr viele Schiffe beschädigt oder in Brand geraten und mehr als 500 Mann gefallen oder verwundet waren, erfuhren sie, daß der Landangriff gar nicht stattgefunden hatte. General Canrobert hatte im letzten Augenblick seinen Truppen den Angriff nicht erlaubt.

Danach spielte die alliierte Flotte bei der Belagerung nur noch eine zweitrangige Rolle. Man blockierte die russischen Häfen, und Kriegsschiffe – vor allem die Dampffregatten – versorgten die Armeen mit Verstärkungen und Nachschub. Als Basis war der Hafen von Balaklava klein und unzureichend, aber die britische Armee auf dem Hochland war von einer Verbindung abhängen, und darum mußte der Hafen unter allen Umständen gehalten werden.

Die Besten der britischen Kavallerie – die berühmte Leichte Brigade – ging am 24. Oktober 1854 in dem verzweifelten Kampf unter, einen Durchbruch der Russen vom Tal der Tchernaya zu verhindern. Von insgesamt 675 Männern fielen 247 oder wurden verwundet, 475 Pferde wurden getötet.

Am 5. November fand die blutige Schlacht auf den Inkermann-Höhen statt. Sie wurde in dichtem Nebel gewonnen. Ganze 8000 britische Infanteristen – unter ihnen die Gardebrigade – sahen sich bei einem Angriff im Morgengrauen 60 000 Feinden gegenüber. Die Schlacht war schon zur Hälfte geschlagen, als endlich französische Hilfe eintraf: General Bosquets Division. Die Russen wurden endgültig vertrieben und ließen etwa 15 000 Tote und Verwundete zurück.

Mit Beginn des gefürchteten Krim-Winters begannen die horrenden Verluste der verbündeten Armeen durch Krankheiten. Die Männer fanden nur in leichten Zelten Schutz. Von insgesamt 19 600 britischen Toten, Seeleuten und Heeresangehörigen, gingen 15 700 auf das Konto von Krankheiten. Auch die Flotten erlitten schwere Einbußen, als am 14. November ein Orkan über die Küste der Krim fegte. Es gab dort nur wenig oder gar keinen Schutz. So kenterten viele Schiffe oder wurden an Land getrieben und zu Wracks zerschlagen.

Vor dem überfüllten Hafen von Balaklava waren die Verluste an Transportern und Versorgungsschiffen besonders hoch. Das

Dampfschiff *Prince*, das den Truppen auf dem Hochland schützende Winterkleidung gebracht hatte, ging mit Mann und Maus und der gesamten Fracht unter. Der französische Dreidecker *Henry Quatre*, ein Dampfschraubenschiff, das erst vor fünf Jahren vom Stapel gelaufen war, wurde in Eupatoria an Land getrieben und in Stücke geschlagen. Es wurde deshalb beschlossen, die Linienschiffe, die reine Segler waren, nach England zurückzuschicken und sie soweit wie möglich durch Dampfschiffe zu ersetzen.

Noch immer hielt Sewastopol stand, obwohl im Durchschnitt pro Tag 150 Mann durch alliiertes Feuer getötet oder verwundet wurden. Nachschub und Verstärkungen flossen über die Straße nach Simpheropol in die Stadt. Diese Straße lag außerhalb der Reichweite alliierter Kanonen. Dank der riesigen russischen menschlichen Reserven konnten russische Verluste leichter ausgeglichen werden als französische oder britische. Deren Verstärkung konnte nur über See kommen. Außerdem erreichten Korn und andere wichtige Lebensmittel die Stadt aus Depots an den östlichen Ufern des Asowschen Meeres in beträchtlichen Mengen auch im Winter. Dazu benutzte man eine zweite Straße, die das Meer von Putrid mit einer Brücke überspannte und auf die Poststraße im Norden stieß.

Von den Belagerungstruppen konnte niemand abgezogen werden, um diese Verbindung abzuschneiden. Im Winter verhinderte auch das Eis Marineoperationen in der Gegend. Doch als der Frühling näher kam, setzte sich Konteradmiral Lyons, der als britischer Marinebefehlshaber Vizeadmiral Deans Dundas abgelöst hatte, endlich mit einem Plan durch, den er und sein Vorgänger schon lange befürwortet hatten. Der Admiral war überzeugt, daß man Sewastopol nur zur Aufgabe zwingen könnte, indem man die Stadt vom Nachschub abschnitt. Also kämpfte der Admiral dafür, daß eine kleine Flottille flachgehender Dampffregatten und Kanonenboote zu ebendiesem Zweck ins Asowsche Meer geschickt wurde. Um hineinzukommen, müßten die befestigten Städte Kertsch und Yenikale erobert und besetzt werden, die mit ihren Batterien die schmale Straße von Kertsch schützten. So bat der Admiral um eine verhältnismäßig kleine Truppe, die er zehn bis vierzehn Tage lang einsetzen wollte.

Aus ganzem Herzen unterstützte Lord Raglan die vorgesehene Expedition, um die Belagerungszeit zu verkürzen. Das tat auch Lyons Kollege, der französische Admiral Bruat. Die britische Armee konnte jedoch nur 2500 Mann abstellen, zu sehr hatte sie der Winter geschwächt. Außerdem hatten sie die Aufgabe, den langen, leicht verwundbaren Bogen zu halten. Wie so häufig in diesem Krieg lag also die endgültige Entscheidung wieder beim französischen Oberkommandierenden, dessen Armee erst kürzlich durch 25 000 Neuankömmlinge verstärkt worden war.

Zögernd stimmte Canrobert zu, 7000 Mann zur Verfügung zu stellen. Doch da trafen telegraphisch Instruktionen vom französischen Kaiser ein und rief alle französischen Schiffe und Truppen zurück, die gerade vor Kertsch eingetroffen waren. Die Briten waren allein nicht in der Lage, gegen geschätzte 10 000 Russen anzutreten. Sie waren also gezwungen, den ursprünglichen Angriff auf Kertsch und das Eindringen ins Asowsche Meer abzublasen. Am 6. Mai kehrten sie nach Sewastopol zurück. Canrobert legte allerdings anschließend das französische Oberkommando nieder, da ihm bewußt war, wie unhaltbar seine Stellung geworden war, indem er wieder sein Wort gebrochen hatte.

Am 19. Mai 1855 folgte ihm General Pélissier als Oberbefehlshaber. Drei Tage nach der Übernahme seines neuen Kommandos war die zweite Expedition nach Kertsch unterwegs – diesmal mit der vollen Unterstützung des neuen französischen Oberkommandierenden.

Über alle diese Ereignisse ist in den bisherigen Büchern der Hazard -Serie berichtet worden.

1

Phillip Horatio Hazard, Kommandant Ihrer Majestät Schiff *Huntress*, einer Dampfschraubenkriegsschaluppe mit 14 Kanonen, stieg in die Webleinen des Großmastes, setzte, als er 20 bis 30 Fuß über dem Deck war, das Fernglas an die Augen und suchte neugierig den Dunst um sich herum ab.

Er wußte, daß weniger als eine Viertelmeile Backbord achteraus Land lag. Doch selbst von diesem hervorragenden Beobachtungspunkt aus konnte er wenig oder gar nichts ausmachen. Auch der Fähnrich, den er zur Verstärkung des Ausgucks in den Mastkorb geschickt hatte, hatte bisher das Weiße Kap noch nicht erkennen können, das im äußersten Süden der Bucht von Kertsch lag, ebensowenig das beeindruckende Fort Pavlovska, das die Bucht schützte.

Genau voraus lag die Einfahrt zur Straße von Yenikale in einer Schicht niedrig liegenden Nebels, den die blasse Nachmittagssonne kaum durchdringen konnte. Er wußte, daß die Sicht bei Sonnenuntergang noch schlechter wurde. Doch heute begrüßte Phillip den Nebel, weil er versprach, ihm seine Aufgabe zu erleichtern oder jedenfalls weniger gefährlich zu machen.

Er setzte sein Glas ab und sah auf die Markierungstonnen, die achtern auf dem Oberdeck von der Wache unter Führung von Mr. Burnaby, dem Master, vorbereitet wurden. Seine Augenbrauen trafen sich, als er nachdenklich zählte. Er wußte, daß die Russen ein tiefes Fahrwasser vor der Cheska Bank im

Osten ausgetonnt hatten, doch sie hatten gleichzeitig ausgedehnte Erdwälle auf den sieben Meilen Sumpfgelände angelegt, hinter denen sie ihre 36-Pfünder plaziert hatten, die das Fahrwasser schützten. Diese Kanonen, deren Feuerbereich sich mit den schwimmenden Batterien und den Landbatterien in der Festung von Yenikale kreuzte, konnten das tiefe Wasser für alle sperren und nur die eigenen Schiffe durchlassen. Aus diesem Grunde hatte Phillip den Befehl erhalten, im Westen des schmalen Wassers ein anderes Fahrwasser zu finden und es mit Tonnen zu markieren, damit das Marinegeschwader innerhalb der nächsten 48 Stunden ins Asowsche Meer einlaufen konnte.

Sein unmittelbarer Vorgesetzter, Kapitän Moore von HMS *Highflyer*, hatte vor einigen Wochen eine vorläufige Erkundung in der kleinen *Viper* (mit nur sechs Kanonen) unternommen und ihn gewarnt. An einigen Stellen hatte das Wasser noch nicht mal eine Tiefe von drei Faden, und es gab zahlreiche wandernde Sände.

Als Phillip jetzt nach unten kletterte, begann er zu seufzen. Moore hatte das Gebiet mit der Absicht erkundet, den vorgesehenen Landeplatz vor Kamiesch-Borum zu untersuchen, wo die Truppen zum Angriff auf Kertsch an Land gesetzt werden sollten. Unter dem Vorwand, einen eroberten Transporter zurückzugeben, der dem russischen Kommandeur Baron Wrangel gehörte, hatte die *Viper* sich in hellem Tageslicht genähert, nachdem sie ihre Absicht signalisiert hatte. Phillips Befehle aber lauteten, unter dem Schutz der Dunkelheit in die Straße einzulaufen und sich Yenikale so weit wie irgend möglich zu nähern, ohne dem Feind diese Absicht zu verraten. Und das bedeutete, daß er seine Maschinen nicht benutzen durfte.

Doch er hatte sich entschlossen, für den Notfall mit herabgelassener Schraube unter Dampf zu bleiben. Wenn er östlich in Richtung Yujnaia segelte, könnte er das Fort Pavlovska weit entfernt liegen lassen und vielleicht auch ungesehen an Akborun vorbeikommen. Sollten jedoch die Batterien von Ferrikale im Norden der Bucht das Feuer auf ihn eröffnen, würde er mit Höchstgeschwindigkeit ablaufen müssen, denn die Passage, die er suchte, lag innerhalb der Reichweite der meisten ihrer 40 Kanonen. Die *Huntress* hätte zu ihrer Verteidigung nichts aufzubieten außer ihrer Geschwindigkeit und ihrer Manövrierfähigkeit unter Segeln und ihren zwei drehbaren Lancaster-Kanonen, die auf dem Oberdeck montiert waren. Sie hatte nur geringen Tiefgang. Wie eine große Zahl anderer Schiffe in der britischen Schwarzmeerflotte war die *Huntress* speziell für das flache Asowsche Inlandmeer gezeichnet und gebaut worden. Selbst bei knapp zwei Faden Wasser bestand für sie keine Gefahr, auf Grund zu laufen.

Doch es gab andere Gefahren, an die Phillip denken mußte. Die Untersuchungen von Kapitän Moore waren notwendigerweise durch die Vorschriften eines Waffenstillstands begrenzt worden. Es konnte durchaus Sandbänke geben, die seine Lotungen nicht entdeckt hatten. Würde die *Huntress* mit vollem Tempo auf eine von ihnen laufen, würde sie hoch und trocken wie ein gestrandeter Wal liegenbleiben – den Batterien an Land auf Gnade oder Ungnade ausgeliefert. Es war also entscheidend, sich leise zu nähern, damit die Kanoniere im Fort sie nicht entdeckten und das Feuer auf sie eröffneten. Oder jedenfalls nicht, ehe nicht die Tonnen gelegt waren und die *Huntress* bereit war, in die neblige Dunkelheit zu verschwinden. Wenn er erstmal außer Reichweite war. Irgend etwas erregte Phillips Aufmerksamkeit, und mit einem Überraschungsruf hob er das Glas wieder an die Augen. Doch das brachte ihm wenig, und so setzte er es wieder ab.

»An Ausguck!« rief er scharf durch die Sprechmuschel seiner Hände am Mund. »Sehen Sie etwas? Brecher an Luv voraus?«

»Nein, Sir«, kam schnell die Antwort durch eine schrille Jungenstimme. Und nach einer Pause kam es noch einmal: »Nein, Sir!«

Dann muß ich mir die Brecher wohl eingebildet haben, sagte

sich Phillip. Fähnrich O'Hara war ein scharfäugiger, wacher junger Mann und führte die Gig des Kommandanten. Trotz seiner Jugend war er in diesem Krieg ein erprobter und verläßlicher Veteran geworden, der Verantwortung übernahm und Männer, die doppelt so alt waren, mit einer Sicherheit kommandierte, die aus beruflicher Kompetenz stammte. Er ließ nie in seiner Wachsamkeit nach, keinen Augenblick lang. Wenn von der Mastspitze aus Brecher zu sehen wären, hätte er sie gemeldet. Phillip schob sein Glas zusammen und begann, in langsamen, gemessenen Schritten auf dem Achterdeck auf- und abzuschreiten, um seine angespannten Nerven zu beruhigen.

Das Schiff trug alle Segel, die man setzen konnte, doch in dieser leichten, wenn auch südlichen Brise konnte man nur knapp Kurs halten, und Phillip wünschte sich wieder den Einsatz seiner Maschinen. In einer Situation wie dieser waren die Maschinen überaus wertvoll. Wenn der Wind weiter abnimmt, dachte er bedrückt, werde ich Boot zu Wasser lassen müssen. Nur so konnte er das Legen der Tonnen abschließen und mit erstem Tageslicht zum Flottentreffpunkt vor Kamiesch zurückkehren. Die ersten Lotungen müßte man wahrscheinlich sowieso vom Boot aus machen. Unerwartet hob der Nebel sich. In der kurzen Unterbrechung der feuchten graugelben Dampfwolken sah er ein felsiges Vorland an Backbord voraus aus der See aufsteigen.

Auch Fähnrich O'Hara hatte es gesehen und meldete es mit lobenswerter Schnelligkeit und Genauigkeit: »Es sieht wie das Weiße Kap aus«, fügte er eifrig hinzu.

Ohne Zweifel war es das Weiße Kap. Phillip erkannte den rechteckigen Umriß des Forts und die weißen Sandsteinklippen, die dem Kap den Namen gaben. Dann schloß der Nebel sich wieder und verhüllte Land und Bauwerke. Das Schiff lag genau auf dem Kurs, den er mit Kapitän Moore ausgerechnet hatte, und am Ufer gab es keine Lebenszeichen.

Phillip spürte, wie er sich etwas entspannte. Seine Stimme

klang ruhig und gelassen, als er den Mannschaften an den Lancaster-Kanonen eine kurze Pause erlaubte. Die unmittelbare Gefahr war vorbei, das erste Hindernis genommen, und wenn sie das Kap passiert hatten, konnte man halsen und das Schiff über die offene Bucht von Kertsch führen, mit einem Mann am Lot, während sie sich wieder der Küste näherten. Phillip nahm seinen Marsch wieder auf und sah dabei die Karten, die er sorgfältig studiert und auswendig gelernt hatte. Dann korrigierte er vor seinem geistigen Auge mit einem Blick auf den Kompaß leicht den Kurs.

Es gab keinen Anlaß, beim Queren der Bucht mit Gefahren zu rechnen. Die *Huntress* würde es dort mit jedem anderen feindlichen Schiff aufnehmen können, und er hatte vor, das Fort von Akborun am südlichen Ende der Bucht so weit entfernt liegenzulassen wie eben Fort Pavlovska. Die Batterie von Ferrikale war weniger leicht zu vermeiden. Der Nebel war ein Geschenk mit Fehlern, denn im Dunst konnte man keine Landmarken anpeilen oder Entfernungen auch nur annähernd genau abschätzen. Der unbedeutende Wind drehte nun auch noch zurück. Um ja keine Höhe zu verlieren, ließ Phillip den wachhabenden Offizier die Rahen trimmen und trat mit gerunzelter Stirn an die Finknetze in Luv.

In 15 Minuten würde er halsen, entschied er, und er würde versuchen, sich Ferrikale von der Seite der Bucht zu nähern, an der Kertsch lag. Ungesehen an den Batterien vorbeizukommen, erforderte ein verdammt genaues Abschätzen und mehr Glück, als er eigentlich erwarten könnte, selbst im Nebel. Er hätte eine Chance, wenn er die Kanoniere so täuschen könnte, daß sie die *Huntress* im Fahrwasser aus Richtung Kertsch für eins ihrer eigenen kleinen Kriegsschiffe hielten. Doch er würde für diese Täuschung mehr als Glück brauchen, weil ihm die Erkennungssignale nicht bekannt waren. Doch er konnte es jedenfalls versuchen.

Langsam verrannen die Minuten. Eine Linie leicht unruhigen

Wassers, die er beobachtet hatte, verschwand nach Lee, und er atmete erleichtert auf.

»Halsen Sie bitte, Mr. Cochrane«, sagte er knapp und gab dann die Anweisungen für die nötige Kursänderung.

»Aye, aye, Sir!« antwortete der rothaarige wachhabende Offizier knapp, der mit ihm auf der *Trojan* gewesen war, und wiederholte dann den Befehl mit seinem Sprechrohr. »Klar zum Halsen, Bootsmannsmaat!«

Die Pfeife schrillte, nackte Füße stampften an Deck, die Wache nahm ihre Station für die Halse ein, und der Rudergänger legte Ruder, so wie Cochrane es ihm befohlen hatte.

»Ruder in Lee!«

Der Besanbaum stand mittschiffs, zwang das Heck nach Lee, und als die Vorschoten losgeworfen wurden, begann das Segel zu zittern und verlor Wind.

»Fier auf Schoten. Hol Großhals rund achtern! Ran, ihr Männer!«

Als die Großrahen herumgebraßt waren, wurden die Vorsegel auf die andere Seite geholt und dicht gesetzt. »Großbrassen!« befahl Cochrane, als das Großsegel sich langsam füllte. »Dichtsetzen.«

Dem Bootsmannsmaat der Wache wurden die Befehle wiederholt. Man folgte ihnen schnell und sicher. Dann blickte er nach oben in die Leinwand, um die Nebel waberte, und ließ die Segel dem leichten Wind entsprechend nachsetzen.

Phillip sah zu und war stolz auf das Schiff und die Männer auf ihn. Die meisten waren noch vor einem Jahr Zivilisten gewesen, die der frühere Erste Offizier Ambrose Quinn verächtlich als Ladenschwengel und Stoppelhopser bezeichnet hatte. Sie haben sich gut entwickelt, dachte Phillip. Man konnte die Fischer und die Küstenwächter jetzt schon nicht mehr von den Quinnschen Stoppelhopsern unterscheiden.

»Stützruder, Rudergänger!« befahl Leutnant Cochrane. »Großbrassen dicht, schneller, Männer!«

»Markierungstonnen sind klar, Sir. Soll ich Mr. Cochrane an Deck ablösen?«

Der ältliche Master trat neben ihn, und Phillip drehte sich um, lächelte ihn freundlich an und nickte als Antwort.

Es war gut, daß der alte Burnaby wieder für die Navigation zuständig war. Sie hatten zusammen auf der *Trojan* gedient, und Phillip hatte alle seine Überredungskünste einsetzen müssen und Burnaby die seinen, damit er auf die *Huntress* übersteigen konnte. Kapitän Crawford hatte verständlicherweise gezögert, sich von ihm zu trennen, weil Männer mit seinem Können und seiner Erfahrung schwer zu finden waren. Doch schließlich hatten Burnabys ständig wiederholte Wünsche das scheinbar Unmögliche geschafft. Phillip mußte sich zwar von seinem Dritten Offizier trennen, um den Master übernehmen zu können, doch er war mit dem Tausch sehr zufrieden. Burnaby war in dieser jungen und vergleichsweise unerfahrenen Mannschaft sein Gewicht in Gold wert.

»Lassen Sie bitte Mr. O'Hara im Mast als Ausguck ablösen, Mr. Burnaby. Wenn wir die Bucht überquert haben, sollten wir vielleicht jeden Ausguck alle halbe Stunde ablösen – dieser verdammte Nebel läßt die Augen schnell ermüden.«

»Eine kluge Maßnahme, Sir«, stimmte der Master zu. Er sah mit besorgten Blicken in die nassen Wolken, die um sie herum wirbelten, und schüttelte sein graues Haupt. »Das wird dicker. Ich nehme an, der Nebel wird sich erst weit in der Nacht auflösen.«

»Das würde uns sehr unterstützen.« Phillip zuckte mit den Schultern. »Aber Hauptsache, der Nebel verzögert das Zusammentreffen mit der Flotte morgen nicht.«

Sie sprachen noch über den Kurs, der anlag. Dann wechselte die Wache, und Burnaby übernahm das Deck. Als Phillip sich umdrehte, fand er seinen Bruder Graham, jetzt sein Erster Offizier, neben sich.

Der meldete sich formell und korrekt. Mit seinem wiedererlangten Patent war Graham ein anderer Mensch geworden. Die Beziehung der Brüder hatte sich verändert, sie war jetzt glücklicher, obwohl Phillip als Kommandant die Verantwortung trug, anders als in ihrer Jugendzeit. Graham war sieben Jahre älter. Die verlorene Zeit, während er sich in der Welt herumtrieb – gelegentlich als Offizier, meistens aber als einfacher Matrose –, hatte ihre Spuren hinterlassen. Doch jetzt war er ein zuverlässiger und sehr fähiger Erster Offizier, unter dessen strenger, doch immer gerechter Führung sich die Mannschaft so gut entwickelt hatte, wie Phillip es seit den Tagen von Leutnant Quinn, der damals sein Stellvertreter gewesen war, nicht mehr zu hoffen gewagt hatte.

»Du gehst jetzt nach unten, Phillip?« wollte Graham wissen, als sie auf dem Achterdeck nach Luv gingen. »Du wartest also nicht bis zur Dunkelheit?«

»Warum?« Phillip deutete auf den undurchsichtigen Nebel, der sich um sie schloß. »Burnaby glaubt nicht, daß der sich lange vor dem Morgen heben wird. Meistens hat er ja recht. Vor allem fehlt Wind, der ihn verweht!«

»Oder der uns in die Straße treibt«, bemerkte sein Bruder. »Du hast doch noch vor, unter Segeln einzulaufen?«

»Das wird teuflisch langsam gehen«, gab Phillip zu. »Aber ich wage es nicht, die Schraube zu benutzen, es sei denn, ich muß. Das würde der Fall sein, wenn die Batterien das Feuer auf uns eröffnen und wir uns besser schnell verziehen!«

»Dann hoffen wir mal, daß die Kanoniere auf Wache nicht allzu aufmerksam sind. Und daß der Nebel sie mehr als uns behindert!«

»Weißt Gott, ja«, wiederholte Phillip. Er packte seinen Bruder am Arm. »Laß uns eine Promenade unternehmen. Wie immer könnte ich auch jetzt deinen Rat gut gebrauchen.«

Sie schritten auf Deck auf und ab und versuchten, sich jede unerwartete Komplikation vorzustellen. Bei einigen weniger angenehmen Varianten war Phillip tief besorgt über sein Schiff.

Und so sagte er ernst: »Ich gebe zu, ich werde heilfroh sein, wenn das hier vorbei ist. Das Fort in Yenikale hat an die 40 Kanonen, meint Moore, etwa die Hälfte von schwerem Kaliber. Mein Alptraum ist, daß wir irgendwo auf eine Bank rennen, von der wir nichts wissen, und zwar genau unter den Mündungen der Kanonen. Unsere Karten sind alles andere als verläßlich, wie du weißt. Aber andere haben wir nicht, also müssen wir das Beste aus der Situation machen.«

Graham verstand seine Gefühle und sagte verständnisvoll: »Du wolltest einen guten Mann am Lot haben, Phillip. Ich habe Jackson dazu eingeteilt.«

»Eine gute Entscheidung«, lobte ihn Phillip. Er setzte das Glas an und setzte es sofort mit einem bedauernden Lächeln wieder ab. »Langsam bilde ich mir bei Gott Sachen ein. Doch ich könnte schwören, Graham ...« Er drückte seinem Bruder das Glas in die Hand. »Siehst du da Ankerlichter? Da, genau voraus. Oh, verdammter Nebel!«

Gehorsam blickte Graham nach vorn, setzte das Glas ab, wischte die Nässe von der Linse, hob es dann wieder ans Auge und blickte in die Richtung, die ihm Phillip gewiesen hatte. »Nein, ich sehe nichts. Augenblick, doch, du hast recht, da ist was. Und bestimmt nicht an Land. Lieber Gott, Phillip, das ist ein Schiff. Es liegt vor Anker. Verdammter Nebel, ich sehe nichts mehr. Ich werde aufentern, und dann melde ich, was ich sehe.«

»Nein, Augenblick mal. Der junge O'Hara ist gerade wieder an Deck.« Eilig näherte sich der junge Fähnrich und nahm vor seinem Kommandanten Haltung an. Seine Öljacke glänzte vor Nässe. Während seiner Wache oben war es kalt und naß gewesen, und jetzt klapperte er mit den Zähnen. »Sir?«

Phillip deutete auf das zitternde Licht, das jetzt an Steuerbord deutlich sichtbar war. Der Junge wurde rot vor Verlegenheit. »Tut mir leid, Sir, aber von oben habe ich nichts gesehen, nicht mal, als Sie mich anriefen, Sir. Soll ich noch mal rauf?«

Phillip schüttelte den Kopf. »Nein, junger Mann, ab nach unten und in trockene Kleider. Das ist nicht Ihr Fehler. So wie der Nebel dreht, kann man aus dem Mast sicher nichts ausmachen. Also, ab nach unten. Ich wollte nur sicher gehen, daß Sie nichts gesehen haben. Wer hat Sie jetzt im Ausguck abgelöst?«

»Williams, Sir!«

Ein verläßlicher Mann. Und auch der hatte nichts gemeldet. Phillip schaute zu Graham hinüber, als Fähnrich O'Hara, seinem Nicken folgend, die Hand an die Mütze legte und verschwand, um sich in trockene Kleider zu werfen. »Wahrscheinlich nur ein Kanonenboot, oder?« fragte er. »Vier oder fünf liegen immer vor Yenikale, hat Kapitän Moore gemeldet. Dampfer, brigg-getakelt, mit langen 32-Pfündern bewaffnet. Und ...« In seinem Kopf entstand gerade eine tolle Idee und nachdenklich sagte er: »Sie hat uns wahrscheinlich noch nicht gesehen ... wir führen ja keine Lichter. Wenn sie uns entdeckt hätte, würde sie im Schutz der Batterien ankern, oder was meinst du?«

»Ja, ich denke schon.« Graham sah ihn forschend an und fragte sich, warum das ankernde Schiff ihn so beschäftigte. »Was denkst du gerade, Phillip? Du hast doch wohl nicht vor, sie zu nehmen?« Aus seinem Tonfall war zu schließen, daß er die Frage nicht ernst meinte.

Phillip zögerte und blickte mit schmalen Augen in den Nebel. »Nun ja.«

Wieder wurden die Lichter kurz sichtbar, und diesmal konnte man einen schnellen Blick auf das russische Schiff werfen.

Der reichte Phillip, und entschlossen sagte er: »Ja, verdammt noch mal, warum nicht? Das kann doch so schwer nicht sein!«

»Die läuft unter den Schutz der Batterien, wenn sie uns erstmal entdeckt hat«, hielt sein Bruder dagegen. »Und das ist dann unser Ende in diesem Fahrwasser. Und außerdem ...«

Sein Bruder schnitt ihm das Wort ab. »Sie kann uns jetzt nicht sehen. Wenn wir auf diesem Bug bleiben und dann wenden und zwischen ihr und Akborun durchlaufen, könnten wir ein paar Boote zu Wasser bringen und sie ohne Probleme erobern. Aber das muß leise geschehen – ich werde Burnaby informieren.«

Mit langen ungeduldigen Schritten ging er zum Master hinüber und bat ihn, keine lauten Befehle zu geben. Pflichtgemäß gab Burnaby den Wunsch weiter, und Phillip erklärte dem erstaunt Dreinblickenden knapp, worum es ging. Als er die ungefähre Position des feindlichen Dampfers angab, blitzte es in den hellblauen Augen des Masters, aber er gab keinen Kommentar ab.

Doch Graham schien seine Sorge zu teilen. »Ich stelle deine Entscheidung nicht in Frage, Phillip«, sagte er mit leiser Stimme. »Aber ich würde gern wissen, warum du die Brigg erobern willst? Hast du Sorge, daß sie die Batterien alarmiert?«

»Nein, nein«, versicherte Phillip ihm. »Wenn sie uns bisher nicht entdeckt hat, und das hat sie bestimmt nicht, droht keine Gefahr!«

»Warum sollen wir also unsere Zeit verschwenden?«

»Wir könnten sie benutzen, um den Kanal auszukundschaften, ohne unser eigenes Schiff zu gefährden, verstehst du!«

»Also eine Prisenbesatzung an Bord bringen?« Graham schien jetzt viel weniger Zweifel als eben zu haben, und Phillip erlaubte sich ein kurzes Lächeln.

»Ja, genau das meine ich«, antwortete er. »Jackson lotet die Tiefe, und eine Gruppe legt die Tonnen – ein Dutzend Leute reicht. Die Kanoniere an Land werden auf die Brigg nicht feuern. Wenn sie sie entdecken, müssen sie sie ja für ein russisches Schiff halten. Sie haben sie hier in der Straße hundertmal gesehen, und sie werden glauben, sie geht ihren Aufgaben nach wie immer. Und was die Zeitverschwendung angeht ... Wir könnten ihre Maschinen benutzen, und das würde uns viel Zeit und Kraft sparen.«

Dieser Gedanke nahm langsam Form an. Phillip sah noch andere Vorteile und ließ sich über sie aus, Punkt für Punkt. Natürlich gab es dabei ein Risiko, aber nur für ihn und die Entermannschaft, nicht für die *Huntress*. Die würde sich außerhalb der Reichweite der Batterien aufhalten und bräuchte, wenn alles gutging, nicht einmal in den Kanal einzulaufen.

»Selbst wenn ich die Brigg auf eine Sandbank setze«, fügte Phillip hinzu, »passiert nichts Ernstes. Du wirst mit der *Huntress* in der Nähe bleiben, um uns aufzunehmen, Graham, falls nötig.«

Stirnrunzelnd und schweigend sah sein Bruder ihn an, doch dann unterstützte ihn Burnaby unerwartet. »Der Kapitän hat recht, Mr. Hazard«, sagte er voller Überzeugung, »wenn Sie mir erlauben, mich einzumischen. Die Chance, daß die Batterien an Land auf die Brigg feuern, ist viel geringer als Schüsse auf uns ... und wenn man für die Aufgabe Maschinen einsetzen kann, würden wir nur die Hälfte der Zeit brauchen, wie ich Ihnen nicht näher erläutern muß.«

»Das bezweifle ich auch nicht«, antwortete Graham. »Die Idee ist höchst raffiniert, und ich glaube auch, daß es klappt ...« Er unterbrach sich, vermied aber Phillips Blick. »Die ganze Sache hat nur einen Haken.«

»Und welchen?« fragte Phillip, als der Master sich taktvoll außer Hörweite begab. »Was ist daran falsch?« Seine Stimme klang etwas schärfer als sonst. Obwohl Graham ihm unterstellt war, war er immer noch der ältere Bruder. Er unterdrückte also seine Ungeduld und bat ihn leise: »Raus mit der Sprache. Ich höre!«

Graham entspannte sich. »Du hörst immer auf mich, Phillip. Dafür bin ich dankbar. Aber du bist der Kommandant dieses Schiffs, und ich bin dein Erster Offizier, also ...«

»Was hat das damit zu tun, um Himmels willen?«

»Viel, mein Lieber. Es ist die Pflicht des Ersten Offiziers, seinem Kommandanten Arbeit abzunehmen bei solch kleineren Aufgaben wie diesen mit einem Enterkommando. Aber es scheint, wenn ich dich eben richtig verstanden habe, daß du das

Enterkommando führen willst und die Brigg auch, nachdem sie erobert ist.« Graham lächelte zwar, aber sein Ton war tadelnd. »Ich habe doch recht?«

»Ja«, gab Phillip zu, »allerdings.« Er starrte in den Nebel und spürte so etwas wie Ablehnung. Eigentlich müßte Burnaby jetzt wenden, sagte ihm eine innere Stimme, und dann sah er, wie die Wache still auf Station ging. »Soll ich dir meine Gründe erläutern?« wollte er wissen und sah seinen Bruder wieder an.

Grahams Lächeln verschwand. »Das mußt du natürlich nicht, obwohl ich sie schon gern kennen würde. Aber ich bin nicht Quinn, wie du weißt, ich werde deine Befehle buchstabengetreu ausführen.«

»Du lieber Gott, da weiß ich doch, Graham. Doch ich habe die Verantwortung für die Lotung und Markierung des Fahrwassers. Die kann ich dir nicht übertragen, weder auf diesem noch auf dem anderen eroberten Schiff. Und was die Brigg angeht ...« Phillip seufzte, und verärgert mußte er einsehen, daß sein Bruder recht hatte, was die Eroberung der Brigg betraf. Die Tradition der Marine verlangte, daß solch Operationen von einem erfahrenen Leutnant ausgeführt wurden, daran hatte Graham ihn erinnert. Aber wenn der Plan schiefging oder wenn die russische Mannschaft unerwartet starken Widerstand aufbot, dann wäre auch das seine Verantwortung, seine ganz persönliche. Es ging Phillip auch irgendwie gegen den Strich, zwei Boote mit seinen eigenen Männern in eine Gefahr zu schicken, an der er selber nicht beteiligt war. Und außerdem ...

»Ich verstehe«, warf Graham ein, ehe er ihm seine Gedanken mitteilen konnte. »Aber laß mich wenigstens das Enterkommando führen. Ich glaube nicht, daß die Sache sonderlich gefährlich wird oder daß die Mannschaft auf der Brigg großen Widerstand leisten wird, vor allem dann nicht, wenn wir sie überraschend angreifen. Aber wie auch immer, Phillip, ich muß auf mich nehmen, was immer an Risiko da sein mag, nicht wahr? Willst du, daß ich meine Pflicht nicht tue?«

»Nein, natürlich nicht. Aber wenn's der Teufel will, ist die Brigg bis an die Zähne bewaffnet, Graham, das weißt du. Die nehmen dich mit ihren Kanonen unter Feuer und blasen euch weg, ehe ihr auch nur die leiseste Chance habt, an Bord zu kommen ...«

»In dem Fall, mein lieber Phillip, wird die *Huntress* dann leider ihren Ersten Offizier verlieren«, entgegnete Graham lächelnd. »Aber ihren Kommandanten hat sie dann immer noch, und der wird die Brigg sofort aus dem Wasser pusten und seinen Befehl ausführen, den Kanal auszuloten und Tonnen zu legen. Das ist's, nicht wahr?« Er lächelte weiter und legte Phillip einen Arm um die Schulter, sah ihn mit leichtem Spott an. »Wie der wenig vermißte und entfernte Ambrose Quinn nicht genug betonen konnte, hast du wenig Erfahrung als Kommandant, Sir. Und die Kommandogewalt hat eben auch ein paar Nachteile.«

Phillip spürte die Niederlage und lächelte zerknirscht zurück. »Ja, natürlich«, gab er zu. Und als Graham noch zögerte, meinte er knapp: »Also, mach weiter. Such dir deine Freiwilligen für das Enterkommando aus und ab in die Boote, wir haben schon genug Zeit verloren.«

»Das ist dein letztes Wort, Phillip?«

»Natürlich. Der junge Grey soll das zweite Boot führen, denke ich, und ich werde O'Leary ans Buggeschütz stellen, das euch decken soll. Wir werden natürlich nicht schießen, wenn es nicht unbedingt nötig ist, aber gib einem Dutzend verläßlicher Männer Gewehre und allen Entermesser. Wenn du Hilfe brauchst, brenn eine rote Fackel ab. Cochrane wird euch mit dem Kutter zur Seite stehen.«

»Aye, aye, Sir!« bestätigte Graham ganz formell und verließ das Achterdeck, um seine Mannschaft aus Freiwilligen zu sammeln.

Phillip ließ O'Leary kommen und übergab ihm als Verantwortlichen die Lancaster-Bugkanone. Als die *Huntress* dann wieder wendete, stieg er noch einmal in die Webleinen des Großmastes und hoffte, die Brigg bald wieder zu sehen. Doch Vollmatrose Williams entdeckte sie früher von seinem Platz im Masttopp aus. Zu seiner großen Erleichterung kletterte er atemlos und so schnell er konnte nach unten aufs Deck, weil der Befehl, Ruhe zu halten, immer noch galt, und meldete die Position dem Master. Mit seiner gewohnten Präzision brachte Burnaby das Schiff zwischen die Brigg und den nördlichen Rand der Bucht, wie Phillip befohlen hatte. Die Boote wurden sofort zu Wasser gelassen. Jedes war voller bewaffneter Männer, die sich eifrig in die Riemen warfen, um den Streifen nebelverhangenen Wassers zu überqueren, der beide Schiff trennte.

Phillip verfolgte sie mit den Blicken, ohne seine Erregung sichtbar werden zu lassen, bis der Nebel sie geschluckt hatte und das Knarren der Riemen verklungen war. Dann gab er Anthony Cochrane seinen Befehl, sah wie der Kutter zu Wasser gelassen wurde, übergab Burnaby das Achterdeck und ging nach vorn, um von dort alles zu beobachten, wo O'Leary und seine Mannschaft an der Lancaster-Kanone warteten.

Die riesige Kanone wog über fünf Tonnen. Sie war auf der Drehlafette ausgefahren und auf das nun wieder unsichtbare russische Schiff gerichtet worden. Breit grinsend und mit seiner bekannten Zahnlücke stand O'Leary dahinter, die Abzugleine locker in der rechten Hand. Er starrte in den Vorhang aus Nebel und fluchte leise und ohne Pause, als wolle er durch seine Beschimpfungen das fremde Schiff zwingen, sich als Ziel zu zeigen. Weder er noch seine Mannschaft aus sechs Männern hörten, wie der Kommandant sich näherte. Sie waren so darauf konzentriert, die Brigg zu finden, daß sich keiner auf seiner Station bewegte oder umdrehte, bis das warnende Hüsteln eines Pulveraffen O'Leary dazu veranlaßte, den Kopf zu wenden. Er wollte den Seemann gerade anpfeifen, sein verdammtes Lärmen zu verschlucken, als er den Neuankömmling bemerkte und sich entschuldigte: »Tut mir leid, Sir, wußte nicht, daß Sie es sind.«

»In Ordnung, O'Leary, machen Sie weiter«, bat Phillip und starrte dann selber vergebens in den Nebel. Die Boote müßten eigentlich jetzt die Hälfte der Wegstrecke zurückgelegt haben, dachte er und hielt sich mit Mühe zurück, so wie eben O'Leary zu fluchen. »Können Sie sie ausmachen?« fragte er, wohl wissend, daß das kaum wahrscheinlich war.

Der Kanonier schüttelte den Kopf. »Nix, Sir, verdammt noch mal in den letzten zehn Minuten. Aber machen Sie sich keine Sorgen, sobald der Nebel sich auch nur ein bißchen lichtet, werde ich sie sehen, verlassen Sie sich darauf. Sie wird nicht davonkommen.« Und er schlug mit knochiger Hand auf den Lauf der Kanone.

»Sie feuern erst, wenn ich es befehle«, erinnerte Phillip ihn. Er war auch deswegen nach vorn gekommen, um an diesen Befehl zu erinnern. Er wußte, wie tatendurstig der Kanonier O'Leary und wie stolz er auf seine Kanonen war und auf die Männer, die er so geduldig auf ihren jetzigen Leistungsstandard getrimmt hatte. Wahrscheinlich war der Hinweis nicht nötig, sondern nur eine Vorsichtsmaßnahme, mit der er seinen Wunsch ganz klar machte, aber Phillip fügte hinzu: »Das gilt auch, wenn Sie die Brigg ausmachen oder sie auf uns das Feuer eröffnet, klar? Der Anblick dieser Kanone müßte eigentlich ausreichen. Wenn ich Feuer befehle, dann feuern Sie über sie hinweg. Sie soll nicht beschädigt werden, ich habe andere Pläne für sie!«

»Aye, aye, Sir!« bestätigte O'Leary formell, doch er schien gekränkt.

Phillip sah seinen Gesichtsausdruck, als er sich umdrehen wollte, und erklärte kurz die Absicht des Enterkommandos. Er war erleichtert, als sich in den rauhen Zügen des Iren ein Grinsen breit machte. »Also das nenn ich eine großartige Idee!«

»Wirklich?«

»Lieber Gott, ja«, antwortete der Kanonier grinsend. »Das wird die Russen wie Idioten aussehen lassen, wenn wir ihnen mit dem eigenen Schiff vor der Nase rumfahren!«

Phillip fand diesen Enthusiasmus seltsam beruhigend. Und manche seiner Vorbehalte gegen O'Leary verschwanden, als er an die langen Gesichter der Wächter des Fahrwassers von Yenikale denken mußte. Er hatte eine Schwäche für O'Learys besonderen irischen Humor und seine ungebrochene Heiterkeit, ja für den ganzen Mann. Sie hatten einiges zusammen durchgestanden, seit dieser rauhe Kerl als seine Ordonnanz mit ihm in der Schlacht von Balaklava gestanden hatte. Phillip vergaß nie, daß er O'Leary sein Leben verdankte.

»Sir!« Der Stückführer meldete sich leise warnend wieder.

Phillip drehte sich sofort um, lauschte und starrte angestrengt in die Dunkelheit. Die Brigg mußte unter Dampf gelegen haben, denn plötzlich hört man das Pochen von Maschinen und das Klatschen, als die Räder ins Wasser zu schlagen begannen. Der Kapitän mußte die Boote entweder gesehen oder das Geräusch der Riemen gehört haben, mit denen sich die Briten näherten, und floh jetzt sicher. Vielleicht hatte sie die Ankerleine gekappt. Ihr Kommandant hielt wahrscheinlich den Verlust eines Ankers für einen kleinen Preis gegenüber dem Verlust seines Schiffes.

»Soll ich ihr eins verpassen, Sir?« fragte O'Leary.

Phillip schüttelte den Kopf. »Nein, warten Sie auf meinen Befehl. Ruhe, alle Mann!«

Er lauschte angestrengt, versuchte aus dem Maschinengeräusch die Position der Brigg auszumachen und die Richtung, in die sie sich bewegte. Doch der Nebel verzerrte alles. Außer der Tatsache, daß sie doch weiter entfernt war, als er annahm, konnte er nichts ausmachen. Hoffentlich rammt sie uns nicht, während sie so blind flieht, dachte Phillip und begann nach achtern zu laufen, besann sich sofort und schritt so würdevoll, wie es sich für einen Kommandanten gehörte.

Burnaby war Wachführer, der erfahrenste und beste, den die *Huntress* hatte. Er hätte ganz sicher die schlagenden Räder gehört und würde die nötigen Ausweichmanöver unternehmen, wenn nötig oder möglich, auch ohne auf Befehle zu warten. Und er war klug genug, um zu wissen, daß man jetzt der Brigg wegen keine Stille mehr einhalten mußte. Er würde die Schraube einsetzen, wenn es nötig sein sollte. Ohne sonderlich eilig zu erscheinen, stand Phillip dann auf dem Achterdeck und fand den Master, wie erwartet, als Herrn der Lage. Mit Männern an den Brassen und am Rad nutzte Burnaby aus, was die leichte Brise ihm bot, und steuerte mit Toppsegeln und Vorschoten. Phillip stellte sich neben ihn, nickte ihm zustimmend zu und schwieg. Und da hörten die Räder der Brigg so plötzlich auf zu platschen, wie sie damit angefangen hatten.

In der Stille gingen beide Männer nach Steuerbord. Phillip, der schneller war, entdeckte als erster den gespenstischen Umriß ihrer Beute etwa zwei Kabellängen entfernt. Sie bewegte sich immer noch nach Norden in Richtung Akborun unter den Schutz der Landbatterien, wie er es vorhergesagt hatte.

»Da haben wir sie also, Mr. Burnaby«, bemerkte er und gab sich Mühe, ruhig und unbewegt zu klingen. »Aber ich kann keines von unseren Booten entdecken, verdammt noch mal. Sehen Sie sie? Augenblick ...« Er setzte das Glas ans Auge.

»Doch, Sir, ich sehe eins!« Aufgeregt meldete eine junge Stimme aus dem Rigg über ihnen: »Es hat an den Großrüsten festgemacht, Sir, an Backbord. Unsere Männer müssen an Bord sein ... Ich kann nur einen im Boot sehen, Sir!«

Phillip erkannte Fähnrich O'Hara an seiner zitternden Stimme und mußte lächeln. Als ein Windhauch den niedrig liegenden Nebel für einen Spalt öffnete, sah er, daß der Junge recht hatte. Eins der Boot hatte an Backbord der Brigg festgemacht. Von dem anderen war nichts zu entdecken, aber Männer bewegten sich auf dem Deck des Russen, es gab Schreie und einen leisen Jubel, der ... Ein heller Blitz zuckte auf, und ein Schuß überdröhnte, was Phillip O'Hara antworten wollte.

Es war der einzige Schuß, den die Brigg noch abfeuern konnte. Harmlos jagte er über die Mastspitzen der *Huntress* hinweg, und die Kugel klatschte weit weg entfernt ins Wasser. Dann umhüllte der Nebel wieder beide Schiffe – und schien dichter und undurchdringlicher als je.

Phillip wartete mit schmerzlicher Ungeduld. Er hörte unterdrückte Schreie und Rufe und stellte sich im Geist einen Kampf Mann gegen Mann vor, der sich jetzt in der Dunkelheit an Deck des Russen abspielte. Wenn nur eine Bootsmannschaft aufgeentert war, war sie zahlenmäßig unterlegen, stellte er fest. Er fluchte, weil er im Nebel nichts von dem zweiten Boot sehen konnte. Natürlich hätte Graham seine schwachen Kräfte auch teilen und den jungen Grey auf die andere Seite schicken können. Dann würden Kommandos von beiden Seiten gleichzeitig aufentern. Andererseits hätte der plötzliche Paddelschlag Grey auch überraschen können mit dem Ergebnis, daß er sein Ziel nicht erreichte.

Wenn Greys Boot also nicht an Steuerbord festgemacht hätte, sondern achteraus geblieben wäre, dann ... Phillip blickte sich um und wollte Burnaby gerade befehlen, die Schraube herabzulassen. Die Stille brachte ihnen jetzt nichts mehr. Den Maschinenlärm der Brigg und ganz bestimmt den Schuß mußte man in den Batterien an Land gehört haben. Die Garnisonen von Ferrikale waren sicher alarmiert. Und wenn er jetzt die Brigg aufbringen wollte, brauchte er Beweglichkeit und Schnelligkeit, die ihm nur Maschinen geben konnten. So erfahren Burnaby unter Bedingungen wie diesen auch operierte, konnte er doch nicht sicher sein, daß er seine Position in bezug auf die Brigg auch einhielt. Sie trug kein einziges Segel und konnte hierhin wie dorthin treiben mit gekappter Ankerleine.

»Mr. Burnaby«, begann er und unterbrach sich wie erlöst, als Hurrarufe die Stille durchdrangen.

Der Jubel klang immer mal auf und wurde sofort unterdrückt, aber es waren ohne Zweifel britische Rufe. Die jungen Offiziere, die sich auf dem Deck und den unteren Webleinen der *Huntress* eingefunden hatten, antworteten aus vollem Herzen, und die Matrosen folgten ihrem Beispiel. Phillip, der nur allzu froh über das Ergebnis war, spielte nicht den Miesepeter und ignorierte großzügig den lauten Jubel. Die Augen des alten Burnaby glänzten verdächtig, als er aus tiefstem Herzen sagte: »Gott sei Dank dafür!«

Ein paar Minuten später war Grey über die Distanz zu hören. Das Sprechrohr verzerrte seine Stimme. »*Huntress*, ahoi! Kapitän, Sir, der Erste Offizier läßt ausrichten, daß die Brigg *Constantine* sich uns ergeben hat!«

Seinem Ruf folgte neuer Jubel, doch diesmal befahl Phillip scharf Ruhe. Er benutzte ebenfalls ein Sprechrohr, das Burnaby ihm gereicht hatte. Dann meldete der junge Fähnrich von drüben: »Wir haben sechs Verwundete, Sir!«

»Schwer Verwundete, Mr. Grey?«

»Nur einer, Sir, Matrose Wright. Wir haben auch 14 oder 15 verwundete Russen und etwa 35 Gefangene. Mr. Hazard möchte wissen, ob er sie auf die *Huntress* bringen kann. Und ich soll Sie bitten, so bald Sie können, hierher an Bord zu kommen!«

Phillip runzelte die Stirn. Er erinnerte sich, daß Wright einer der Männer war, die Quinn verächtlich Ladenschwengel genannt hatte – ein 22 Jahre alter Gehilfe eines Tuchhändlers aus Clerkenwell, den man als Deckmatrosen an Bord genommen hatte.

Er erlaubte das Übersetzen, die Verwundeten sollten als erste kommen, fügte ein »Gut gemacht, alle Mann!« hinzu und wandte sich dann an den Master. »Schicken Sie bitte den Kutter rüber, der die Gefangenen aufnehmen soll, Mr. Burnaby. Und dann sagen Sie dem Arzt, er soll sich auf die Verwundeten vorbereiten.«

Er hoffte sehr, daß Brown, der unerfahrene ehemalige Medizinstudent, dieser Aufgabe gewachsen war. Denn ihm würden die Verwundeten, Briten wie Russen, anvertraut. Doch dann unterdrückte er seine Besorgnis entschlossen. Schließlich gab es immer noch O'Leary, der mit seinem zerschmetterten Bein so lange im Lazarett der *Trojan* gelegen hatte, daß er bei der Behandlung ernsthafter Verletzungen nun mehr Erfahrungen hatte als Brown. Er wußte, daß O'Leary sich als Helfer anbieten würde, wenn Brown nicht weiterkam. Gott sei Dank hatte der arme Brown keinen falschen Stolz. Er kannte seine Grenzen sehr gut und würde um Hilfe bitten, wenn es nötig war.

»Sichern Sie das Buggeschütz, Mr. Burnaby«, sagte Phillip, als der Master kam und meldete, die Gig sei zu Wasser gelassen, und Cochrane sei mit dem Kutter unterwegs, um mit seinen zwölf Männern an den Riemen die russische Mannschaft von der Brigg zu holen. »Aber halten Sie alle Mannschaften im Augenblick noch bei ihren Kanonen. Ich bin sicher, unsere Ingenieure können genügend heißes Wasser für Kakao liefern, wenn die Verwundeten an Bord kommen und ...«, er gab ein paar weitere Instruktionen, während sie zusammen zur Relingspforte hinabstiegen.

Der Master grüßte, indem er die knotige Hand an die Mütze legte: »Möge Gott Ihnen beistehen«, sagte er mit leiser Stimme. »Und viel Glück.«

»Danke, Mr. Burnaby«, antwortete Phillip. Ich kann nur hoffen, die richtigen Entscheidungen gefällt zu haben, dachte er bedrückt, als er in das wartende Boot stieg. So dicht über dem Wasser schien der Nebel dichter als vom Achterdeck aus. Selbst der scharfäugige Fähnrich O'Hara, der am Ruder saß, entdeckte die sich nähernde Pinasse mit den Verwundeten erst, als das Geräusch von Riemen, die ins Wasser schlugen, ihm die Richtung wies. Das Boot näherte sich ihnen langsam, und Grey antwortete auf Phillips Ruf. Er klang ziemlich bedrückt, als er sagte, daß es mit dem unglücklichen Wright nicht gut stünde.

»Er ist nicht bei Bewußtsein«, antwortete der diensttuende Offizier. »Wir haben für ihn getan, was wir konnten, aber er hat sich leider das Rückgrat gebrochen!«

Entsetzt hörte Phillip das. Jetzt war allerdings weder der Ort noch die Zeit zu erkunden, wie der arme Kerl eine so schwere Verwundung erhalten hatte – Graham würde ihm das bald berichten. Wahrscheinlich war der Junge irgendwo auf dem Deck der Brigg im Kampf um das Schiff gestürzt. Vielleicht war er auch gar nicht erst an Bord gekommen, sondern war beim Entern abgerutscht und ins Boot gefallen. Wenn er mit genügender Wucht auf eine Ducht geknallt war, dann war das gebrochene Rückgrat noch nicht mal die schwerste Verletzung. O'Leary würde wissen, was man für ihn tun konnte, falls es Brown nicht wußte. Grey rief etwas, und wie vordem schob Phillip seine Zweifel und Befürchtungen ganz weit weg und wußte, daß die Zeit noch früh genug kommen würde, sich selber Vorwürfe zu machen.

Noch immer war es unmöglich, mehr als den schemenhaften Umriß des anderen Bootes auszumachen. Doch als er mit zusammengekniffenen Augen in das Brodeln um sich herum starrte, entdeckte er etwas anderes – ein flaches, hölzernes Objekt, das etwa 20 Yards voraus an Steuerbord vor seinem eigenen Boot schwamm. Ein Stück Treibgut, entschied er, und sah dann noch einmal hin, denn etwas fiel ihm auf, das anders als üblich schien. Erstens war es zu glatt und zu gleichförmig, um Treibholz zu sein, und dann zog es etwas hinterher, das wie ein Strang Draht aussah, als ob ... Greys Boot kam aus dem Dunst, und ehe Phillip ihm noch eine Warnung zurufen konnte, krachte der Bug gegen das seltsame schwimmende Objekt. Im nächsten Augenblick sprang ein blendender Blitz auf, der die neblige Dunkelheit blutrot färbte, und das fürchterliche Dröhnen einer Explosion folgte ihm.

Die Pinasse löste sich auf – Riemen, Duchten und die starken Hölzer, aus denen sie gebaut war, wirbelten in einem Schauer aus Bruchstücken und Splittern in den Himmel, und einige fielen hell brennend ins Wasser zurück. Die Flammen flackerten, bis die Schockwelle der Explosion sie auslöschte, und erhellten dabei kurz die Köpfe und Gesichter von vier oder fünf Schwimmern. Vier oder fünf aus einer Bootsladung von 20 Männern? O'Hara starrte ungläubig nach vorn, in seinen Ohren dröhnte noch die Explosion. Dann klammerten sich Finger schwach an das Dollbord der Gig. Er lehnte sich vor, um den Schwimmer auf den Hecksitz neben sich zu ziehen. Es war ein Russe, dessen Kopf mit einem blutigen Stück Stoff unbeholfen verbunden worden war. Er lag keuchend auf dem Boden des Bootes und konnte nicht reden.

Aus der jetzt pechschwarzen Dunkelheit erschienen mehr Gesichter. Phillip rief den Männern im Kutter zu, beim Retten zu helfen. Cochrane, der wie die tanzenden Köpfe aus dem Dunkel auftauchte, brauchte keinen Befehl. Er kümmerte sich um die Überlebenden ganz in der Nähe.

Phillip führte das Schiff weiter weg, wo ein Riemen schwamm, der wie ein Wunder unbeschädigt war. Zu seiner Überraschung entdeckte er das weiße Gesicht des bewußtlosen Matrosen Wright, des Schwerverletzten, dessen Überlebenschancen der junge Robin Grey erheblich bezweifelt hatte. Er war in eine geteerte Leinwand gehüllt, und zwei Riemen sicherten links und rechts seinen zerbrochenen Körper – offensichtlich mit der Absicht, ihm weitere Verletzungen zu ersparen, wenn er ins Boot gehoben wurde. Die Riemen hatten ihm vorm Ertrinken bewahrt.

Grey selber trat neben ihm Wasser. Obwohl man ihm den Schock ansah und er aus einer Kopfwunde blutete, antwortete er auf O'Haras lauten Erkennungsruf fröhlich. Die Gig kam zu ihm, willige Hände streckten sich aus, ihn aus dem Wasser zu ziehen. »Mir geht es gut, Sir«, beharrte er und machte den tapferen Versuch, sein Zähneklappern zu verbergen. »Das Wasser ist nur ein bißchen kalt. Passen Sie auf, Mann, wenn Sie den armen Wright an Bord heben. Ich glaub', er macht's nicht mehr lange.«

»Er ist tot, Sir«, sagte der Bootsführer entschuldigend. Er sah Phillip fragend an, der seine Aussage mit zusammengepreßten Lippen bestätigte. »Wir werden die Leiche auf den Kutter schaffen. Und Sie auch, Mr. Grey. Je eher Sie auf der *Huntress* und in trockenen Kleidern sind, desto besser. Sie haben alles für Wright getan, was man für den armen Teufel tun konnte«, fügte er hinzu und spürte Greys zornige Enttäuschung.

Robin Grey schluckte. Gerade siebzehn Jahre alt, war er dem Tod in seiner kurzen Zeit in der Marine schon oft begegnet, wurde Phillip klar. Im letzten Jahr war er schwer verwundet worden, als er an Land in der Marinebrigade diente. Doch dies war wahrscheinlich das erste Mal, daß er sich persönlich für den Tod eines Mannes unter seinem Kommando verantwortlich fühlte. Phillip zog den Bootsmantel aus, legte ihn dem Jungen um die tropfnassen Schultern und sagte sanft: »Es war nicht Ihr Fehler, Mr. Grey. Machen Sie sich keine Vorwürfe.«

»Nein, Sir«, antwortete der junge Offizier. »Aber ... der arme Kerl, Sir, bekam einen Hieb mit einem Marlspieker, der mir galt, als wir die Brigg enterten. Der warf ihn ins Boot zurück. Wenn der Hieb mich getroffen hätte, wär mir das passiert, man hätte mir den Schädel gespalten, wenn Wright sich nicht dazwischen geworfen hätte.« Er holte zitternd tief Atem und fragte dann: »Wie kam es zu der Explosion, Sir? Wir sind gegen irgend etwas gestoßen ... Wissen Sie, was es war?«

»Keine Ahnung«, gab Phillip wahrheitsgemäß zu. »Aber ich habe vor, es herauszubekommen.«

Es gab Gerüchte, daß die Russen ein explodierendes Gerät erfunden hätten, das in Fahrwassern oder Häfen trieb, die für die Angriffe der Verbündeten offen waren. Es sollte eine Ladung Pulver enthalten, das auf irgendeine Weise vor dem Seewasser geschützt war und bei Berührung in die Luft flog. Aber es waren nur Gerüchte. Bis jetzt hatte Phillip wenig auf sie gegeben. Jetzt, stellte er grimmig fest, würde es bitter nötig werden, sich der Sache zu widmen. Das Fahrwasser, das er ausloten sollte, war möglicherweise von diesen teuflischen Dingern blockiert. Die verbündeten Flotten konnten das Fahrwasser erst benutzen, wenn die Dinger gefunden und entfernt waren. Das konnte Tage dauern und würde die Landung der Truppen verzögern.

Langsam trieb ein fast nackter Körper heran, und Phillip erkannte das leblose Gesicht von Greys Bootsführer. Er lehnte sich über das eisige Wasser. Ein Instinkt, stärker als jede Verstandesregung, ließ ihn versuchen, die sterblichen Überreste des Vollmatrosen Ryan zu retten, damit eine christliche Bestattung, auf die der Mann ein Recht hatte, an Bord des Schiffes stattfinden konnte, auf dem er gedient hatte. Doch als Phillips taube Finger gerade die Schultern des treibenden Toten packen wollten, schreckte er zurück, entsetzt über den Anblick des gänzlich zerstörten Körpers. Es war besser, der Mannschaft diesen Anblick zu ersparen, sagte er sich, murmelte ein paar Worte der Bestattungszeremonie, ließ los, und der Körper trieb davon. O'Hara und Phillips Bootsführer bekreuzigten sich hastig und blickten dann nach vorn, wo sich ihnen der Kutter schnell näherte.

Leutnant Cochrane überraschte mit der Nachricht, daß er und das zweite Boot, das von der Brigg abgelegt hatte, zwölf Überlebende aufgenommen hatten. Phillip entspannte sich etwas.

»Vier verwundete Russen fehlen, Sir«, meldete Cochrane. »Ein paar habe ich ausmachen können, die mit aller Kraft zum Strand schwammen, aber ich bezweifele, daß sie es schaffen werden. Wir wollten sie wieder aufnehmen, aber sie verschwanden im Nebel. Fünf von unseren Männern sind schwer verletzt – soll ich sie zu uns an Bord bringen, Sir?«

»Ich muß Ihnen noch Mr. Grey und einen Russen übergeben«, rief ihm Phillip zu. »Und die Leiche des Matrosen Wright. Kommen Sie längsseits.«

Die Übergabe geschah ohne Zwischenfall, und während beide Boote zur *Huntress* gerudert wurden, befahl Phillip Fähnrich O'Hara, ihn jetzt zur Brigg zu bringen. Dort erwartete sein Bruder ihn voller Ungeduld. Die gefangenen Russen standen aufgereiht und bewacht auf dem Vordeck.

»Gott sei Dank bist du in Ordnung, Phillip«, sagte Graham. »Ich habe mir ziemliche Sorgen gemacht, bis ich hörte, daß Cochrane die meisten unsere Leute aufgepickt hat. Also hätte es noch schlimmer kommen können.«

»Wir haben zwei Männer verloren, und fünf sind schwer verwundet«, sagte Phillip und spürte tiefe Bitterkeit. »Greys Boot ist in Stücke zerrissen worden.« Er berichtete alle Einzelheiten, an die er sich erinnerte. Als er begann, das mysteriöse Objekt zu beschreiben, das die Explosion offenbar verursacht hatte, preßte sein Bruder ahnungsvoll die Lippen zusammen.

»Komm und sieh dir das an, Phillip«, sagte er dann, ergriff eine Laterne und führte Phillip an Steuerbord aufs obere Deck der Brigg.

Er hielt die Laterne hoch und deutete auf einen kegelförmigen hölzernen Behälter mit flacher Spitze und drei Fuß Umfang, der in einem Gestell hing, das offenbar speziell für ihn gemacht worden war. Kurz vor dem Radgehäuse hing das Ganze weiter über die Seite des Schiffes.

»Nun?« fragte er. »Sieht dieses Ding so aus wie das, das Greys Boot traf?«

Sorgfältig studierte Phillip den vier Fuß hohen Kegel und vermied dabei sorgfältig jeden Kontakt mit den Drähten, die oben unterhalb des stumpfen Endes herausragten, das mit einem eisernen Ring umgeben und verbolzt war.

Also haben die Gerüchte nicht übertrieben, dachte er grimmig. Dies war die russische Höllenmaschine, über die in der baltischen Flotte so viele Gerüchte umliefen. Man war ihr vor Kronstadt und im finnischen Meerbusen begegnet. Die *Merlin* war davon getroffen worden und hatte einigen Schaden genommen, aber sie wurde nicht kampfunfähig gemacht. Doch hatte man seines Wissens nach bisher nichts dergleichen im Schwarzen Meer gehört. Er war sich eines entsetzten Schauderns bewußt, als er seinem Bruder zunickte.

»Ja«, sagte er, »ich meine, das war wohl das, was ich sah. Das meiste war unter Wasser, aber die Form und die flache Spitze waren ähnlich. Die flache Spitze fiel mir besonders auf. Ich glaube, innen gibt es einen wasserdichten Behälter, der die Ladung enthält, die über die Drähte zur Explosion gebracht wird. Die sind sicher mit irgendeinem Zündmechanismus im Inneren verbunden. Eine ziemlich teuflische Erfindung, oder?« Er sah sich suchend und mit zusammengekniffenen Augen um. »Weißt du, ob dies die einzige an Bord ist?«

»Es ist die einzige, die noch an Bord geblieben ist«, sagte ihm Graham. »Die, die Greys Boot in die Luft blies, wurde über Bord gelassen, als der Kapitän sah, daß sein Schiff geentert wurde. Wahrscheinlich sollte das Ding der *Huntress* gelten. Alle anderen, sagt er, sind über Bord und schwimmen vor Yenikale und ...«

»In beiden Fahrwassern?« warf Phillip ein. Sein Mund war plötzlich wie ausgetrocknet. »Hat er dir gesagt, wie viele er ausgesetzt hat, in Gottes Namen?«

Graham schüttelte bedauernd den Kopf. »Nein, der Kommandant ist leider nicht sehr mitteilsam. Alles, was ich von ihm heraus bekam, war ein Prahlen. Es gebe genügend Hindernisse, die unseren Schiffen die Einfahrt ins Asowsche Meer unmöglich machen würden. Aber ich erlaube mir anzuzweifeln, daß es hier sehr viele treibende Bomben gibt. Die *Highflyer* und die *Vesuvius* haben die Straße ständig beobachtet und nichts Ungewöhnliches gemeldet. Dies sind schließlich neue Waffen, deren Handhabung gefährlich ist. Sie müssen in Extragestellen transportiert und zu Wasser gelassen werden, die nur zu diesem Zweck aufgeriggt sind. An Steuerbord ist noch so eins, und jedes kann höchstens drei Bomben tragen, also ...« er zuckte mit den Schultern. »Selbst wenn sie zwei Reisen gemacht hat, kann diese Brigg nur elf Bomben im Wasser haben, eine ist ja schon explodiert.«

»Hoffentlich hast du recht.« Phillip runzelte die Stirn. Das war eine höchst unwillkommene Komplikation, aber... »Wo ist der Kommandant jetzt?«

»Ich habe ihn nach unten in seine Kajüte geschickt, der Gehilfe des Stückmeisters Thompson bewacht ihn. Ich nahm an, daß du mit ihm reden willst.«

»Und ob«, sagte Phillip scharf. »Und ich werde ihn an Bord behalten, bis wir auch die letzte dieser Höllenmaschinen entfernt haben. Wenn er mir nicht sagen will oder kann, wo er sie ausgesetzt hat, dann werde ich mit seinem Schiff so lange durch das Fahrwasser laufen, bis er aufgibt.«

»Er ist ein harter Bursche«, warnte Graham. »Den knackst du so leicht nicht.« Er ging nach unten voran. »Aber bilde dir dein eigenes Urteil!«

2

Grahams Einschätzung des Kommandanten der *Constantine* war fast zu freundlich gewesen, merkte Phillip, als er versuchte, den Mann zu verhören. Er war groß, beleibt, um die Vierzig, mit kurzgeschnittenem Haar und einem dichten Bart. Seine unbewegte Miene zeigte nichts, und seine Antworten in einem Französisch mit starkem russischem Akzent verrieten auch nichts. Auch als Graham ihn in Russisch anredete, antwortete er nur mit Schulterzucken und Kopfschütteln. Er gab nur zu, Kirkoff zu heißen, und ließ sich zu nichts verleiten.

Phillip verlor schließlich die Geduld. »Sag ihm, was ich vorhabe, wenn er mir nicht sagt, was ich wissen muß. Und mach ihn glauben, ich tue tatsächlich, was ich sage, wenn du kannst.«

Graham übersetzte das. Zum erstenmal verrieten die tiefliegenden Augen des Kommandanten einige Unruhe. Schließlich antwortete er.

»Er sagt«, wiederholte Graham, »daß er Kriegsgefangener ist und verlangt, zusammen mit seinen Männern auf die *Huntress* gebracht und seinem Rang entsprechend untergebracht zu werden. Außerdem wünscht er ...«

Wütend unterbrach Phillip. Die Zeit verging, und wenn die Höllenmaschinen, die der Mann ins Fahrwasser gelegt hatte, nicht entfernt oder entschärft wurden, würde das viele Menschenleben kosten, sobald die verbündete Flottille unter der

Führung von Jack Lyons durch das Fahrwasser auf Yenikale und das Asowsche Meer zu hielt. Wenn Kirkoff nicht freiwillig redete, mußte man ihn dazu zwingen, was auch immer seine Rechte als Kriegsgefangener waren. Er ...

Es klopfte, und Fähnrich O'Hara trat ein, Mütze in der Hand.

»Ja, Mr. O'Hara?«

»Mr. Cochrane läßt ausrichten, Sir, daß alle Verwundeten und Gefangenen jetzt auf der *Huntress* sind«, meldete der Junge. Er starrte mit unverhohlener Neugier den bärbeißig blikkenden russischen Kommandanten an.

Phillip antwortete ruhig. »Augenblick, Mr. O'Hara. Thompson, begleiten Sie Kapitän Kirkoff an Deck und lassen Sie ihn ständig bewachen. Ich werde ihn bei uns behalten. Ich möchte, daß Sie hier die Kanonen übernehmen, wenn Sie bleiben wollen. Es gibt keinen Zwang, die Prisenbesatzung besteht aus Freiwilligen.«

»Ich bleibe«, antwortete der Gehilfe des Stückmeisters wie aus der Pistole geschossen. Er packte den Arm des Gefangenen nicht gerade sanft und wollte ihn durch die offenstehende Kajütentür führen.

»Schauen Sie sich die Kanonen der Brigg an, wenn Sie eine Wache bestimmt haben. Es sind lange 32-Pfünder, nehme ich an, und sie könnten uns nutzen. Und prüfen Sie auch gleich das Magazin.«

Als Thompson den Befehl bestätigte, wandte er sich wieder dem wartenden Fähnrich zu. »Nun zu Ihnen, Mr. O'Hara – Mr. Cochrane ist also an Bord zurückgekehrt?«

»Ja, Sir. Ich soll Ihnen ausrichten, daß er eine Flagge dabei hat und die Tonnen zur Markierung, auf Befehl des Masters, und daß er beides auf dieses Schiff bringt. Auch Jackson ist dabei mit einem Lot und der Zweite Ingenieur und zwei seiner Gehilfen, wie Sie befohlen haben. Bootsmannsmaat Driver ist dabei und Ihr Steward, Sir. Mr. Burnaby sagte, daß alle sich freiwillig für Ihre Prisenbesatzung gemeldet haben.«

Der gute Burnaby hatte wirklich nichts übersehen, obwohl Phillip ihm wegen des Stewards keine Anweisungen gegeben hatte.

»Danke, Mr. O'Hara«, sagte er ganz formell. »Bitten Sie Mr. Cochrane, er soll die Tonnen achtern auf dem Oberdeck stauen und bitten Sie ihn außerdem um eine Leine achteraus für den Kutter. Die Mannschaft des Kutters kann er mit dem kleinen Boot übernehmen. Wenn Mr. Curtis noch nicht nach unten gegangen ist, dann sagen Sie ihm, daß ich in 15 bis 20 Minuten die Maschinen brauche. Er soll sie sich also ansehen, ehe wir uns von der *Huntress* trennen. Halten Sie sich dann bitte bereit, den Ersten Offizier und meinen Steward an Bord zu nehmen. Ich brauche hier keinen Steward. Haben Sie alles behalten?«

»Ja, Sir, aber ...« O'Hara schurrte nervös mit den Füßen und machte keine Anstalten zu gehen, so daß Phillip ihn wieder drängte, mit deutlicher Ungeduld: »Also los, Mr. O'Hara, der Erste Offizier hat nicht viel Zeit!«

»Sir ...« Die Wangen des Jungen waren jetzt gerötet, aber er ließ sich nicht einschüchtern. »Kann ich mich bitte zur Prisenbesatzung melden, Sir? Sie brauchen sicherlich einen Offizier, und ich bin außerdem der Fähnrich Ihrer Gig.«

Und ein verdammt guter Offizier, sagte sich Phillip, obwohl der Fähnrich noch recht jung war. Er zögerte erst und nickte dann: »Sehr gut, Mr. O'Hara, dann sagen Sie bitte dem Bootsführer, er soll den Ersten Offizier zurückbringen.«

»Aye, aye, Sir! Vielen Dank, Sir, wirklich.« O'Hara eilte davon, so zufrieden und erregt, als sei er soeben befördert worden.

Dabei hat er nur die Chance bekommen, seinen Hals zu riskieren, dachte Phillip. Doch in Kriegszeiten konnten vierzehnjährige Fähnriche nicht wie Jungen behandelt werden. Sie waren Marineoffiziere mit Pflichten und Aufgaben, aber auch mit den Privilegien ihres Rangs. Er hat allen Grund, Kadett Lightfoot, der kürzlich seinen zwölften Geburtstag gefeiert hatte, dafür dankbar zu sein, daß der sich nicht auch freiwillig gemeldet hatte. Phillip schimpfte leise, und Graham stellte fest, als habe der Bruder seine Gedanken laut geäußert: »Du hättest dem armen Kerl das Herz gebrochen, wenn du ihn nicht hier gelassen hättest!«

»Ich weiß. Aber ...«

»Aber es schmerzt, nicht wahr?«

»Ja, zum Teufel«, gab Phillip zu. »Er ist mir ein bißchen zu draufgängerisch, andererseits ...« Er hob die Schultern, »er wird's in der Marine weit bringen, wenn man ihn läßt.«

»Wenn er am Leben bleibt, meinst du sicher«, antwortete sein Bruder. »Du hast auch noch viel vor. Aber diese Sache hier ist riskant. Ich wünschte nur, ich könnte ...«

»Nein!« antwortete Phillip mit fester Stimme. »Diese riskante Sache, wie du sie nennst, ist meine Pflicht. Du hast die deine getan!«

Graham seufzte: »Nun gut. Aber du weißt sehr gut, daß ich es nie zum Flaggoffizier bringen werde, während du es sicher bald wirst ebenso wie der junge Paddy O'Hara. Ihr müßt nur lange genug leben. Darum geht's wohl vor allem.« Er griff nach seiner Mütze und fragte in einem ganz anderen Tonfall: »Wie viele Leute willst du an Bord behalten, Phillip? Soll ich Freiwillige suchen, ehe ich auf die *Huntress* zurückkehre?«

»Dafür wäre ich dir dankbar.« Phillip dachte über die Frage nach. »Curtis hat genügend Leute für die Maschine, aber Thompson braucht sechs Kanoniere. Und wenn Jackson lotet, brauche ich einen verläßlichen Rudergänger und ein paar kräftige Burschen, die achtern die Tonnen ausbringen. Die können zwischendurch mal Ausguck sein, und dann brauche ich außerdem noch einen Mann, der Kapitän Kirkoff im Blick behält.«

»Also noch mal zehn Leute. Du kommst mit einer ziemlich kleinen Mannschaft aus, sage ich mal.«

»Ich brauche nicht mehr, als in einen Kutter passen.«

»Sehr gut.« Graham vermied jeden falschen Ton. Nur ein

kleiner Muskel an seinem Kiefer zuckte, als er fragte: »Und meine Befehle? Du wirst mir doch erlauben, in der Nähe zu bleiben, falls du Hilfe brauchst?«

»Bei der Einfahrt zum Fahrwasser und außerhalb der Reichweite der Batterien«, sagte ihm Phillip, ohne Widerspruch zu dulden. »Laß dich mit der *Huntress* auf kein Risiko ein, Graham, was auch immer mit der Brigg geschieht. Ist das klar?«

»Soll ich dich untergehen lassen?« protestierte Graham. »Oder soll ich zusehen, wie du wegen einer dieser Höllenmaschinen Kapitän Kirkoffs in die Luft fliegst, ohne den Finger zu rühren?«

»Schick ein Boot, wenn es sein muß. Ich werde dich schon rechtzeitig wissen lassen, wenn ich Hilfe brauche, also mach dir keine Sorgen«, versicherte ihm Phillip. »Wenn der Nebel zu dick für eine Rakete ist, werde ich eine Reihe langer Pfiffe mit dem Dampfhorn geben.« Er legte seinem Bruder besänftigend die Hand auf den Arm. »Was soll's denn? Wir haben den Kutter, und diese Höllenmaschinen haben keine große Ladung. Also wenn uns das Pech hold ist, eine genau mit dem Bug zu treffen, werden wir genügend Zeit haben, von Bord zu gehen, ehe das Schiff uns nach unten mitnimmt.«

»Davon bin ich überzeugt.«

»Wenn ich um Hilfe signalisiere, dann schicke Cochrane mit dem kleinen Boot. Komm uns nicht mit dem Schiff nahe und laß dich ohne meinen ausdrücklichen Befehl nicht mit den Batterien an Land ein. Das Fahrwasser mußt ausgetonnt werden. Falls wir das nicht schaffen, wird das deine Aufgabe, ist das klar?«

»Ich habe verstanden«, antwortete Graham tonlos.

Doch zu Phillips großer Erleichterung diskutierte er nicht, obwohl deutlich sichtbar war, daß ihm diese Instruktionen nicht gefielen. Er ging in Richtung Kajütentür und sagte dann ohne jeden besonderen Ausdruck: »Kirkoff wollte gerade seine

Geheimpapiere zerstören, als ich ihn festnahm. Ein paar hat er vernichtet, aber nebenan liegen noch einige Karten, die du dir vielleicht ansehen willst, ehe du an Deck kommst. Ich habe nur einen kurzen Blick drauf geworfen, aber sie sind vielleicht besser als unsere eigenen.«

»Danke, ich sehe sie mir gleich an.« Von der Kajüte gab es eine kleine Tür zum Kartenraum. Als er ihn betrat, stellte er die Lampe heller, die dort brennend hing. In ihrem Licht erkannte er, daß der Tisch unordentlich von einer Menge Bücher und Papiere bedeckt war.

Er nahm Platz und begann eine genaue Suche nach Informationen, die wichtig sein könnten. Alles war in Russisch, das er nicht verstand. Manche Dokumente trugen offizielle Siegel und schienen Befehle zu sein. Wahrscheinlich waren einige aktuell, doch die meisten schienen überholt, so verblichen wie sie aussahen.

Ein zerlesenes Signalhandbuch fiel ihm auf. Als er es aufschlug, fand er ein Blatt Zeichenpapier dick gefaltet zwischen den Seiten, so als habe jemand versucht, das Handbuch als Versteck zu nutzen. Phillips Neugier war geweckt, und er breitete das Blatt vor sich aus. Dann spitzte er angenehm überrascht die Lippen. An den sauber gezeichneten Darstellungen, auf die er jetzt blickte, konnte es keinen Zweifel geben.

Trotz ihres russischen Textes waren sie mit ihren schrittweisen Illustrationen leicht zu verstehen. Sie zeigten die Teile und die Konstruktion der schwimmenden Bombe, die Greys Boot in Stücke gerissen hatte. Das Gegenstück hatte er in einem speziellen Gestell hängen sehen, das am Oberdeck der Brigg angebracht war. Er betrachtete den kegelförmigen Behälter, den flachen hölzernen Deckel und die drei eisernen Bolzen, die ihn mit seiner Basis verbanden. Jedes Teil trug deutlich erkennbar eine Zahl oder einen Buchstaben, und so konnte Phillip erkennen, daß die Ladung selber in einem inneren Behälter untergebracht war. Das hatte er von vornherein angenommen. Ein dicker

Ring aus Guttapercha hielt sie, der selber wieder an einem eisernen Ring darüber befestigt war.

Der Zündmechanismus schien einfach, aber genial zu sein. Eine Sprengkapsel – wahrscheinlich Knallquecksilber, vermutete Phillip, der das Russische aber nicht entziffern konnte – war in einem kleinen ebenen Behälter oberhalb der Ladung angebracht, ein Hahn an einem Ende. Der reagierte auf zwei Drähte, die wie Abzugsleinen wirkten.

Phillip sah, daß Drähte durch den inneren Ring geführt wurden. Damit die Bombe sicher transportiert werden konnte, wurden die Enden der Drähte nach draußen geführt. Um die Ladung zu aktivieren, mußten sie unter Druck zusammengebracht werden. Das geschah zum Beispiel, wenn die flache Spitze der Bombe durch ein vorbeifahrendes Schiff getroffen wurde. Dann teilten sich die Drähte, ließen die Zündleinen los, der Zünder wurde aktiviert, und das Höllending explodierte.

Die Zeichnung zeigte auch, welche Werkzeuge nötig waren, um die Drähte zu verbinden. Doch es fehlte jeder Hinweis auf eine Methode in die umgekehrte Richtung. War sie erst einmal ausgebracht, dann blieb diese Bombe wer weiß wie lange gefährlich. Jedenfalls so lange, wie das äußere Holz wasserdicht blieb. Er runzelte die Stirn. Das konnte man nur raten. Stunden sicher, vielleicht sogar Tage.

Seine Freude über diese unerwartete Entdeckung wurde so ein wenig gedämpft. Phillip suchte weiter, auch auf dem Boden des Kartenraums, und fand schließlich die Werkzeugsammlung, nach der er gefahndet hatte, in einem Lederkasten halb versteckt hinter einem Stapel Bücher. Im Kasten lagen einige Streifen Guttapercha, vermutlich waren sie dafür vorgesehen, die Drähte zu schützen oder zu isolieren, ein Holzbohrer, zwei Zangen und ein kleiner, seltsam geformter Schraubenschlüssel. Wahrscheinlich brauchte man den, um die Schrauben zu lösen, die oben den Deckel hielten.

Phillip nahm den Kasten an sich, trat an den Tisch und blätterte schnell durch das Signalhandbuch in der Hoffnung, die aktuellen Erkennungssignale des Feindes zu finden – allerdings ergebnislos, denn das Handbuch war längst überholt. Doch er fand verschiedene Karten vom Asowschen Meer und der Meerenge und auch die spezielle Karte, mit der Kapitän Kirkoff offensichtlich navigiert hatte. Zusätzlich zu den üblichen Symbolen entdeckte Phillip darauf kleine Tintenkreise und Anmerkungen, einige in schwarzer, andere in roter Tinte. Phillip betrachtete sie einige Minuten genau und versuchte sich klarzuwerden, ob sie kürzlich errichtete künstliche Hindernisse bezeichneten oder schwimmende Bomben. Beides war wahrscheinlich. Aber er konnte es unmöglich selber herausfinden. Entweder mußte er den russischen Kapitän bewegen, es ihm zu sagen, oder Graham bitten, die Notizen zu entziffern. Er griff nach Zirkel und Kartenlineal und machte ein paar schnelle Kalkulationen. Da klopfte es an die Tür der Kajüte, und O'Haras Stimme unterbrach seine Gedanken.

»Sir!«

»Was ist, Mr. O'Hara?«

Wie üblich war O'Hara mit seiner Nachricht gerannt und jetzt außer Atem.

»Gruß vom Ersten Offizier. Er hat jetzt die Prisenbesatzung ausgewählt und den Rest in das kleine Boot bugsiert. Er fragt, ob er noch einmal mit Ihnen sprechen kann, ehe er zur *Huntress* zurückkehrt?«

Phillip nickte. »Bitten Sie den Erster Offizier zu mir.« Er sah auf die Uhr. »Was meldet der Maschinenraum?«

»Mr. Curtis ist soweit, und die Kohlenbunker sind noch zu zwei Dritteln gefüllt, Sir. Der Gehilfe das Stückmeisters meldet beide Kanonen einsatzfähig. Er hat Munition aus den Magazinen holen lassen, es sind nur Granaten, wie er meldet. Auf Befehl des Ersten Offiziers sind beide Kanonen ausgefahren und geladen. Wir können sofort Fahrt aufnehmen, Sir!«

»Danke, Mr. O'Hara. Wir nehmen Fahrt auf, wenn ich mit

dem Ersten Offizier gesprochen habe.« Phillip gab seine Befehle mit betonter Ruhe und schickte die Mitglieder seiner ausgedünnten Mannschaft auf die Stationen, auf denen sie im Augenblick mit größtem Nutzen eingesetzt werden konnten. »Sorgen Sie bitte dafür, daß das Enterkommando uns seine Gewehre hier läßt«, fügte er hinzu. »Wir könnten sie brauchen.«

»Aye, aye, Sir!« Der Fähnrich verschwand. Sein neuer Status als Zweiter Befehlshaber der Brigg *Constantine* paßte nicht zu seiner unwürdigen Eile.

»Es gibt keinen Grund zu rennen, Mr. O'Hara«, rief ihm Phillip deshalb tadelnd nach. »Ich habe mindestens zehn Minuten mit dem Ersten Offizier zu reden.«

Ein paar Augenblicke später trat Graham ins Kartenzimmer. »Ich habe nochmals versucht, unseren Gefangenen auszuhorchen«, berichtete er, ehe Phillip etwas sagen konnte. »Aber der verdammte Kerl ist verschlossen wie eine Muschel. Ich habe mir überlegt, Phillip, ob du nicht eine Stunde warten könntest. Ich mache mich dann auf die Suche nach der *Vesuvius*. Wenn ich Kapitän Osborn die Situation erkläre, kann er dir vielleicht technische Hilfe schicken. Das Heer müßte doch eigentlich Sprengstoffexperten haben.«

»Das wird nicht mehr nötig sein«, warf Phillip ungeduldig ein.

»Nicht nötig? Und was machen wir mit diesen teuflischen Bomben?«

»Ich glaube, ich werde mit ihnen fertig. Also etwa ...«

»Wie in Gottes Namen?« wollte Graham heftig wissen. »O'Hara hat mir gerade gesagt, daß du unsere Gewehre behalten willst. Du riskierst, daß die Batterien das Feuer auf uns eröffnen, wenn du versuchst, diese Bomben mit Gewehrfeuer oder Kanonenschüssen in die Luft zu jagen. Da hilft dir die russische Flagge auch nichts. Und es dürfte ein verdammt gefährliches Unterfangen werden, die Dinger aus dem Fahrwasser zu schleppen. Selbst wenn du sie an eine Leine hängst, werden sie explodieren. Denk an das, was mit Greys Boot geschah.« Graham schien so ernstlich betroffen, daß Phillip seine Ungeduld verbarg. »Du kannst von mir aus gern die *Vesuvius* suchen, mein Lieber, hier sind ein paar Karten, die Jack Lyons sehr nützlich finden wird, vor allen Dingen dann, wenn Sherard Osborn sie ihm überbringen kann, eher er den Flottentreffpunkt verläßt. Du hast recht, sie sind besser als unsere. Aber nun sieh dir erst mal diese Abbildungen an, ehe du weiterredest.« Er erhob sich und schob seinem Bruder die russischen Zeichnungen zu. »Sie zeigen ganz genau, wie die Ladung in diesen Bomben gelagert ist und wie sie gezündet wird. Ich fand sie mit einigem Glück in einem alten Signalhandbuch. Kirkoff hatte versucht, sie dort zu verstecken. Er wollte offensichtlich nicht, daß sie uns in die Hände fallen.«

»Verständlich.« Graham prüfte die Zeichnungen, und seine Züge entspannten sich dabei sichtlich. »Ich bin sehr erleichtert, daß du die gefunden hast. Also wirst du nicht ganz im dunkeln handeln müssen. Aber es wird immer noch nicht leicht werden, die Drähte im Wasser zu trennen, wenn die Bombe zum größten Teil unter Wasser ist. Ich bezweifle sogar, daß man das überhaupt kann.«

Er wollte sich in technische Einzelheiten flüchten, aber Phillip unterbrach ihn: »Irgendwie wird es gehen. Wenn Kirkoff nicht helfen will oder kann – auch gut. Wir haben ja noch eine seiner Bomben an Bord. An ihr kann ich meine Theorie überprüfen, ehe wir in die Straße einlaufen.« Er sprach mit mehr Überzeugung, als er eigentlich besaß. Ihm wurde plötzlich bewußt, wie schnell jetzt die Zeit verstrich. Also bat er seinen Bruder wieder an die Karte.

»Was hältst du von diesen Kreisen aus Tinte, Graham? Ob sie zeigen, wo die Bomben über Bord geworfen wurden? Natürlich weiß ich, daß sie auf jeden Fall weitergetrieben sind. Aber wenn wir wüßten, wo Kirkoff sie ausgesetzt hat, könnten wir schätzen, wo sie jetzt sind.«

»Aber nur ungefähr, fürchte ich, es sei denn, die Russen haben irgendeine Möglichkeit, sie zu verankern. Auf den Zeichnungen ist davon nichts zu entdecken, oder?«

»Nein. Ich nehme mal an, sie sind erst seit ein paar Stunden im Wasser. Kirkoff war vermutlich gerade mit dem Aussetzen beschäftigt, als wir erschienen.«

»Ja, das denke ich auch. Und vielleicht waren es noch mehr. Doch ohne Tide können die Dinger eigentlich nicht allzu weit getrieben sein.« Graham beugte sich über die Karte und studierte sie mit zusammengezogenen Augenbrauen.

»Wenn diese Kreise wirklich angeben, wo die Bomben ins Wasser geworfen wurden, dann sieht es so aus, als ob die meisten im tiefen Fahrwasser vor Taman treiben, östlich von uns. Aber die Kreise könnten auch versenkte Schiffe und andere Unterwasserhindernisse bezeichnen – vor allem diese Linie hier. Kapitän Moore hat doch berichtet, daß viele Dampfschiffe hierher liefen und wieder verschwanden, mit beladenen Prähmen im Schlepp. Hat er nicht auch gesagt, daß schon vor einem Monat Steine und Hölzer ins Fahrwasser vor Taman gebracht wurden?«

»Ja«, bestätigte Phillip. »Er sagte sogar, sie waren eifrig bei der Sache, das hatte ich fast vergessen, Graham, verdammt noch mal.«

»Über das tiefe Fahrwasser mußt du dir nicht den Kopf zerbrechen«, sagte Graham. »Wenn das hier schwimmende Bomben sind, dann können die Dinger bei Tageslicht leicht in die Luft gejagt werden, nachdem die Truppen an Land gesetzt wurden und die Batterien besetzt haben. Natürlich muß das Geschwader rechtzeitig vorgewarnt werden. Wenn die schwarzen Kreise Hindernisse anderer Art angeben, ist es immer noch nützlich, ihre Lage zu kennen. Was die Vorwarnung des Geschwaders angeht – soll ich sie nicht auf eine andere Karte übertragen und sie dann der *Miranda* übergeben? Das dauert nicht lange.«

»Mach die Kopie für mich«, schlug Phillip vor. »Und laß die Bemerkungen weg, ich kann sie sowieso nicht verstehen. Es handelt sich wohl um Russisch. Kannst du sie übersetzen?«

Bedauernd schüttelte Graham den Kopf. »Dazu bräuchte ich ein Wörterbuch und mehr Zeit, als wir jetzt haben, leider. Ich kann mich auf Russisch zwar verständigen, aber ich kann es weder lesen noch schreiben.« Er ergriff eine Feder. »Gib mir mal bitte das Fläschchen mit der roten Tinte. Danke.« Er arbeitete schnell und sicher. »Diese Karten sind genauer als unsere eigenen, weißt du. Und sie nennen wenigstens zwei Faden Wasser bis nach Yenikale, manchmal sogar vier. Du wirst kaum Probleme haben, auf dieser Seite des Fahrwassers durchzukommen. Sieh dir das an. Was immer die kleinen geheimnisvollen Kreise bedeuten, es gibt nur fünf, nein, doch sechs von ihnen. Ganz offensichtlich rechnet der Gegner nicht mit einer Fahrt unserer Flottille durch das westliche Fahrwasser. Schiffe mit geringem Tiefgang können dort fahren. Wenn die Russen damit gerechnet hätten, dann hätten sie mehr von den Teufelsdingern auf dieser Seite der Cheska Bank verlegt.«

»Die halten offenbar die Batterien für abschreckend genug«, antwortete Phillip. »Oder vielleicht sollte Kirkoff neue Bomben aufnehmen.« Er schaute besorgt auf die Uhr. »Bist du bald fertig?«

»Gleich!« Grahams Feder bewegte sich schneller, und die Spitze quietschte auf dem Papier. »So, das war's. Die Tinte ist gleich trocken. Wenn ich dir einen Vorschlag machen darf, Phillip, dann lauf Nord bei Ost, bis du Ferrikale ausmachst. Und dann halte dich in der Mitte des Fahrwassers. Dort ist es erstens sicherer und zweitens, wenn diese Kreise hier schwimmende Bomben bedeuten, dürfte die Strömung sie auf das Land zutreiben.«

Während er seinem Bruder über die Schulter schaute, fühlte Phillip, wie sein früherer Optimismus wieder kam. Das Fahrwasser war zwar schmal, aber es existierte. Er würde es geradewegs hinablaufen, entschied er, so wie Graham es ihm geraten hatte, und würde dabei die Tonnen setzen. Die Suche nach den Bomben würde er verschieben, bis er seine Befehle ausgeführt hatte und sich auf dem Weg zurück befand. Die Brigg würde wahrscheinlich den Argwohn der Kanoniere an Land weniger erregen, wenn sie direkt und kühn nach Yenikale segelte. Dank Kirkoffs ausgezeichneter Karten könnte er auf ein Boot verzichten, das vor ihm her lief und die Tiefen lotete.

Auf der Rückfahrt müßte er sehr sorgfältig nach den Bomben suchen oder nach anderen Hindernissen, die Gefahr für Jack Lyons Flottille durch das Fahrwasser bedeuten könnten, und sie dann entsprechend behandeln. Wahrscheinlich war es unmöglich, einen Verdacht ganz zu vermeiden ...

Wenn Kapitän Kirkoff nicht überredet werden konnte, ihm zu verraten, wie man die Bomben entschärfte, müßte er sie in die Luft jagen. Die Explosionen würden ohne Zweifel das Feuer der Batterien auf sie lenken. Aber ... Er seufzte. Am besten kümmerte man sich erst darum, wenn es soweit war. Es bestand schließlich immer noch die Möglichkeit, daß Kapitän Kirkoff die Erkennungssignale verriet. Selbst so ein bärbeißiger Russe würde verbindlicher werden, dachte Phillip, sobald er einsehen müßte, daß sein Schiff unter Feuer kommen würde, wenn es auf die Signale der Batterien nicht antwortete.

Graham erhob sich, rollte die markierte Karte zusammen, die er kopiert hatte, und klemmte sie unter den Arm. Als sie den Kartenraum verließen, fragte er: »Ich nehme an, du willst, daß ich mich mit dem Werk sofort auf der *Vesuvius* melde, Phillip? Oder kann ich mich hier in der Nähe aufhalten, falls du Hilfe brauchst?«

Phillip zögerte nur einen Augenblick. »Sofort zur *Vesuvius*. Wenn was schiefgehen sollte, dann wird das erst der Fall sein, wenn wir zurückkehren, nehme ich an. Du wirst ja hören, wenn man auf uns feuert.«

»Sehr gut.« Phillip äußerte an dieser Entscheidung keinen

Zweifel. Oben an Deck schaute er sich um, stellte fest, daß der Nebel noch immer so dick wie ehedem war, und streckte dem Bruder seine Hand entgegen. »Au revoir und alles Gute, Phillip, mein Lieber. Ich werde in ein paar Stunden auf dich warten, um dich in Empfang zu nehmen. Früher, falls der Nebel sich auflöst. Und paß auf, was du mit Kirkoff machst, er ist ein schlimmer Bursche, einer der übelsten, die mir je begegnet sind. Und er kennt seine Rechte als Kriegsgefangener.«

»Ich werde aufpassen«, sagte Phillip leichthin. Er wartete, bis die Gig abgelegt hatte, und wandte sich dann an seinen jugendlichen Stellvertreter, der neben ihm gespannt wartete. »Lassen Sie uns Fahrt aufnehmen, Mr. O'Hara. Sagen Sie bitte Mr. Curtis, daß ich die Maschine jetzt brauchen kann.« Er trat ans Kompaßhäuschen. Als das stete Dröhnen der Maschinen Mr. O'Haras Rückkehr ankündigte, gab er seine Befehle kurz und knapp.

»Aye, aye, Sir!« Der Junge zögerte und sah ihn unsicher an. »Sollen wir die Lichter löschen, Sir?«

Phillip lächelte zu ihm herab. »Ein russisches Schiff, das sich russischen Kanonen nähert, wird das offen tun und also Lichter an Deck und auch Positionslichter zeigen, oder? Nach Auftrag und Vorhaben sind wir ein russisches Schiff, Mr. O'Hara, und genauso werden wir uns auch benehmen.«

»Ja, Sir«, bestätigte O'Hara. »Ich verstehe.«

Hoffentlich, dachte Phillip. Sein Lächeln verschwand, als er wieder in das erleuchtete Kompaßhäuschen blickte. Die Schaufelräder der *Constantine* bekamen Schwung, schlugen das Wasser zu Schaum, und der dunkle Umriß seines eigenen Schiffs verschwand im Nebel.

»Kurs Nordost bei Ost, Rudergänger!« befahl er.

»Kurs Nordost bei Ost. Aye, aye, Sir!« erklang die Antwort.

Ein großer Mann mit schwarzen Augenbrauen, ein Mann aus Cornwall, Trevelyan, stand am Ruder, der bereits 18 Jahre in der Marine gedient und beispielhafte Papiere hatte, bis

Ambrose Quinn ihn wegen irgendeiner hergeholten Sache im vergangenen Jahr hatte auspeitschen lassen. Es war typisch für Trevelyan, daß er sich immer freiwillig meldete, für das Enterkommando ebenso wie für die Prisenbesatzung. Das Auspeitschen hatte ihn nicht erbittert, was häufig genug die Folge solch harter Strafen war. Er war eine gute Wahl, ein ausgezeichneter Rudergänger, ganz besonders unter Segeln ...

Die Brigg reagierte etwas langsam auf das Ruder. Das faltenreiche, gebräunte Gesicht des Mannes verzog sich zu einem Grinsen, und mit einem freundlichen Fluch verglich er das Schiff mit einer Mulattin, mit der er einst zusammengelebt hatte.

Phillip schaute auf den Kompaß und tat, als habe er die Bemerkung nicht gehört, aber seine Mundwinkel zuckten doch, als er eine Kurskorrektur befahl. Wieder wandte er sich an den aufmerksamen O'Hara und sagte: »Ich muß mich um eine Sache kümmern, die mich 10 bis 15 Minuten beschäftigen wird, Mr. O'Hara, aber das braucht Sie nicht zu kümmern. Sie sind hier oben an Deck der Verantwortliche. Halten Sie Kurs und Geschwindigkeit. Ich werde meine Aufgabe gelöst haben, ehe wir uns der nördlichen Küste der Bucht nähern. Aber bitte informieren Sie mich sofort, wenn sich uns ein Schiff nähert. Und seien Sie ein guter Ausguck. Hier, nehmen Sie mein Glas, ich brauche es im Augenblick nicht.«

Erfreut dankte der Fähnrich: »Aye, aye, Sir!« Mit dem Glas unter dem Arm schritt er auf dem beengten Achterdeck mit langsamen Schritten auf und ab wie ein erfahrener Wachgänger.

Phillip war sich sicher, daß seinen jungen Augen nichts entgehen würde. Er nahm also eine Laterne und trat an das Gestell, an dem die kegelförmige Bombe hing, und kletterte dann in die Webleinen des Großmastes, um sich das flache hölzerne obere Ende und die Drähte, die aus ihm heraus kamen, noch einmal und genauer anzusehen.

Von hier oben und mit dem neuen Wissen über den Zündmechanismus entdeckte er entsetzt, daß die Zugdrähte verbunden worden waren. Also war die Bombe in keinem Zustand, in dem sie ohne Risiko bewegt werden konnte. Er spürte eine Enttäuschung, die eigentlich unsinnig war, stieg an Deck zurück, ging zur Vorderseite des Gestells und kletterte nach oben auf den Radkasten. Wenn er die Bombe in dem Netz, das sie jetzt hielt, einen oder zwei Fuß herab ließ, könnte er von seinem Standort aus die Drähte ändern oder anpassen. Auf die gleiche Art könnte er vielleicht den Deckel losschrauben und ihn ganz abheben, um so an die innere Kammer zu gelangen. Er fluchte leise vor sich hin. Er wußte, daß es unmöglich war, etwas Derartiges zu tun, sobald die Zündleine gespannt war. Der kleinste Fehler – und die Ladung würde explodieren und das Schiff zerstören und jeden Mann, der in der Nähe war. Er mußte an den zerfetzten Ryan denken und spürte kalten Schweiß auf der Haut.

Dieser verdammte Kirkoff hatte die Bombe aktiviert, hol der Teufel seine verfluchte russische Seele. Phillip behielt die straff gespannten Drähte genau im Visier und zwang sich, das dicke Holz außen vorsichtig mit den Fingerspitzen zu erkunden. Es erinnerte an Fässer. Seit er die Abbildungen besaß, hatte ihn ein Gefühl der Hoffnung ergriffen, auf irgendeine einfache Weise die Bombe zu entschärfen. Er hatte sich vorgenommen, diese Bombe hier notfalls völlig auseinanderzunehmen, um eine Methode zu finden, die er dann später auch bei den anderen anwenden könnte, die im Fahrwasser trieben. Doch frustriert mußte er aufgeben. Wenn er seine Theorie nicht an dem einzigen Exemplar überprüfen konnte, das er hoch und trocken vorgefunden hatte, dann waren seine Erfolgsaussichten gering, falls sie überhaupt existierten. So wie die Sache jetzt stand, war die Bombe für seine Zwecke nutzlos. Ja, sie war sogar gefährlich. Am besten wäre es sicher, sie zu Wasser zu lassen und sie zur Explosion zu bringen, selbst auf die Gefahr hin, die Batterien aufmerksam zu machen.

Wenn Phillip das tat, würde er natürlich gezwungen sein, alle anderen, die er unterwegs aufspürte, auf die gleiche Weise zu behandeln, auch wenn sie gefährlich nahe am Ufer waren. Doch welche andere Wahl habe ich, fragte er sich bedrückt. Die Bomben konnten nicht ungehört zerstört werden, die Höllenmaschinen mußten aber in die Luft gejagt werden, es sei denn ...

Er holte tief Luft. Wenn er eine Methode fand, die äußere Umhüllung zu durchbohren, dann würde die Ladung im Wasser liegen. Das würde ohne Zweifel die Gefahr beseitigen, so leise und so nachhaltig, wie man es sich nur wünschen konnte. Doch wie sollte man das bewerkstelligen?

Phillips Finger fuhren suchend über das Holz, spürten nach Fehlern und fanden keinen. Das Holz war glatt, wurde durch zwei eiserne Ringe fest zusammengehalten und war mindestens drei Zoll dick – zu dick, hol's der Teufel. Selbst wenn sie mit dem Oberteil fest in dem speziellen Gestell hing, würde man viel Zeit brauchen, um ein drei Zoll dickes hartes Holz zu durchbohren. Wenn die Bombe schwamm und sich zum größten Teil unter Wasser befand, würde die Aufgabe noch mehr Zeit verlangen. Und ein einzige Loch würde wahrscheinlich gar nicht reichen.

Es würde aber dennoch Erfolg haben, sagte sich Phillip, und war versucht, es zu probieren. Die Bombe müßte natürlich sehr vorsichtig zu Wasser gelassen werden, das Netz müßte sie immer noch halten, damit man ihre Bewegungen beherrschte. Phillip müßte sich wahrscheinlich zusammen mit ihr nach unten gleiten lassen, um sicherzustellen, daß es kein Hindernis gab. Im Wasser bräuchte er dann ein Boot, das den schweren Kegel weg zog, weit genug weg von der Brigg ...

Er sah sich um. Die *Constantine* hatte an Steuerbord zwei Boote, eine kleine Gig mit vier Riemen, die seinen Absichten perfekt entsprach. Er würde zwei Männer mitnehmen, einen, der das Boot ruhig hielt, den anderen, um ihm zu helfen, die

Bombe zu versenken. Thompson war die erste Wahl. Er war den Umgang mit Sprengstoffen gewöhnt und würde nicht den Kopf verlieren. Außerdem war der große Gehilfe des Stückmeisters ein kluger Mann. Wenn er die Abbildungen sah, würde er vielleicht eine noch bessere Lösung finden.

Natürlich gab es Kirkoff auch noch. Phillip grinste grimmig. Kapitän Kirkoff hat es verdient, zusammen mit dem Trupp die Bombe unschädlich zu machen, dachte Phillip zynisch. Diese Erfahrung würde ihm vielleicht die Zunge lösen. Phillip senkte seine Laterne und ließ sich vom Radkasten herunter. Mit einem Blick auf seine Uhr stellte er erleichtert fest, daß es noch nicht acht war. Er hatte O'Hara gesagt, er brauche zur Inspektion der Bombe nicht mehr als zehn Minuten. Viel mehr hatte er in der Tat nicht gebraucht. In etwa 15 Minuten würde Ferrikale auftauchen, und die ersten Batterien von Kertsch würden durch die neblige Dunkelheit drohen. Es würde seine gesamte Aufmerksamkeit kosten, die Brigg sicher an den Gefahren vorbeizuführen.

Er brauchte mehr Zeit und beschloß, sie sich zu nehmen. Größere Hast würde in diesem Fall zu langsamerem Vorankommen führen. Er konnte mit der teuflischen Bombe in ihrem Gestell niemals in die Straße von Yenikale einlaufen, das hieße das Ende herauszufordern. Die Bombe mußte zerstört werden, und eine Verspätung von einer Stunde würde nicht viel bedeuten. Mit etwas Glück konnte er immer noch vor der Dämmerung ein- und auslaufen. Mit etwas mehr Glück würde der Feind ihn dabei nicht bemerken ...

»Mr. O'Hara!« Phillip hatte seinen Entschluß gefaßt und befahl ihm, die Maschinen zu stoppen und dann in den Wind zu gehen. »Und bitten Sie den Gehilfen des Stückmeisters zu mir«, fügte er hinzu.

»Aye, aye, Sir!« Im runden, engelhaften Gesicht des Jungen spiegelte sich blanke Neugier, aber er war zu wohlerzogen, um zu fragen. Selbst als er den Befehl an den Maschinenraum weitergegeben hatte und Phillip ihm befahl, die Gig mit den vier Riemen zu Wasser zu lassen, zeigte er nur eine Überraschung, die gerade noch zur pflichtgemäßen Bestätigung eines Befehls erlaubt war. Dann kam Thompson nach achtern gelaufen, und das gleichmäßige Pochen der Maschine stoppte. Phillip bat beide, ihm zu dem Gestell zu folgen, in dem die Bombe hing. Er deutete darauf und sagte: »Die Bombe ist so vorbereitet worden, daß sie explodieren kann. Ich werde sie zu Wasser lassen und sie zerstören, ehe wir weiterdampfen. Aber die Frage ist wie? Sehen Sie sich das mal genauer an, Thompson.« Er zeigte ihm die Abbildungen und stellte die Lampe dazu auf Deck.

Gehorsam ließ sich Thompson auf ein Knie nieder, um sie zu studieren, und war genauso verwirrt wie O'Hara vor ein paar Minuten.

»Lassen Sie sich Zeit«, forderte Phillip ihn auf. »Und Sie können sich die Bombe selber vom Radkasten aus ansehen, wenn Sie wollen. Aber seien Sie vorsichtig, falls Sie sie anfassen. Dann sagen Sie mir, was Ihrer Meinung nach die beste Methode ist, sie zu entschärfen. Denken Sie dabei daran, daß dies wahrscheinlich nicht die einzige schwimmende Überraschung ist, die wir loswerden müssen. Einige werden sicher in der Nähe der Küstenbatterien schwimmen, zu nahe für mein Wohlgefühl.«

»Sie wollen sie also nicht einfach in die Luft jagen, Sir?« fragte Thompson.

»Nein, das habe ich eigentlich nicht vor!«

»Dann ist das ein dickes Ding, Sir«, murmelte der große Gehilfe.

»Das weiß ich selber«, gab Phillip zu. »Als allerletztes sollten wir sie in die Luft jagen. Das Fahrwasser muß morgen früh frei sein für unsere angreifende Flottille. Und wahrscheinlich schwimmen hier ein halbes Dutzend von diesen Dingern rum.« Er gab ein paar kurze Erläuterungen.

O'Hara, der sich über Thompson gelehnt und ihm über die Schulter geblickt hatte, richtete sich wieder auf und sah ihn erschrocken an, als er das alles begriff. »Hat so eine wie diese Mr. Greys Boot zerstört, Sir?«

»Ja, ziemlich sicher, Mr. O'Hara«, antwortete Phillip.

Der Junge hatte wahrscheinlich auch den zerfetzten Leichnam von Greys unglücklichem Bootsführer gesehen, dachte er. Man brauchte also nicht allzuviel Phantasie, um sich vorzustellen, was ein halbes Dutzend von Kirkoffs schwimmenden Bomben unter den Booten einer Flottille anrichten könnte, die an Land ruderten. Er wußte, daß Fähnrich O'Hara genügend Vorstellungskraft für solche Schrecken hatte, und sagte bewußt scharf: »Kümmern Sie sich bitte um meine Gig. Ich möchte im Heck einen Fender geriggt haben. Ein paar Riemen werden reichen, entfernen Sie die anderen. Ja, und dann brauche ich noch eine Laterne. Halten Sie sich bereit, das Boot zu Wasser zu lassen, wenn ich es sage.«

Der Schrecken verschwand aus dem Gesicht des Jungen. »Aye, aye, Sir! Aber ...«, er zögerte, »Sir ...«

»Ja?« Immer noch klang Phillip kurz angebunden, weil er viele Einzelheiten bedenken mußte, die er bisher übersehen hatte. »Was wollen Sie, Mr. O'Hara? Und wo ist Kapitän Kirkoff, wo ist der Gefangene?«

»Auf dem Vordeck, Sir, bei der Mannschaft der Kanone. Soll ich ihn kommen lassen?«

»Nein, das mache ich selber. Sie wollten mich etwas fragen. Was?« Nur mit Mühe verbarg Phillip seine wachsende Ungeduld.

O'Hara wich seinem Blick aus. »Sir, steigen Sie selber in das Boot? Ich meine, werden Sie selber die Bombe in die Luft jagen?«

Phillip war klar, daß er eine derartige Verantwortung nicht an seinen Stellvertreter delegieren konnte, und dachte an Grahams beharrliche Forderung, das Enterkommando zu führen. »Ja, Mr. O'Hara, ich werde das tun. Ich werde Thompson und einen zweiten Mann mitnehmen. Sie werden dieses Schiff also führen. Wenn irgend etwas schiefgeht oder wenn ich nicht zurückkomme, werden Sie zur *Huntress* zurücklaufen und dem Ersten Offizier das Kommando übergeben – verstanden? Er meldet gerade die Vorfälle der *Vesuvius*, wird aber sicher innerhalb der nächsten zwei Stunden wieder hier sein.«

»Ja, Sir. Alles klar. Aber, Sir ...«, er sah immer noch bedrückt aus, stellte Phillip fest, und so sagte er beruhigend: »Machen Sie sich keine Sorgen, mein Junge. Ich werde das Ding mit Samthandschuhen anfassen. Wahrscheinlich nehme ich auch Kapitän Kirkoff mit, um sicherzustellen, daß nichts schiefgeht. Er war bisher nicht sehr kooperativ, was seine Bomben betrifft, und ich habe aber vor, ihn zum Sprechen zu bringen, wenn's geht. Also ...«

Er lächelte, und O'Hara lächelte nach kurzem unsicheren Zögern zurück. »Jetzt begreife ich alles, Sir. Vielen Dank für die Erklärung. Ich werde mich jetzt um die Gig kümmern, Sir!«

Phillip ging nach vorn. Er bemerkte, daß der Wind ein bißchen aufgefrischt hatte und noch immer etwas rückdrehte. Noch einen oder zwei Striche und dann würde sich der Nebel vielleicht aufheben. Er schaute auf die Uhr und hoffte, daß das nicht allzu bald geschah. Dann schob er sie in die Tasche zurück und grinste. Er hatte sich selten, ja eigentlich nie gewünscht, daß ein Nebel bleiben sollte, aber heute nacht brauchte er ihn dringend noch ein paar Stunden.

3

Phillip stieg die Stufen auf das Vordeck hinauf. Die Männer, die vorne um die lange russische Kanone herumsaßen und sich leise unterhielten, unterbrachen sich und standen auf.

»Machen Sie bitte weiter«, sprach er den Stückführer an.

Die Männer hockten sich wieder hin und sahen ihn neugierig an, doch die Disziplin hinderte sie daran, ihm Fragen zu stellen.

»Wir werden uns von einer Last trennen, ohne die wir uns sehr viel besser fühlen«, bot er als Erklärung an. Er spürte, daß ihre Neugier mit ein bißchen Furcht untermischt war. »Das wird nicht lange dauern. Wenn der Gehilfe des Stückmeisters und ich zusammen das Ding nicht unschädlich machen können, dann werden Sie Gelegenheit haben, mit Ihrer Kanone da ein bißchen Zielschießen zu üben, also bleibt auf dem Posten, Männer.«

Die Mannschaft an der Kanone sah sich wissend an. »Es geht um die Bombe, Sir?« fragte einer. »So ein schwimmendes hölzernes Ding, das die Rußkies erfunden haben?«

»Das könnte man sagen«, antwortete Phillip. »Wenn wir sie im Wasser schwimmen haben, machen Sie sich mit ihrem Anblick vertraut. Von der Sorte könnte es noch ein paar mehr geben. Sie sind nicht leicht zu entdecken, weil neun Zehntel unter Wasser sind.« Er verließ sie mit dieser Warnung und ging zu dem Kapitän hinüber, der mit zusammengezogenen Schultern in der Kälte der Nacht stand und sein Näherkommen beobachtete mit unverhohlener Ablehnung, die sofort laut wurde, als Phillip in Hörweite war. Phillip hörte dem Wortschwall aus gutturalen flüssigem Französisch schweigend zu. Er entnahm den Worten, wie entwürdigend der Kapitän Seeleute in seiner Nähe fand und ganz besonders den schweigenden Kerl, der ihn bewachte.

»Ich bin Offizier der Kaiserlichen Russischen Marine, Monsieur«, erinnerte der Kapitän wütend. »Sie haben mein Schiff in Ihre Gewalt gebracht und mich zum Gefangenen gemacht. Warum, das weiß ich nicht. Aber die Gebräuche des Krieges verlangen, daß Sie mich mit der Umsicht und Achtung behandeln, die meinem Rang gebühren. Diese Männer sind Tiere. Wenn Sie keinen Offizier haben, der sich um mich kümmert, dann lassen Sie mich in meine Kajüte zurückkehren, wo ich mir die üblen Bemerkungen Ihrer Männer nicht anhören muß.«

Als diese Tirade endlich verklungen war, meldete sich aus der Dunkelheit hinter seinem Rücken eine Stimme in schönstem Londoner Dialekt: »Darf der so weiterreden, Sir? Hat mich die letzte halbe Stunde angemacht. Ich soll ihn nach unten bringen, raus aus der Kälte? Aber ich habe ihm gesagt, er muß gefälligst warten, bis Sie das sagen.«

Phillip erkannte seinen Steward an der Stimme und fragte streng: »Higgins, was machen Sie hier? Ich habe dem Ersten Offizier gesagt, ich brauche Sie hier nicht. Ich habe Mr. O'Hara sogar befohlen, daß Sie auf die *Huntress* zurückkehren.«

»Jawohl, Sir«, stimmte Higgins zu. Er hinkte nach vorn und klatschte grüßend gegen den Kolben des Minié-Gewehrs. »Ich habe mich freiwillig gemeldet, um diesen Arsch zu bewachen, Verzeihung, diesen Kapitän, als Sie mich nicht brauchten. Ich habe keinen Befehl bekommen, auf die *Huntress* zurückzukehren, Sir, und als der Erste Offizier Freiwillige haben wollte, da hab' ich mich gemeldet. Ich kann mich hier doch nützlich machen.«

»Ich verstehe.« Warum sollte er ihm nicht glauben? Wie

O'Leary und Trevelyan war auch Higgins ein Mann mit langer Vergangenheit auf See, der genau wußte, welche Freiheiten er sich in den engen Vorschriften für das Unterdeck herausnehmen konnte. Die übertrat er nie.

Sein Hinken war eine Erinnerung an seinen Einsatz bei der Marinebrigade an Land, als eine explodierende Granate in der Diamant-Batterie ihn schwer verwundet hatte. Doch sonst war er für den Dienst vollständig wieder hergestellt. In den sechs Monaten an Bord der *Huntress* hatte er sich zu einem erstklassigen Steward entwickelt, der seinen Pflichten genau nachkam, der fröhlich und von ausgeglichener Gemütslage war – der letzte also, der einen Offizier beleidigend behandelt hätte. Doch Kirkoffs Klagen waren ernst zu nehmen, man konnte sie nicht einfach übergehen. Er hatte zwar sicherlich übertrieben, doch wenn man ihm nicht entgegenkam, würde man alle Chancen einer Zusammenarbeit verspielen. Zwar wurde für Phillip die Zeit immer knapper, doch er wußte, er mußte den Klagen des Gefangenen nachgehen und notfalls die bestrafen, die ihn beleidigt hatten.

»Soll ich weitermachen, Sir?« meldete sich Higgins wieder.

»Nein, noch nicht. Kapitän Kirkoff sagt mir, Sie haben ihn beleidigt, Higgins.« Phillip sah ihn streng an. »Was haben Sie dazu zu sagen, wenn ich bitten darf?«

»Ich, Sir? Ich soll ihn beleidigt haben? Ganz bestimmt nicht, Sir!« Der Steward war ernstlich verblüfft. »Ich habe ihm weder so was gesagt noch so was angetan, Sir, nichts Derartiges, Ehrenwort. Ich habe nur meine Befehle befolgt und ihn hier ruhig und freundlich behandelt, wie der Erste Offizier befohlen hat.«

»Und die anderen?« wollte Phillip wissen. »Die Stückmannschaft? Der Kapitän ist nicht angetan von ihrer Disziplin und ihrer Sprache.« Das war eine reichlich unterkühlte Wiederholung von Kirkoffs Worten, aber die Klage über seine Männer ärgerte ihn. »Ich möchte die Wahrheit, Higgins, denn ich kann nicht erlauben, daß ein Kriegsgefangener von meinen Männern mißhandelt wird. Also los, ich habe keine Zeit mehr. Hat einer von euch diesen Offizier beschimpft oder respektlos behandelt?«

Higgins schüttelte emphatisch den Kopf. »Nein, Sir«, sagte er ernst. »Gott ist mein Zeuge. Wir haben ein bißchen miteinander geredet, die an der Kanone und ich, um uns die Zeit zu vertreiben. Aber wir haben nicht mit ihm geredet. Keiner hat ihn respektlos behandelt. Und der Gefangene versteht doch kein Englisch. Wie kann er da sagen, wir haben ihn mit Worten beleidigt? Ich habe einige Zeit gebraucht, ihm klarzumachen, warum ich ihn nicht nach unten bringen kann.« Er stoppte, weil der russische Kapitän herumwirbelte und ihm mit dem flachen Handrücken ins Gesicht schlug.

Dieser Schlag kam unerwartet und ebenso der Schwall von Flüchen in einer Mischung aus Französisch, Englisch und Russisch. Zu Phillips Erleichterung schlug Higgins nicht zurück. Ein Faden Blut rann aus dem verletzten Mund und den geplatzten Lippen über sein Kinn, aber er sagte nichts. Und als schlagenden Beweis britischer Marinedisziplin stand Higgins immer noch in Habt-Acht-Stellung und starrte durch den Russen hindurch, als gäbe es ihn gar nicht.

Zwei von der Kanone hatten zugesehen und wollten herbeieilen, aber Phillip winkte sie zurück. Das bißchen Sympathie und der wenige Respekt, den er für den Kommandanten der *Constantine* empfunden hatte, waren verpufft. Kühl sagte er: »Ich bedaure, es wird nicht möglich sein, Sie nach unten zu schicken, Kapitän. Ich brauche Ihre Mithilfe, um uns von dem unschönen Ding zu befreien, das Teil Ihrer Ladung war, also seien Sie so gut und begleiten Sie mich.« An Higgins gewandt sagte er leise: »Guter Mann, Sie haben sich fabelhaft verhalten. Begleiten Sie den Gefangenen nach achtern. Sollte er Sie wieder schlagen, haben Sie meine Erlaubnis, ihm den Gewehrkolben auf den Fuß zu knallen.«

»Aye, aye, Sir!« bestätigte Higgins, und seine dunklen Augen blitzten. »Danke, Sir!« Er hielt jetzt sein Gewehr unter dem Arm, und Kapitän Kirkoff, der seine Niederlage einsah, bewegte sich mürrisch zu den Stufen. »Ich glaube, Sir«, flüsterte Higgins ihm heiser zu, »der Gefangene versteht mehr Englisch, als er zugibt, und das hat ihn so wütend gemacht. Vielleicht hat er sich aufgeregt über das, was ich mit den Männern über die Russen geredet habe.«

»Ja«, stimmte Phillip zu. »Das kann gut sein. Also achten Sie in Zukunft bitte auf Ihre Worte.«

»Das werde ich bestimmt, Sir«, versicherte ihm Higgins verschmitzt.

Mehr an Bekenntnis konnte er von seinem Steward nicht erwarten, und mehr wollte Phillip unter diesen Umständen auch nicht hören. Higgins hatte seine Strafe bekommen, sie allerdings auch verdient, denn jetzt war es unwahrscheinlich, daß der russische Kapitän mit seinen Wächtern zusammenarbeiten würde. Doch die angeblichen Beleidigungen waren unbewußt geschehen, und den Zwischenfall vergaß man am besten. Phillip seufzte, als er sich an die Abschiedsworte seines Bruders erinnerte.

»Das war's, wir haben schon genug Zeit verloren. Führen Sie Ihren Gefangenen nach achtern, schnell, wenn ich bitten darf«, befahl er und ging dann schnell zu dem Gestell, neben dem Thompson wartete. »Nun, Thompson, was meinen Sie?«

Der Gehilfe des Stückmeisters schüttelte deprimiert den Kopf. »Wir müssen sie in die Luft jagen – mehr weiß ich auch nicht.« Dann erging er sich in technischen Einzelheiten, denen Phillip stirnrunzelnd zuhörte.

»Ich möchte nicht riskieren, die Kanonen einzusetzen«, warf er ein. »In diesem Nebel ist die Bombe ein winziges Ziel, wie ich Ihnen nicht sagen muß. Wir würden wahrscheinlich mehrere Schüsse brauchen, um sie zu versenken – und das würde den Batterien unsere Position verraten. Selbst Gewehrschüsse würde man hören.«

»Daran habe ich auch gedacht, Sir, darum habe ich eine kleine Ladung und eine langsam brennende Zündschnur vorbereitet.« Thompson zeigte ihm ein Paket, das in eine Ölhaut gewikkelt war. »Wenn wir die Bombe in sichere Entfernung gezogen haben, dann kann ich diese Ladung auf dem Deckel anbringen oberhalb des Wassers. Sie explodiert etwa zehn Minuten, nachdem wir die Zündschnur angezündet haben – noch später, wenn Sie das wollen, ich kann die Länge justieren. Die Drähte werden dann zuschnappen, wenn der Deckel weggeblasen wird, und wir sind dann in sicherer Entfernung.«

»Und wie stellen Sie sich vor, daß wir die Bombe in sichere Entfernung schaffen?« fragte Phillip.

»Ich kann ein paar Leinen ans Netz riggen, mit denen wir sie ziehen«, antwortete Thompson und deutete auf das Gestell. »Die Falleinrichtung soll die Bombe frei vom Netz fallen lassen, aber das kann ich manipulieren, Sir. Wenn dann das Boot bereits im Wasser ist, können wir die Leinen dicht holen und so die Bombe weit genug von unserem Rumpf halten. Sie wird nicht schwer zu bewegen sein, Sir, wenn wir es langsam angehen.«

»Sehr gut, Thompson«, stimmte ihm Phillip zu. Das Ganze war zwar ein Kompromiß, aber das müßte klappen, redete er sich ein – auch weil ihm die Zeit knapp wurde. »Und Sie sind ganz sicher, das es keine andere Möglichkeit gibt, das Ding außer Gefecht zu setzen, ohne es hochgehen zu lassen? Könnte man es nicht auch anders versenken, indem man zum Beispiel Wasser nach innen läßt, indem man Löcher von außen oder von oben hinein bohrt? Es wird noch mehr Höllenmaschinen geben, auf die wir treffen werden beim Tonnenlegen im Fahrwasser.«

Thompson schüttelte den Kopf. »Das mit dem Löcher bohren würde ich nicht versuchen, Sir«, sagte er voller Überzeugung und nannte weitere technische Einzelheiten. »Ich habe auch schon daran gedacht, ein Gewicht daran zu hängen, das die ganze Teufelsmaschine auf den Grund zieht. Aber diese Drähte brauchen nur leicht berührt zu werden, um zuzuschnappen – und dafür reicht das Gewicht des Wassers. Wenn's nach mir ginge, Sir, würde ich mir nie einfallen lassen, Bomben wie diese überhaupt in die See fallen zu lassen, selbst wenn das Schiff in Fahrt ist, wie es die Russen offenbar gemacht haben. Wenn man auch nur ein bißchen Seegang hat oder wenn das Schiff ankert, dann ist so was lebensgefährlich, weil ...«

Hinter ihnen brummte Kapitän Kirkoff irgend etwas Unverständliches. Er mißachtete Higgins Versuch, ihn zurückzuhalten, indem er den drohenden Gewehrlauf verächtlich zur Seite schob, sich an Thompson vorbeidrängte und sich mit zornrotem Gesicht vor Phillip aufpflanzte.

»Sie haben vor, Tonnen im westlichen Kanal zu legen, Kapitän?« griff er ihn in fließendem Englisch an. »Mit meinem Schiff, damit Ihre Flotte Kertsch und Yenikale angreifen kann?«

Phillip wies den wütenden Higgins an, hinter dem Rücken des Gefangenen zu bleiben. Er sah den Russen an und antwortete ruhig. »Ja, Sir, das ist meine Absicht!«

»Sie werden nicht an unseren Batterien am Ufer vorbeikommen, ohne angegriffen zu werden«, warnte Kirkoff ihn. »Und außerdem haben wir Hindernisse in das Fahrwasser gelegt.«

»Ich bin sicher, daß wir es mit Ihrer Hilfe trotzdem schaffen werden, Kapitän«, konterte Phillip lächelnd. »Wenn uns die Batterien anrufen, kennen Sie das korrekte Erkennungssignal. Das bringt uns Zeit und vermeidet die Beschädigung Ihres Schiffes und den Verlust von Menschenleben – falls Sie mit uns zusammenarbeiten!«

»Ich werde nichts verraten«, sagte der Russe entschlossen. »Was Sie vorschlagen, ist eine Beleidigung, Sir. Ich bin Kriegsgefangener, Sie dürfen mich nicht zur Hilfe zwingen.«

»Wie Sie wollen.« Phillip beobachtete ihn sehr genau in dem schwachen Licht der Deckslaterne und sagte dann in gut gespielter Gleichgültigkeit. »Ich nehme an, daß Ihre Kanoniere dieses Schiff sehr gut kennen. In diesem Nebel wird es vielleicht niemandem auffallen, wenn wir einen Anruf nicht beantworten. Diese Chance müssen wir nutzen.« Wieder entdeckte er, wie es in den dunklen Augen des Gefangenen zuckte. Er beeilte sich, seinen augenblicklichen Vorteil weiter zu nutzen und fuhr fort: »Ich habe mir Ihre Karten angesehen, Kapitän. Selbst ohne Ihre Hilfe bin ich in der Lage, den Hindernissen aus dem Weg zu gehen, die Sie so deutlich eingezeichnet haben. Einige sind schwimmende Bomben, nicht wahr, ähnlich wie die hier, von der wir uns gerade trennen wollen.« Er deutete auf das Bombengestell und fügte erklärend hinzu: »Um meine Mannschaft zu schützen, habe ich vor, die da zu versenken, ehe wir in das Fahrwasser einlaufen.«

»Anbohren und versenken?« Kirkoff sah ihn verblüfft an, die Augenbrauen hoben sich, doch in seinen Augen glänzte Haß. »Heißt das, Sie werden die Bombe ins Wasser fallen lassen?« fragte er. »Und Sie mit Kanonenschüssen versenken?«

Phillip schüttelte den Kopf. »Nein, Kapitän, das würde ja die Landbatterien auf uns aufmerksam machen, nicht wahr? Und die würden uns dann bestimmt anrufen. Wir werden Ihre Bombe in sichere Entfernung schleppen, eine kleine Ladung auf ihr anbringen, die in die Luft geht, wenn wir längst verschwunden sind.«

Entsetzt und ungläubig sah Kirkoff ihn an. »Heilige Mutter Gottes«, sagte er. »Auf diese Weise kann man eine so gefährliche Waffe nicht loswerden. Sie werden in die Luft fliegen, wenn Sie versuchen, sie zu schleppen. Solche Bomben kann man nur mit Kanonenschüssen versenken.«

Seine Worte und die Nachdrücklichkeit, mit der er das sagte, klangen fast überzeugend, fast, aber nicht ganz. Phillip zögerte, ob er ihm glauben sollte oder nicht. Es würde dem Russen in seiner Karriere ohne Zweifel nützen, wenn die Küstenbatterien gewarnt würden und sie unter Feuer nähmen, auch wenn es ein eigenes Schiff war. Jeder Kanonier würde im Fort auf seinen Posten rennen und mit der Fackel in der Hand in die wirbelnde Dunkelheit starren.

Andererseits konnte der Russe auch die Wahrheit sagen. Er wußte mehr über die Höllenmaschine als jeder andere, obwohl auch Thompson kein Neuling bei Sprengstoff war und über das Entschärfen der Bombe gründlich nachgedacht hatte. Er könnte sich bei seinen Überlegungen natürlich auch geirrt haben, trotz der Abbildungen. Wenn das der Fall war, würden die Folgen verheerend sein. Aber hatte er sich wirklich geirrt?

Immer noch unentschieden drehte Phillip sich um, um sich wieder mit dem Gehilfen des Stückmeisters zu beraten. Doch statt seiner fand er Fähnrich O'Hara neben sich und erinnerte sich an seinen früheren Entschluß, den Gefangenen im Boot mitzunehmen, um ihn zum Reden zu bringen. Vielleicht wird schon die Drohung reichen, überlegte er, angesichts Kirkoffs tatsächlicher oder vorgegebener Furcht davor, daß man die Bomben wegschleppen wollte. Es konnte jedenfalls nicht falsch sein, die Wahrheit aus ihm herauszupressen. Er sah nach achtern. Die Gig war schon ausgebracht, und Männer machten sich an den Fallen zu schaffen. Also beendete er seine Zweifel. »Mr. O'Hara, sind Sie soweit mit dem Ausbringen der Gig?«

Der Fähnrich hob grüßend die Hand an die Mütze. »Ja, Sir«, sagte er eifrig. »Die Fender sind wie befohlen geriggt. Das Boot kann zu Wasser gelassen werden.« Ein schelmisches Grinsen machte sich in seinem rotwangigen Gesicht breit. »Soll ich fortfahren, Sir?«

»Lassen Sie die Gig zu Wasser und machen Sie sie mittschiffs fest, bis ich Sie ablöse.«

Der Junge eilte an seinen Platz im Heck der Gig, und seine schrille Stimme, mit der er den beiden Männern Befehle gab, war deutlicher zu hören als das Quietschen der Taljen.

Phillip lächelte innerlich. In der ganzen Marine gibt es kaum einen besseren Fähnrich als diesen, dachte er. Und er konnte es weit bringen, wenn er endlich seine Gewohnheit ablegen würde, alles in halsbrecherischem Tempo zu erledigen.

Er sah, wie Kirkoff ihn ahnungsvoll anblickte, als die Gig ins Wasser klatschte. Mit eisiger Höflichkeit sagte er, und sein Lächeln verschwand: »Ich wäre Ihnen verbunden, Sir, wenn Sie mir in das Boot folgten, um mir bei der Entfernung der Bombe zu helfen. Ich werde Ihr Ehrenwort annehmen, wenn Sie es mir geben wollen ...«

»Mein Ehrenwort?«

»Ja, Ihr Wort, daß Sie keinen Fluchtversuch unternehmen werden, Sir. Begleiten Sie bitte den Kapitän, Higgins. Thompson, ich möchte gern, daß Sie jetzt die Schleppleinen riggen und sich darum kümmern, daß ...«

Der Russe reagierte schnell und wütend. »Sie sind verrückt«, schrie er. »Alle Engländer sind verrückt. Ich denke nicht daran, Ihnen zu helfen.« Er spuckte verächtlich vor Phillip aus.

Higgins und Thompson näherten sich ihm, zornig über die Beleidigung ihres Kommandanten, und versuchten, ihn mit Gewalt fortzuzerren.

Aber der kräftige Russe widerstand ihnen. Weiß vor Wut und um sich schlagend, fluchte er in jeder Sprache, die ihm gerade einfiel. »Ihr verdammten Hunde, nehmt eure dreckigen Pfoten weg. Ihr Giftspritzer. Ich bin Offizier, Kommandant dieses Schiffes, Kriegsgefangener, ihr dürft mich so nicht behandeln. Rufen Sie Ihre Männer zurück, Kapitän«, wandte er sich zornig an Phillip. »Ich verlange Schutz von Ihnen nach den Kriegsgebräuchen.«

Phillip war klar, daß der Mann darauf ein gewisses Recht hatte, auch wenn das sein früheres Ungehaltensein nicht entschuldigte. Also gab er einen kurzen Befehl, und die beiden Seeleute traten schwer atmend gehorsam einen Schritt zurück. »Ich hatte angeboten, Ihr Ehrenwort zu akzeptieren«, sagte er und gab sich große Mühe, nicht erregt zu klingen. »Wenn Sie es mir geben, dann ...«

»Ich werde Ihnen nichts geben.« Kirkoff drehte sich um und sah plötzlich sehr häßlich aus. Ohne Warnung schlug er den völlig überraschten Thompson ins Genick, und der brach sofort zusammen. Als Higgins einen Augenblick zögerte, ehe er zupacken wollte, entriß er ihm sein Gewehr, als sei es ein Spielzeug in Kinderhänden, und rammte ihm den Kolben mit Wucht in den Magen. Der Steward knickte zusammen und sackte atemlos auf die Knie und behinderte so Phillips schlecht gezielten Sprung. Kirkoff bewegte sich für einen so mächtigen Mann mit überraschender Leichtigkeit und rannte zum Radkasten.

Er sprang auf ihn. Phillip rief eine Warnung an das Boot unten, weil er damit rechnete, daß der Russe versuchen würde, über Bord zu springen, und packte ihn gleichzeitig am Fußgelenk. Dabei erhielt er einen Fußtritt ins Gesicht und prallte zurück. Als er sein Gleichgewicht wiedergefunden hatte, sah er hinter einem blutroten Schleier den Russen mit einer Axt in der linken Hand. Sie war offenbar dort für Notfälle beim Herablassen der Boote angebracht worden. Er begann, auf die Tampen einzuhauen, an denen das Netz für die Bombe hing, und ließ das Gewehr fallen, um mit beiden Händen mehr Wucht zu haben. Seine Absicht war nur allzu deutlich. Phillip schalt sich einen Narren, daß er dies nicht vorhergesehen hatte. In der verzweifelten Absicht, ihn davon abzuhalten, sprang er Kirkoff in den Rücken.

Einige Sekunden zu spät. Der erste Tampen war bereits zertrennt, als er einen unsicheren Halt auf dem Radkasten fand. In dem kurzen Ringen, das nun folgte, fand er sich überwältigt durch einen schwereren und viel kräftigeren Gegner, der wie ein Wilder kämpfte und sich um faire Regeln nicht kümmerte. Zweimal machte sich der Russe von ihm los, um auf die übrigen Tampen einzuhauen. Einmal gelang es Phillip, ihm die Axt zu entwinden, doch er verlor sie wieder, als Higgins ihm mutig, aber schwerfällig helfen wollte. Der zweite Tampen zerriß unter den wilden Hieben. Phillip sah aus seiner schrägen Position, wie die Bombe ins Wasser fiel.

Sie versank, kam fast sofort wieder hoch und wurde durch den Schwung des Falls ein oder zwei Fuß neben das Schaufelrad getragen. Dort trieb sie in einer öligen See mit ihren gespannten Zünddrähten, und es bedurfte nur eines Windhauchs oder einer zufälligen Strömung, die sie gegen das Schaufelrad drückte ... Oder eines gut gezielten Gewehrschusses, um sie in die Luft zu jagen.

Lieber Gott, das Gewehr. Higgins Minié-Gewehr lag in Kirkoffs Reichweite. Phillip streckte den Arm nach ihm aus, aber der Russe war schneller, schlug ihm die Hand zur Seite und fluchte, als er sich bückte und die Waffe aufhob. Ein zweiter Schlag traf sein Gesicht, aber jetzt war ein halbes Dutzend Männer um sie herum, Thompson und Trevelyan unter ihnen. Sie versuchten entschlossen, auf den Radkasten zu steigen. Der Russe mußte sie mit dem Gewehrkolben abwehren, ehe er zielen konnte. Es gelang ihm, sie fern von sich zu halten und das Gewehr an die Schulter zu heben. Da zwang Phillip sich trotz Schmerzen und Bluten zu einem Angriff, der aus einem Rugby-Spiel stammen konnte. Und so ließ er den Russen in die Arme der wartenden Männer unten an Deck fliegen.

Als er stürzte, entlud sich das Minié-Gewehr harmlos in die Luft. In dem lauten Durcheinander der vielen Stimmen wurde der Schuß kaum wahrgenommen. Kirkoff schlug sich weiter wild mit seinen Fängern, aber selbst seine unglaubliche Kraft konnte gegen so viele nichts ausrichten, die an ihm ihr Mütchen kühlten. Phillip, der halb benommen an den Rand des Radkastens rutschte, mußte eingreifen, um ernsthafte Verletzungen des Gefangenen zu verhindern.

»Gut so, das war's, Männer.« Phillips Stimme klang belegt. Er suchte nach einem Taschentuch, um sich Blut und Schweiß aus dem Gesicht zu wischen. Ein Auge schloß sich schnell, und es fiel ihm schwer, sich aufrecht zu halten, aber irgendwie schaffte er es. Sein Blick wurde wieder klarer, als er das fleckige Tuch zurück in die Tasche schob.

»Was machen wir mit dem Hund, Sir?« wollte Higgins drohend wissen, als Jackson und er den Gefangenen nicht gerade sanft auf die Beine stellten. »Wenn's nach mir ginge, würde ich ihm den Arsch aufreißen ...«

»Nehmen Sie das zurück, Higgins!« antwortete Phillip knapp. »Bringen Sie ihn nach unten in seine Kajüte und lassen Sie ihn nicht aus den Augen, bis wir ihn dem Admiral übergeben. Aber fassen Sie ihn nicht an, verstanden? Thompson, kommen Sie und schauen Sie sich das Netz an. Was können wir davon retten? Wir brauchen es, um die Bombe wegzuziehen. Alle anderen zurück auf ihre Plätze und halten Sie die Augen auf. Schnell, wenn ich bitten darf, wir sind noch nicht außer Gefahr. Ich bin unten im Boot, Thompson.«

»Das schaffen Sie doch so nicht, Sir«, protestierte Thompson. Er zog sich auf den Kasten und sah seinen Kommandanten besorgt an. »Sie können ja kaum stehen und Ihr Gesicht ... dieser russische Hund hat Ihr Gesicht ziemlich übel zugerichtet, Sir!«

»Das merke ich selber«, versicherte Phillip ihm gereizt. »Aber diese Höllenmaschine macht mir im Augenblick mehr Sorgen. Also los, zurück an die Arbeit, ans Netz, damit wir das verdammte Ding loswerden, ehe es uns gefährlich wird. Es schwimmt zu nahe, als daß wir das Schiff nach achtern bewegen könnten. Wir können von Glück reden, daß die Höllenmaschine nicht explodierte, als sie ins Wasser fiel!«

»Das können wir wirklich«, stimmte ihm Thompson aus vollem Herzen zu. Er schwang sich zum leeren Gestell und zog sein Messer aus dem Gürtel und pfiff dabei fast unhörbar.

Phillip wollte gerade aufs Deck zurücksteigen, als das Pfeifen abrupt aufhörte und der Seemann plötzlich erschreckt seinen Namen rief.

»Was ist zum Teufel los, Thompson?«

»Mr. O'Hara, Sir, er rudert gerade auf die Bombe zu, allein, Sir, im Boot, soweit ich das sehen kann ...« Thompson fing an zu fluchen. »Es sieht aus, als habe er einen Bootshaken, und er nähert sich mit dem Heck. Mein Gott, ich glaube, der hat vor, die Bombe ganz allein wegzuziehen!«

Phillips erste Reaktion war hilflose Wut. Dieser hirnverbrannte Idiot O'Hara. Er mußte doch die Unterhaltungen mit Thompson von eben mit angehört haben, um zu wissen, mit welcher Vorsicht man die Bombe behandeln mußte. Doch da war er los, ohne sich um seine Befehle zu kümmern, und hatte offensichtlich vor, den Bootshaken dort einzusetzen.

Phillip blickte nach unten mit kaltem Schweiß auf der Stirn. Er betete, daß er den Jungen noch rechtzeitig stoppen könnte, ehe er den Wahnsinn versuchte. Zwar war seine Sicht immer noch behindert, aber die Gig konnte er gerade eben erkennen. Ohne Mütze und mit aufgerollten Ärmeln hockte O'Hara im Heck des Bootes und hielt den Bootshaken fest in beiden Händen. Er hatte die Riemen eingeholt, und seine Ellbogen lagen auf dem Fender. Die Bombe war nur noch Zentimeter entfernt. Phillip war klar, daß es ein Desaster werden würde, wenn er jetzt irgend etwas sagte oder tat, das die Konzentration des Jungen stören oder ihn zu einer plötzlichen Bewegung veranlassen würde.

»Boot!« rief er sanft, ohne jede Ärger in seiner Stimme. »Nicht hochschauen, O'Hara, aber hören Sie bitte zu.«

O'Haras blonder Kopf bewegte sich ein bißchen, aber er drehte sich nicht um. »Ich höre, Sir. Machen Sie sich keine Sorgen. Es ist alles in Ordnung, und ich weiß genau, was ich tue.«

Er schien entschlossen und doch ein bißchen angespannt, doch wohl eher, dachte Phillip, weil seine unerlaubte Handlung entdeckt worden war und er die Folgen fürchtete. O'Hara hatte es nie an Mut gefehlt, er hatte niemals seine Pflichten vernachlässigt. Und wahrscheinlich meinte er auf eine verzwickte Art auch, daß er mit seiner einsamen Tat andere Leute daran hindern würde, ihr Leben zu riskieren.

»Ich bin ganz vorsichtig, Sir«, sagte der Junge dann mit vollem Zutrauen.

»Gut.« Phillip kniete nieder und öffnete seinen Wachmantel. »Aber ich wäre froh, Sie würden das nicht auf eigene Kappe tun. Können Sie wegpullen, ohne die Bombe zu berühren?«

Kurzes Zögern. »Nein, Sir, das geht nicht. Ich habe den Bootshaken schon drüben. Wenn ich den zurücknehme, treibt das Ding vielleicht ins Schaufelrad. Es zieht ein bißchen, wahrscheinlich eine Strömung.«

»Dann bleiben Sie dran, Mr. O'Hara«, befahl Phillip. Er spürte seinen Magen, als er daran dachte, was jetzt passieren könnte, falls der Junge es nicht schaffte. Er hörte, wie Thompson neben ihn sprang, und fragte mit gedämpfter Stimme: »Haben Sie das Netz?«

»Ja, Sir, hier.«

»Guter Mann. Los, sagen Sie dem Bootsmannsmaat, er soll so schnell wie möglich ein zweites Boot zu Wasser bringen, an Backbord. Er soll unter dem Heck herumpullen und warten, bis ich ihn rufe. Dann kommen Sie hierher zurück. Ich werde mit dem Netz zu Mr. O'Hara hinuntersteigen und brauche dabei Ihre Hilfe, es geht nämlich nur zu zweit.« Phillip warf seinen Mantel ab und schüttelte ungeduldig den Kopf, als Thompson anbot, beider Rollen zu tauschen. »Los, Mann. Aber keine Befehle brüllen. Die Bootsleute sollen keinen Wind machen. Wenn der Junge den Kopf verliert, ist das sein Ende!«

»Sir!« Aus der Dunkelheit war O'Haras Stimme zu hören. Sie klang jetzt weniger zuversichtlich, als sei ihm plötzlich klargeworden, auf was er sich da eingelassen hatte. »Die Bombe schwankt ganz schön hin und her. Ich glaube nicht, daß ich sie halten kann. Ich muß sie von mir fern halten. Oder ich nehme sie in Schlepp. Die Gig treibt auch, Sir. Wissen Sie ...«

»Ruhe, mein Junge«, sagte Phillip nur und beeilte sich, um so schnell wie möglich nach unten zu kommen. Er schlug eine starke Leine an den Rahmen des Gestells, befestigte am anderen Ende das Netz und ließ beides ein paar Fuß vor der Gig zu Wasser. Für Feinheiten ist keine Zeit mehr, sagte er sich und zog die Stiefel aus. Alles, was er jetzt tat, war höchst riskant, aber O'Haras Lage erlaubte keinen Aufschub. Ursprünglich hatte er geplant, den Unterwasserteil der Bombe mit dem Netz einzufangen und dazu das Gestell einzusetzen, das vom Schiff herabgelassen und aus sicherer Entfernung mit Hilfe langer Leinen in die richtige Position gezogen werden könnte. Doch jetzt mußte die Entfernung verkürzt werden, und ein Schwimmer müßte tun, was eigentlich das Boot tun sollte. »Noch ein paar Minuten«, rief er O'Hara zu, »ich komme runter zu Ihnen.«

»Ich werd's versuchen, Sir«, versprach der Junge atemlos und schwieg dann. Er kämpfte jetzt einsam gegen seine Panik.

Phillip schaute nach unten und konnte ein Schaudern nicht unterdrücken, als er sah, wie weit Bombe und Boot bereits herum getrieben waren. Dann stand Thompson neben ihm, meldete, daß das zweite Boot gerade zu Wasser gelassen wurde. Phillip versuchte, Ruhe zu bewahren und ohne Erregung zu erklären, was er vorhatte.

»Also, Mr. O'Hara«, rief er ihm zu, »ich komme jetzt. Wenn Sie bitte ...«

»Das müssen Sie nicht, Sir«, rief der Fähnrich ihm zu. Seine schrille Jungenstimme klang plötzlich fröhlich und unerwartet furchtlos. »Jetzt weiß ich, wie es geht, Sir, ehrlich. Der Russe hat Sie auf den Arm genommen, als er sagte, die Bombe kann nicht geschleppt werden. Aber genau das kann man. Alles was Sie tun müssen ist, Sie ruhig zu halten. Sehen Sie ...« Eine dumpfe Explosion verschluckte seine Worte.

Wie ihre Vorgänger warf auch diese explodierende Bombe ein grelles Licht über das dunkle Wasser, auf dem sie geschwommen war. Der fürchterliche Blitz wurde von tiefen Wolken reflektiert. Die Brigg erzitterte, als die Druckwellen sie erreichten und zurückliefen in den schäumenden Mahlstrom, aus dem sie gekommen waren. Phillip verlor sein Gleichgewicht, als Thompson gegen ihn fiel. Er rappelte sich auf und trat an den Radkasten. In seinen Ohren klopfte das Blut, und er schaute sich schockiert und ungläubig um. Wo früher wenigstens ein oder zwei Schwimmer mit ihren Köpfen über Wasser Hoffnung geweckt hatten, war jetzt bis auf ein paar glimmende Splitter nichts zu entdecken. Nichts erinnerte an die Gig oder den Jungen, der in ihrem Heck gehockt hatte.

»Lieber Vater im Himmel«, flüsterte Thompson. »Du lieber Gott. Der muß die Zugleinen erwischt haben mit dem Haken oder dem Boot. Arme Seele. Ich glaube, wir werden nichts von ihm finden.« Mit weißem Gesicht starrte er unsicher Phillip an.

Phillip schüttelte krank vor Schrecken den Kopf. »Ich bezweifle es auch, aber wir müssen es versuchen. Lassen Sie das andere Boot kommen. Driver soll mich hier aufnehmen.« Er stieg über die Seite und war sich klar, daß keine Hoffnung mehr bestand. Aber seine Sorge und sein Mitleid ließen ihn handeln.

Die scharfe Kälte des Wassers, in die er glitt, glättete seine Gefühle. Er suchte sehr sorgfältig, erlaubte sich an nichts anderes als an diese Aufgabe zu denken und weigerte sich sogar, sich noch an O'Haras Stimme zu erinnern, die er so klar gehört hatte, bis der Schlag der Bombe alles übertönt hatte.

Er wußte, daß Erinnerungen ihn bald heimsuchen würden. Sein Gewissen würde ihn bis ans Ende seiner Tage plagen, daß er den Jungen nicht gerettet hatte. Wenn er erschöpft oder niedergeschlagen war, würden ihn Fragen quälen, die er nie würde beantworten können. Sie würden ihn verfolgen, wenn er wieder Entscheidungen zu fällen hätte. Er konnte die Verantwortung für den Tod des Jungen niemandem anhängen, auch nicht die für Wrights oder Ryans Tod. Sie waren seine Männer, und er hatte sie in den Tod geschickt. Aber jetzt, da er Befehle auszuführen hatte, durfte er an all das nicht denken.

Als das Boot ihn aufnahm und wie erwartet kein Ergebnis meldete, brach er die Suche ab und befahl Bootsmannsmaat Driver, das Boot an das Schaufelrad an Steuerbord zu lenken, das er inspizieren wollte. Es war nur leicht beschädigt, und Phillip befahl das Boot zur Relingspforte, wenigstens von diesem Befund erleichtert.

»Bootsmannsmaat, lassen Sie das Boot aufnehmen, schnell, wenn ich bitten darf, denn ich möchte so schnell wie möglich wieder Fahrt aufnehmen. Sie übernehmen Mr. O'Haras Platz und sind an Deck mein Stellvertreter.«

»Aye, aye, Sir!« bestätigte Driver. Er war ein ehrgeiziger Berufsseemann, doch seine Stimme verriet keinerlei Freude über diese zeitweise Beförderung. Alle im Boot waren bedrückt, O'Hara war unter Deck sehr beliebt gewesen, und sein Verlust war ein Schock für sie alle – und das vor allem wegen der Begleitumstände.

Zurück an Bord verlor Phillip keine Zeit und schickte sie an die Arbeit. Routine und Disziplin nahmen wieder ihren gewohnten Platz ein, und ihre Trauer verschwand wie seine eigene – zeitweise. Erst als die Brigg wieder in Richtung Ferrikale unterwegs war, tat er, wozu Thompson in drängelte, und zog sich trockene Kleider an, die der Maat, wie er grinsend erklärte, sich bei Kapitän Kirkoff geliehen hatte.

»Kein Lebenszeichen bei den Batterien, Sir«, meldete er dann etwas ratlos. »Die müssen die Explosion doch gehört haben.«

Die kann man kaum überhören, dachte Phillip grimmig. Er schickte Thompson an seine Kanone, stieg in die unterste Rahe des Großmastes und suchte von hier die nebelverhangene Küste sehr sorgfältig ab. Dabei kam er zum gleichen Schluß. Er sah Licht, das durch den Nebel glomm, aber er konnte keine ungewöhnlichen Bewegungen feststellen. So instruierte er Driver, eine Signallaterne vorzubereiten und ihn sofort zu benachrichtigen, falls man sie vom Ufer her anrief. Dann ging er nach unten, um die russischen Karten noch einmal zu studieren.

Higgins bewachte Kirkoff und meldete, daß der Gefangene auf seiner Koje lag und offensichtlich schlief.

»Mit mir hat er nicht viel geredet«, ließ der Steward sich aus.

»Er hat mich nur ab und an beschimpft, daß ich ihn ja nicht anrühren soll, mit meinen dreckigen Pfoten. Also ließ ich ihn liegen. Wenn er schlafen kann, während seine Höllenmaschine in die Luft fliegt, dann soll der Kerl selig werden, oder so was, Sir.« Er hielt inne und fragte dann wie nebenher: »Stimmt es, Sir, daß Mr. O'Hara in die Luft geflogen ist? Sie haben nichts mehr von ihm gefunden?«

»Das ist leider wahr«, bestätigte Phillip, und seine Lippen preßten sich zusammen. »Wir haben nichts mehr von ihm finden können.« Er beugte sich über die Karte, unter seinem Blick wurden Zahlen und Umrisse verwaschen, und er zwang sich, sie klar zu sehen, als Higgins klugerweise wieder auf seinen Gefangenen zu sprechen kam.

»Von dem werden Sie nichts rauskriegen, Sir, falls Sie das vorhatten. Er behauptet immer noch, Sie hätten seine Rechte als Kriegsgefangener verletzt.«

»Das habe ich vielleicht«, gab Phillip ohne Bedauern zu. Er rollte die Karte zusammen und stand müde wieder auf. »Wir kommen gleich in Schußweite der Batterien von Ferrikale, Higgins, und wenn die uns anrufen, geben wir keine Antwort – sorgen Sie bitte dafür, daß Kapitän Kirkoff das begreift. Wenn man auf uns feuert, dann bringen Sie ihn, so schnell Sie können, an Deck. Und Sie können ihn mit schmutzigen Händen anpakken, wo Sie wollen, damit er an Deck kommt.«

Higgins grinste ahnungsvoll. »Aye, aye, Sir! Ich werde dafür sorgen, daß er das begreift. Aber darf ich Ihnen einen Rat geben, Sir? Bei allem Respekt, Sir, ginge es Ihnen besser, wenn Sie ihn einfach über Bord schmeißen. Dann soll er an Land schwimmen, statt daß Sie ihn dem Admiral übergeben.«

»Du lieber Himmel, Mann«, antwortete Phillip heftig. »Dies ist nicht die Zeit für Witze. Ich habe dafür im Augenblick kein Verständnis.«

»Ich mache keine Witze, Sir«, versicherte Higgins. »Der Russe will Sie fertigmachen. Der hat mir klar gesagt, daß er sich bei der ersten Gelegenheit offiziell über Sie beschweren wird und ...«

»Soll er's meinetwegen versuchen.« Phillip schob die Andeutung mit einer Handbewegung weg, zu müde, um sie ernst zu nehmen. »Machen Sie weiter, Higgins«, sagte er entschlossen. »Sie haben die Verantwortung für den Gefangenen, und ich möchte keine Schwierigkeiten mehr mit ihm haben. Sie werden Probleme bekommen, falls er versuchen sollte zu fliehen. Haben Sie das verstanden?«

»Ja, Sir, sehr wohl. Ich dachte nur, ich sollte Sie warnen.« Higgins nahm zackig Haltung an und ließ sich von der Warnung nicht sichtbar beeindrucken.

Phillip stieg an Deck und vergaß den Gefangenen sofort. Es gab andere, viel drängendere Probleme als die zukünftigen Beschwerden von Kapitän Kirkoff. Die Brigg war in Schußweite der feindlichen Batterien, und jetzt ging es um Erfolg oder Mißerfolg seines Auftrags.

»Wir laufen einfach weiter«, instruierte er Driver. »Und machen ihnen was vor. Halten Sie die Signallampe bereit. Wenn man uns anruft, müssen wir irgendwie antworten, oder sie werden auf uns schießen. Halten Sie die Lampe ganz niedrig, so daß sie halb bedeckt ist. Dann antworten Sie langsam und zögernd, so wie einer, der's nicht richtig kann.«

»Damit habe ich keine Probleme«, antwortete der Unteroffizier ganz zufrieden, »ich kann's wirklich nicht richtig, habe es noch nie gekonnt.«

Er sah bleich aus, stellte Phillip fest, und seine Finger waren nicht ganz ruhig, als er die Laterne überprüfte. Doch ihm gelang ein Grinsen, als er seine Schwäche als Signalgast eingestand. Dann ging er entschlossen nach vorn, um an der Steuerbordreling seinen Platz einzunehmen.

Zu Phillips Entsetzen wurde der Nebel dünner, während die Entfernung sich zwischen Schiff und Land langsam verringerte. Mit seinem Glas am Auge konnte er den fernen Umriß des

Forts von Ferrikale ausmachen gerade als der Ausguck im Mast sich meldete. Er folgte jetzt Grahams Rat und befahl einen neuen Kurs, um in die Mitte des Fahrwassers zu laufen, ohne langsamer zu werden, um am Kap Ferrikale vorbeizulaufen und an den Batterien, die an seinen Hängen placiert waren. Phillip erwartete jetzt jeden Augenblick, angerufen zu werden. Doch zu seiner großen Erleichterung geschah nichts dergleichen.

Lichter glommen in der Festung, und schwach konnte er Männer erkennen, die sich auf den Wällen bewegten, doch entweder erkannte man die *Constantine* und nahm an, sie erfülle hier wie immer einen Auftrag, oder der Nebel hatte die Männer in falsche Sicherheit gelullt. Wie auch immer – die Bewegung in der Bucht und die Explosion einer Bombe hatte den Posten offensichtlich nicht alarmiert, und er ließ die Brigg unbehelligt passieren. Phillips List hatte also Erfolg gehabt, und er wischte sich Schweißperlen von der Stirn. Dann schickte er den Vollmatrosen Jackson mit dem Lot ins Vorschiff.

Er rief seinen Stellvertreter zu sich. »Also, Driver, nehmen Sie die beiden zusätzlichen Männer von der Kanone achtern und fangen Sie an mit dem Tonnenlegen. Ich werde gleich mit der Geschwindigkeit heruntergehen und nach Karte steuern. Wir müssen ein Fahrwasser von fast vier Meilen betonnen, also gehen sie sparsam mit den Dingern um.« Er nannte ihm weitere Einzelheiten, und Driver nickte, als er begriff, worauf es ankam.

»Aye, aye, Sir! Und was machen wir mit der Signallampe?«

»Lassen Sie die hier bei mir«, antwortete Phillip. »Man wird uns sicher erst wieder anrufen, wenn wir vor Yenikale sind. Und vielleicht mit Glück dort auch nicht. Aber ich brauche noch zwei Mann von den Kanonen als Läufer. Bitte, sagen Sie das dem Maat des Stückmeisters.«

Thompson erschien sofort mit zwei Männern. Einen schickte Phillip in den Maschinenraum mit dem Auftrag, die Fahrt zu verlangsamen. Der andere sollte die Tiefen des Lotgastes nach achtern bringen.

»Sie haben die Aufgabe, Thompson, nach weiteren schwimmenden Höllenmaschinen Ausguck zu halten«, fügte er hinzu. »Ich habe die Absicht, erst bei unserer Rückkehr alle zu zerstören, die das Fahrwasser gefährlich machen könnten, wenn das geht. Ich will jetzt möglichst keine weitere Verzögerung. Das würde die Kanoniere in der Festung unnötig auf uns aufmerksam machen. Und dann hätte ich gern unsere Tonnen im Wasser, eher der Nebel sich hebt. Ich werde nach der Karte von Kapitän Kirkoff steuern, in der alle künstlichen Hindernisse eingetragen sind, wie Sie hier sehen.« Er breitete die Karte auf dem Dach des Niedergangs aus und zeigte auf die Markierungen, die Graham so sorgfältig übertragen hatte. Thompson beugte sich über die Karte und hörte seinen Erläuterungen aufmerksam zu. Von vorn hörte man schwach Jackson Tiefen ausrufen.

»Sechseinhalb, Sir«, meldete der Läufer.

Phillip rollte die Karte zusammen. Direkt über sich konnte er einen Stern ausmachen und einen zweiten nordöstlich. Der Nebel wirbelte noch immer über Deck und hing in den unteren Rahen. Doch weiter oben wurde es klar, eine frische Brise wehte vom dunklen Land herüber.

»Der Nebel lichtet sich, Sir«, meldete Thompson.

»Das macht Ihre Arbeit etwas leichter – und meine natürlich auch. Also, machen Sie weiter.« Phillip legte ihm kurz die Hand auf die mächtige Schulter. »Geben Sie Ihr Bestes, ich erwarte keine Wunder. Ich weiß, wie schwierig diese verdammten Bomben im Wasser auszumachen sind!«

»Und wenn wir keine finden, Sir?«

»Das ist auch in Ordnung, die sind dann wahrscheinlich alle ans Ufer getrieben, raus aus dem Fahrwasser. Aber darauf können wir nicht hoffen, nehme ich an. Kapitän Kirkoff wußte genau, was er tat, als er sie aussetzte. Ich hoffe nur, daß wir nicht auf eine laufen.« Phillip seufzte. »Schicken Sie Ihre gesamte Mannschaft in den Ausguck und bleuen Sie ihr ein, die Augen aufzuhalten. Einer sollte auch im Bugsprit hocken, jedenfalls solange, bis der Nebel verschwunden ist.«

»Fünf Faden, Sir«, meldete der Läufer, als Thompson auf seine Station zurück eilte. Und dann einen Augenblick später: »Viereinhalb, Sir!«

Die Tiefe im Fahrwasser nahm schnell ab, stellte Phillip fest und rief dem Rudergänger einen Befehl zu. Er spürte, wie er sich innerlich wieder verspannte, und schickte zum zweitenmal einen Läufer in die Maschine mit dem Befehl, noch langsamer zu laufen.

»Zweite Tonne ist gelegt, Sir!« meldete Driver, als ein deutliches Klatschen zu hören war.

Das Schlagen der Schaufelräder wurde langsam, die Maschine klang nur noch wie ein leichtes Pochen.

»Vier Faden, Sir«, war von vorn zu hören.

»Weiter so, Rudergänger«, sagte Phillip. Er kletterte in die Webleinen des Großmastes und fühlte dabei im Gesicht, wie der Wind zunahm.

4

Der Wind frischte weiter auf, schralte und vertrieb den Nebel bis auf ein paar Flecken, die etwa in Deckshöhe auf dem Wasser lagen. Der Nachthimmel war zwar bedeckt, aber er enthüllte gelegentlich den Vollmond, in dessen willkommenem Licht Phillip das hohe westliche Ufer beobachten konnte.

Er entdeckte nichts, das ihn beunruhigt hätte, und wartete, bis die Batterien von Ferrikale gut achteraus lagen. Dann befahl er, etwas schneller zu werden.

Die kleine *Constantine* dampfte langsam das Fahrwasser hinauf, wie durch ein Wunder von niemandem angerufen und offenbar auch von niemandem bemerkt. Sie maß die Tiefen und legte Tonnen. Es herrschten für diese Aufgaben die besten Bedingungen, weit bessere, als er erhofft hatte, doch er fühlte sich weiter unruhig und verspannt. Er steuerte nach Kirkoffs Karte Kurs Yenikale, das jetzt kaum noch drei Meilen entfernt war. Mit seinem Nachtglas suchte er ohne Unterbrechung Land und See ab. Noch immer beunruhigten ihn die Tintenmarkierungen auf der Karte. Falls sie Hindernisse im Fahrwasser bezeichneten, hielt die Dunkelheit sie vor ihm noch verborgen. Er umfuhr jede einzelne Markierung in großem Abstand und war sich klar, daß er auf dem Rückweg alles genauer untersuchen mußte, ehe sie die Straße von Kertsch verließen.

Das erste Hindernis, das er sichtete und identifizieren konnte, war ein gesunkenes Schiff, das auf einer Untiefe auf der Seite lag. Sein gebrochener Großmast ragte in einem seltsamen Winkel in den Himmel. Sicherlich war es in einem längst vergessenen Sturm auf die Felsen gelaufen und war dort belassen worden, um zu verrotten. Auch brauchte man sicher jedes mögliche Hindernis, um das schmale Fahrwasser zu sperren, und so hatte man das Wrack abgeschleppt und hier auf einer Sandbank auf der Landseite des Fahrwassers wieder versenkt. Ein Hindernis war es damit nur für Unaufmerksame, im Nebel oder bei Dunkelheit. Doch seine Position war mit roter Tinte in Kapitän Kirkoffs Karte eingetragen. Daher befahl Phillip langsamste Fahrt voraus und hielt sich weit weg davon.

Er war froh, diese Vorsichtsmaßnahme getroffen zu haben, denn als er auf gleicher Höhe war, entdeckte er zwei Faden Kette, die den zerschlagenen Bug mit einem Objekt unter Wasser verbanden, das Phillip nicht identifizieren konnte und das wohl irgendwo mitten im Fahrwasser lag.

Einen Augenblick später lenkte ein warnender Ruf Thompsons Phillips Aufmerksamkeit auf eine Bombe, die im wirbelnden Wasser der Schaufelräder der *Constantine* trieb, und der Stückführer meldete eine zweite, die gleich hinter dem Hindernis lag, das die Kette bildete.

Zwei Bomben also, dachte Phillip, dem sich die Kehle zuschnürte, als er sein Glas auf das so harmlos aussehende hölzerne Oberteil der näher liegenden Höllenmaschine richtete. Zwei also von insgesamt sechs, wenn Graham mit seiner Interpretation der russischen Karte recht hatte. Wenn das der Fall war, dann standen die roten Kreise für Bomben. Die restlichen lagen dann zwischen hier und Yenikale.

Ungeduldig trat er vor eine Laterne an Deck und studierte die Karte erneut. Unterhalb seiner jetzigen Position gab es zwei rote Kreise – Thompson und er hatten sie verpaßt. Auf der Rückfahrt müßten sie sie also ausmachen und zerstören, wie diese beiden hier, es sei denn ...

Zögernd setzte er das Glas wieder an. Er wollte seinen Auftrag unbedingt erfüllen und hatte dazu noch genügend Zeit. Sie waren gut vorangekommen, mehr als die Hälfte des vier Meilen langen Fahrwassers war bereits betonnt.

Dies hier war ein teuflisches Hindernis, das ein übereifriger Kommandant aus dem Geschwader von Jack Lyons leicht touchieren könnte, selbst bei Tage und trotz der Tonnen. Doch unter den gegenwärtigen Umständen konnte Phillip nicht sicher sein, daß er seine Fahrt zurück unbeschädigt oder mit genügend Zeit schaffen würde ...

»Läufer«, rief er. »Melden Sir Mr. Curtis, er soll die Maschinen stoppen. Bootsmannsmaat, hören Sie auf, die Tonnen zu legen und lassen Sie den Buganker fallen. Lassen Sie den Gehilfen des Stückmeisters kommen.«

Thompson eilte nach achtern, und seine Augen blitzten, als er den neuen Plan erfuhr.

»Das schaffe ich«, sagte er sofort, »und ich habe kleine Ladungen vorbereitet, als wir das Fahrwasser hinauffuhren. Ich dachte mir, Sie könnten sie brauchen. Sie müssen mir jetzt nur noch sagen, wie lange die Zündschnüre brennen sollen, Sir!«

»Ich brauche 15 Minuten, um genügend weit weg zu laufen. Können Sie die Ladungen ohne Gefahr für das Boot oder sich selber anbringen?«

Der Gehilfe mußte grinsen. »Das schaffe ich, Sir, mit einem Bootshaken. Der junge O'Hara hatte schon den richtigen Gedanken, aber er hat ihn leider nicht richtig umgesetzt. Kann ich Ellis mitnehmen, Sir?«

Phillip nickte. Es behagte ihm zwar ganz und gar nicht, diese riskante Sache zwei Seeleuten zu überlassen, aber er hatte keine Alternative, denn es gab keinen Offizier, dem er hier das Kommando überlassen konnte. »In Ordnung«, sagte er knapp, »machen Sie's. Aber seien Sie um Himmels willen vorsichtig.«

»Ganz bestimmt, Sir!« versicherte Thompson.

Zwei Minuten später legte das Boot ab mit zwei von Drivers Männern an den Riemen. Thompson und der Stückführer hockten im Bug. Mit trockenem Mund wartete Phillip und folgte gespannt und besorgt den Bewegungen des Bootes, bis die Dunkelheit es geschluckt hatte. Schneller als erwartet waren sie zurück, und vergnügt meldete Thompson, daß beide Ladungen richtig plaziert worden waren.

»Das ging ganz ohne Probleme, Sir. Ellis hielt zur Sicherheit meinen Arm, und so haben wir sie ganz einfach angebracht, und das Boot war die ganze Zeit weit genug weg.«

»Sehr gut, Thompson«, lobte Phillip ihn aus vollem Herzen. »Wirklich sehr gut. Ich werde Ihre Tat dem Admiral melden, sobald wir wieder bei der Flotte sind.«

»Danke, Sir«, antwortete Thompson und errötete. »Wenn wir Glück haben, nehmen die beiden Bomben auch das Wrack mit, ganz bestimmt aber die Ketten. Das war richtig so, Sir. Ich mag nicht daran denken, was diese Falle einem unserer Schiffe hätte antun können, wenn wir sie einfach so zurückgelassen hätten. Rechnen Sie mit weiteren von dieser Art, Sir?«

Phillip zuckte mit den Schultern. »Ja. Aber wir wissen jetzt wenigstens, wie wir damit umgehen können. Zurück auf Ihre Station, und dann beobachten Sie das Wasser wieder, ohne die Augen zu heben, Bootsmannsmaat.«

Phillips Befehle kamen knapp. Etwas von seinem früheren Optimismus war zurückgekehrt. Doch wieder auf dem Weg nach Yenikale mußte er gegen die Versuchung ankämpfen, seine Taschenuhr zu konsultieren, während die Zeit schlich und er gespannt auf die erwartete Explosion lauschte ... 15 Minuten vergingen, und die hohen Festungswälle und Wachtürme der Festung waren bereits auszumachen vor einem lichter werdenden Himmel – und noch immer war nichts anderes zu hören als das Pochen der Maschine der *Constantine* und das rhythmische Schlagen des Schaufelrades. Gelegentlich war der Ruf von Driver zu hören, dessen Männer wieder eine Tonne über das Heck ausbrachten.

Lieber Gott, dachte Phillip, hatten Thompsons Ladungen versagt und taten nicht, was sie sollten? Sein Mut sank. War Wasser unter die Ölhaut gedrungen, mit der sie eingewickelt waren? Oder hatte das Wasser die Zündschnüre unbrauchbar gemacht? Vielleicht hatte Kapitän Kirkoff ja wirklich recht, und die einzige Art, die Höllenmaschinen unbrauchbar zu machen, war durch Kanonenfeuer. Vielleicht ... Zur Hölle mit Kirkoff. Hatte O'Haras Tod nicht ohne allen Zweifel bewiesen, daß man diese Bomben nur leicht berühren mußte, um sie zur Explosion zu bringen? Aber Thompson war ein verläßlicher Mann, der seine Ladungen wasserdicht gemacht hatte. Schade, daß sie keine Zündschnüre von Bickford hatten ...

»Drei und ein Viertel, Sir.« Der Läufer flüsterte fast, denn auch er schien mit angehaltenem Atem auf die Explosion zu warten und hatte wohl Angst, daß seine Meldung sie übertönen könnte.

Er sollte eigentlich Jackson am Lot ablösen, dachte Phillip und wollte den Läufer gerade anweisen, mit Jackson den Platz zu tauschen, als er durch die Ferne abgeschwächt den dumpfen Schlag einer Explosion hörte. Ihm folgte Sekunden später ein zweiter. Weit achteraus sahen sie den inzwischen vertrauten, gräßlichen Blitz, mit dem Holzteile in die Luft flogen und manchmal glimmend auf das dunkle sich hebende Wasser zurücksanken. Doch diesmal waren ihm beide Blitze höchst willkommen, und er mußte sich zusammenreißen, um nicht in die Jubelrufe seiner Männer einzufallen. Die erklangen leise, und so ließ er sie zu und tadelte die so lange aufgestauten Gefühle nur wenig.

»Das reicht, Männer. Denkt daran, wo wir sind. Man wird uns auf den Kieker nehmen, wenn wir nicht aufpassen.«

Die Rufe verstummten sofort, doch selbst im gebräunten Gesicht des phlegmatischen Trevelyan war ein jungenhaftes Grinsen zu entdecken, das sich noch vertiefte, als in Ferrikale eine Kanone abgefeuert wurde. Ein zweiter und ein dritter folgten, und Kugeln schlugen auf der Sandbank ein, auf der eben noch das Wrack gelegen hatte.

»Wir haben die Kerle wohl aufgeweckt, Sir«, sagte er verächtlich. »Die glauben sicher, die haben einen von uns in der Falle da hinten. Sollen sie ihre Munition verschwenden. Die schließen die Stalltür, nachdem das Pferd entlaufen ist – na ja, sollen sie!«

Die werden leider auch die Kameraden in den Batterien von Yenikale aufmerksam machen, dachte Phillip bedrückt. Die Schüsse fielen jetzt ohne Pause. Einmal geweckt, würden sie auch den Rest der Nacht auf Posten bleiben. Er schob Gedanken an die möglichen Folgen weit weg. Doch die unerwünschte Kanonade würde wenigstens der Moral seiner Männer gut tun, gerade jetzt, da es besonders nötig war. Der entscheidende Augenblick lag nach vor ihnen. Er kam, wenn die letzte Tonne über das Heck ausgesetzt wurde und die *Constantine* unter den Mündungen der Kanonen von Yenikale ablaufen würde.

Sie brauchten Glück, mehr als bisher, sagte er sich und seufzte wieder, als der Mond durch eine Wolkenbank brach und sein silbernes Licht wie einen hellen Teppich auf dem Deck ausbreitete. Im Halbdunkel und im dicht auf dem Wasser liegenden Nebel wären die Absichten der Brigg einem Beobachter an Land wohl noch verborgen geblieben, doch in diesem verdammten, alles enthüllenden Mondlicht konnte er nicht damit rechnen, ihre Anwesenheit und ihre wahren Absichten noch weiter zu verschleiern. Auf den Wällen der steinernen Festungen glomm nun Licht nach Licht auf, Männer drängelten sich, und andere eilten zu den schwimmenden Batterien am Ufer. In seinem Glas erkannte Phillip auch eine Kavalleriepatrouille, die nach Ferrikale galoppierte, vermutlich um den Grund für die Explosionen zu erfahren.

»Zweieinhalb, Sir«, sang der Läufer aus. Seine Stimme klang laut wie immer und überraschend fröhlich. Mit dem nächsten

Ruf meldete er nur noch zwei Faden, das Fahrwasser wurde wieder flach.

»Maschinen langsame Fahrt«, befahl Phillip und konsultierte die Karte. Die beiden letzten roten Kreise von Kapitän Kirkoff lagen Steuerbord voraus, wenn er sich nicht täuschte ...

Da waren sie, deutlich eingezeichnet und im Schußbereich der Festung. Sie waren zu nahe, als daß Phillip sich jetzt schon um sie hätte kümmern können. Die Hölle würde losbrechen. Er beschloß, eine Tonne zu legen. Wenn er die verdammten Dinger ausmachte, müßte er sie mit der Heckkanone auf dem Rückweg versenken, je nachdem, wie der sich gestaltete in der allgemeinen Verwirrung, die zu erwarten war.

Bisher hatte man die *Constantine* noch nicht angerufen. Die Besatzung der Festung war offenbar zu sehr mit dem beschäftigt, was sich weiter unten im Fahrwasser ereignet hatte, als sich mit dem Nähern der *Constantine* aufzuhalten.

»Genau zwei Faden, Sir, ... und flacher werdend, Sir!« hörte Phillip Jackson rufen, noch ehe der Läufer ihn erreicht hatte. Die Karte zeigte die Untiefe an, und er befahl Trevelyan eine Kurskorrektur.

»Einen Strich nach Steuerbord abfallen, Rudergänger. Bootsmannsmaat, setzen Sie da eine Tonne.«

Er blickte kurz über seine Schulter nach achtern, wo Driver und seine Männer schwitzten. Sie hatten nur noch ganze vier Tonnen übrig. Gott sei Dank war dieser wichtigste Teil seines Auftrags jetzt fast ausgeführt. Ein Fahrwasser, 16 Fuß breit, war bis Yenikale ausgetonnt. Doch wo zum Teufel waren die Bomben? Thompson hatte nichts gemeldet. Im Mondlicht müßte man sie doch eigentlich leicht entdecken können ...

»Schiff voraus an Backbord, Sir!« Der Ruf des Ausgucks im Mast überraschte Phillip. Er wirbelte herum, griff nach dem Glas und stieg in die Webleinen an Backbord. »Ein Dampfer, Sir«, meldete der Ausguck jetzt. »Etwa eine halbe Meile entfernt. Er kommt schnell näher. Sieht aus wie ein Kanonenboot, Sir.«

Als Phillip sein Glas auf das Schiff richtete, fand er die Meldung bestätigt. Es war eine Dampfschaluppe, ein Typ, der schon häufig in der Straße von Kertsch beobachtet worden war, ein Glattdecker mit sechs Kanonen. Sie lief mit voller Fahrt auf sie zu, kam wahrscheinlich vom Ankerplatz vor Kap Fanar am Eingang des Asowschen Meeres. Als er sie so beobachtete, sah er auf ihrem Oberdeck ein Licht aufblitzen, das abgedunkelt wurde, wieder aufblitzte.

»Sie signalisiert etwas, Sir ... und die Festung bestätigt.«

Identifiziert sie sich, fragte sich Phillip? Oder war es das allgemeine Signal für diesen Tag? Die Festung hatte sie bisher noch nicht angerufen, aber ... Durch das Glas zählte er lange und kurze Perioden. Zwei kurz, eins lang, eins kurz – vom Kanonenboot, eins lang und drei kurze aus der Festung. Diese Signale konnten alles mögliche bedeuten, die russischen Signale hatten, soweit Phillip wußte, mit den britischen keinerlei Ähnlichkeit.

Er überlegte, ob er Kapitän Kirkoff kommen lassen sollte, und entschied sich dagegen, als das Kanonenboot die Lampe löschte. Kirkoff würde ihm wie immer nicht helfen, würde ihm die Signale nicht übersetzen, ja sie ihm wahrscheinlich sogar absichtlich falsch auslegen. Doch er hatte aus seinen Beobachtungen wenigstens etwas gelernt. Wenn die Festung ihn verspätet anrief, würde er sich melden wie das Kanonenboot, das sich ihm näherte. Hoffentlich war es ihr Erkennungssignal gewesen. Und wenn nicht? Es würde ihm dann auch nicht schlechter ergehen als befürchtet.

»An Ausguck!« rief er. »Melden, wenn der Gegner den Kurs ändert.«

»Aye, aye, Sir!« bestätigte der Mann von oben. »Sie scheint mit der Fahrt herunterzugehen, Sir, aber sie hält noch den gleichen Kurs.«

Die Kanonen von Ferrikale hatten das Feuer jetzt eingestellt. Zweifelsohne haben sie aus dem Grund die Fahrt verlangsamt, dachte Phillip und stieg an Deck zurück. Wahrscheinlich war sie ein Wachhund, der die Einfahrt vor Eindringlingen zu schützen hatte, doch heute brauchte man ihre Dienste nicht. Hoffentlich würde sie auf ihren Liegeplatz zurücklaufen.

»Dreieinhalb, Sir«, schrie der Läufer.

»Vorletzte Tonne gesetzt, Sir.« Driver klang erleichtert.

»Unterbrechen Sie, Bootsmannsmaat. Halten Sie die letzte Tonne an Bord«, befahl Phillip.

Sie hatten die Untiefe hinter sich gelassen und standen jetzt viel zu nahe unter der Festung. Alle seine Instinkte warnten ihn und forderten ihn auf zu fliehen, solange noch Zeit war. Er hatte seine Befehle ausgeführt, aber ... Da gab es immer noch die beiden schwimmenden Bomben, die er nicht gefunden hatte, die ominösen roten Kreise auf der eroberten russischen Karte. Er konnte doch nicht einfach fliehen, ohne sie beseitigt zu haben.

»Stückmeistersmaat«, er legte die Hände an den Mund und rief nach Thompson, doch der hatte seine Frage vorhergesehen und gab ihm, ohne zu zögern, die verwirrende Auskunft, daß er nichts entdeckt hatte. Wieder studierte Phillip die Karte. Waren die Höllenmaschinen abgetrieben? Oder hatte Kirkoff sie noch gar nicht zu Wasser gebracht, hatte das auf dem Rückweg zum Ankerplatz des Kanonenbootes vorgehabt? Die Möglichkeit schien gegeben, aber ...

Phillip fluchte leise vor sich hin. Er mußte einfach sichergehen, er mußte das ganze Gebiet absuchen. In diesem Mondlicht mußten doch die Bomben sichtbar sein, verdammt noch mal. Er spürte Schweiß an seinen Händen, trat ans Rad und gab Trevelyan neue Anweisungen mit einer Stimme, die seine eigene Anspannung nicht verriet. Dann lobte er Driver und seine Mannschaft kurz und schickte die beiden Matrosen nach oben als Verstärkung des Ausgucks. Sie hatten den Befehl, alles zu melden, das auf dem Wasser trieb und irgendwie verdächtig aussah.

»Klar bei Signallampe, Bootsmannsmaat«, fügte er hinzu. »Unser Kurswechsel wird die Festung wahrscheinlich veranlassen, uns anzusprechen, wenn sie aufpassen. Wenn das geschieht, antworten Sie mit zweimal kurz, einmal lang und einmal kurz. Aber vergessen Sie nicht, Sie sind ein schlechter Signalgast. Und dann halten Sie die Lampe ziemlich niedrig!«

»Aye, aye, Sir!« Driver wischte sich über das feuchte Gesicht. Er hatte die Lampe kaum aufgenommen, als ein Signal aus der Festung in ihre Richtung kam, wie Phillip gefürchtet hatte. Er wartete, bis das Signal wiederholt wurde, und sagte dann: »Also gut, Driver – machen Sie's so schlecht, wie Sie können.«

Der Bootsmannsmaat gehorchte. Er machte seine Sache miserabel, und zum drittenmal meldete sich die Festung.

»An Deck!« Der Ausguck vom Mast klang drängend. »Signale vom feindlichen Dampfer, Sir. Eine Reihe von kurzen Zeichen, die gelten sicher uns, Sir.«

Phillip beobachtete sie durch das Glas. Galten sie der *Constantine* oder der Festung? Der Dampfer hatte den Kurs noch nicht geändert, aber ... Phillip sah wie der Bug wendete, und da bestätigte auch schon der Ausguck seine Beobachtung. Verdammt noch mal, das Kanonenboot kam, um die Lage zu klären!

»Driver!« rief er laut. »Signalisieren Sie, einmal lang, zweimal kurz – aber warten Sie damit, bis er gewendet hat. Und dann rufen Sie Jackson sofort an Deck zurück.«

In ein oder zwei Minuten werden wir selber seinen Kurs ändern müssen, dachte er. Den Kurs ändern und fliehen ... die kleine *Constantine* konnte es mit einer Kriegsschaluppe mit sechs Kanonen nicht aufnehmen. Mit seiner ausgedünnten Mannschaft konnte Phillip auch nicht darauf hoffen, daß die eigenen beiden Kanonen etwas ausrichten würden, schon gar nicht, wenn auch die Festung sie unter Feuer nahm.

Er hob das Glas wieder an's Auge. Die Festung war offenbar unzufrieden mit Drivers Signalen und meldete sich ausführlich. Man war dort offensichtlich mißtrauisch geworden, doch sicher konnten sie sich noch nicht sein, daß hier irgendwas Ungewöhnliches geschah. Also würden sie dem Kanonenboot alles weitere überlassen. Vielleicht – oder sicher? Wenn Phillip erst einmal die Flucht ergriffen hatte, würde man auf ihn feuern, auch wenn man zögerte, auf ein bekanntes Schiff zu schießen, das sich seltsam verhielt. Er sah hoch und sah die russische Flagge in der Brise flattern und fragte sich, wie lange sie noch ein Schutz sein würde.

»Der feindliche Dampfer wird schneller, Sir!« meldete der Ausguck aus dem Mast.

Man lief jetzt deutlich einen Kurs, auf dem man die *Constantine* abfangen konnte, sah Phillip, doch man hatte die Kanonen noch nicht ausgerannt, ein Zeichen dafür, daß man keinen Gegner erwartete. Phillip steckte sein Glas in die Brusttasche, ließ die Hände sinken und wandte dem Schiff ostentativ den Rücken zu, während er die Alternativen bedachte.

Jede Sekunde, die er wartete, würde die Gefahr vergrößern, entdeckt zu werden, das war ihm klar. Seine beste, wahrscheinlich sogar seine einzige Chance bestand darin, mit höchster Geschwindigkeit sofort die Flucht zu ergreifen, ehe das Kanonenboot zu nahe war und ehe Festung und Schiff den Feind erkannten, der unter falscher Flagge mitten unter ihnen segelte. Er hatte fast eine Viertelmeile Vorsprung und die Überraschung auf seiner Seite, also sprach alles für ihn – jedenfalls bis Ferrikale. Und diese Situation verdankte er ganz sicher seinen Männern. Kirkoffs dreimal verdammte Bomben mußte er eben liegen lassen, es war zu spät, sie weiter zu suchen. Falls sie überhaupt da waren, mußten sie abgetrieben sein. Das Fahrwasser war ausgetonnt für Jack Lyons Flottille und sein eigenes Schiff an diesem Morgen. Mit einer entschlossenen Flucht würde er seinem Verfolger vielleicht sogar entkommen.

Doch ... er stöhnte plötzlich auf. Das Fahrwasser konnte er selber ja gar nicht benutzen! Wenn er das tat und das Kanonenboot ihn verfolgte, würde ihr Kommandant sicher zweifellos die Tonnen ausmachen, würde begreifen, warum sie gelegt waren, und die Arbeit dieser Nacht wäre vergebens gewesen.

Was zum Teufel blieb ihm also übrig? Außerhalb des Fahrwassers fliehen und das Risiko eingehen, auf einer Untiefe zu stranden? Nein, das kam überhaupt nicht in Frage, das Risiko war viel zu groß. Wenn er floh, dann blieb ihm nur das Fahrwasser. Aber dann müßte er den Feind in ein Gefecht verwikkeln und bewegungsunfähig schießen, damit dieser nicht nach Yenikale zurücklief und dort meldete, daß das Fahrwasser ausgetonnt worden war.

Die einzige andere Möglichkeit war, alle zu bluffen, auf das feindliche Schiff zuzulaufen, als habe er nichts zu befürchten, und sich darauf zu verlassen, daß es abdrehen würde, nachdem die Neugier befriedigt worden war. Aber würde es abdrehen, hatte der Kommandant seine Neugier gestillt?

Phillip schüttelte enttäuscht den Kopf. Nein, verdammt noch mal, bestimmt nicht. Er wäre an der Stelle des Kommandanten bestimmt nicht zufrieden. Er könnte, fiel ihm ein, Kirkoff kommen lassen, ihm eine Pistole an seinen Dickkopf halten und ihn zur Zusammenarbeit zwingen, indem er das korrekte Erkennungssignal preisgab oder mit dem Kanonenboot sprach ... Aber auf Kirkoff konnte man sich nicht verlassen. Er war ...

»An Deck!« Der Ausguck schrie von oben. »Der feindliche Dampfer rennt die Bugkanone aus, Sir. Und signalisiert uns wieder an – lange Blinks, Sir.«

Man wollte ihn stoppen, das war Phillip klar. Ein Bluff hatte keinen Sinn mehr. Entweder gehorchte er, oder er floh.

Die Entscheidung hatte man ihm abgenommen, und diese Erkenntnis war fast eine Erleichterung.

»Läufer!« Der junge Matrose stand mit bleichem Gesicht neben ihm, in seinen Augen war Furcht zu erkennen. »Sagen Sie

Mr. Curtis, ich brauche alle Kraft, damit wir ablaufen können«, bat Phillip. Er lächelte den Jungen zuversichtlich an. »Dann können Sie an Ihre Kanone gehen. Deswegen sind Sie doch hier, weil Sie wieder mal an der Kanone exerzieren wollen – auf Kosten des Feindes? Also, mein Junge, das werden Sie, aber erst ab in den Maschinenraum, wenn ich bitten darf.«

»Aye, aye, Sir!« Der Seemann lächelte zurück, zwar immer noch etwas unsicher, aber er rannte entschlossen davon. Phillip wandte sich an Trevelyan. »Kurs hart Steuerbord, Rudergänger, steuern Sie nach den Bojen, wenn Sie sie ausmachen.« Er sah, daß Driver Signale in Richtung Kanonenboot machte, doch bezeichnenderweise bekam er keine Antwort. »Stoppen Sie das, Bootsmannsmaat, und übernehmen Sie die Achterkanone. Ich möchte, daß alle Kanonen bemannt werden.«

Thompson unterbrach ihn mit Stentorstimme: »Bombe, Sir – genau voraus.«

Phillip reagierte instinktiv, nicht mit dem Verstand, und griff Trevelyan ins Rad. Die Brigg gehorchte, aber der Kurs änderte sich nur langsam, weil sie so wenig Fahrt machte, und die Bombe kam gefährlich nahe. Der Rudergänger und Phillip standen wie versteinert, warteten auf die Explosion und das Bersten des Rumpfs, das ihr folgen würde. Doch es geschah nichts. Wir sind um Haaresbreite dem Untergang entkommen, dachte Phillip, der kaum begriff, daß sie jetzt in Sicherheit waren. Dann hörte er, wie Curtis, der nichts von dem mitbekommen hatte, was hier draußen außerhalb seiner dunklen, ölverschmierten Welt des Maschinenraums geschah, ihm die verlangte Geschwindigkeit gab, um die er – wie es schien – vor einer Ewigkeit gebeten hatte. Das Pochen wurde heftiger. Er zwang seine tauben Glieder an die Reling, doch die Bombe blieb in dem wirbelnden Wasser achteraus verschwunden.

»Das Fahrwasser liegt jetzt genau voraus, Sir«, meldete Trevelyan, als er wieder ans Ruder trat. Mit seiner braungebrannten Hand deutete Trevelyan auf das Wasser, auf dem die Tonne, die sie zuletzt ausgesetzt hatten, sanft im Mondlicht tanzte, 40 oder 50 Meter an Backbord voraus.

»Ich laufe auf dem Tonnenstrich, Sir, wie Sie sagten!«

»Ja«, bestätigte Phillip, »nach Tonnen steuern. Wir werden's dem Kanonenboot zeigen, wenn es hinter uns her will.«

Der Mann aus Cornwall ließ ein freudiges Grummeln hören. »Wenn es das tut, Sir, rennt es vielleicht auf die Bombe. Wir sind knapp vorbei gekommen. Aber so ein verdammtes Glück hat nicht jeder!«

Seine Worte und seine Hoffnung halfen Phillip, wieder Mut zu fassen. Es war sicher nur eine schwache Hoffnung, doch die Bombe war ohne Zweifel vertrieben, und der Kommandant des Kanonenbootes hatte genau wie er vor ein paar Augenblikken bestimmt keine Ahnung von ihrer jetzigen Position. Wenn sein Schiff auf die Bombe lief, würde ihn die Höllenmaschine zwar nicht stoppen, aber ihn sicher langsamer machen. Man müßte ihn nur zur Verfolgung reizen. Phillip sah wieder auf den Flaggenstab. Er konnte die russische Flagge einholen und die eigene setzen ...

Er kniff die Augen zusammen und maß die Entfernung zum Fort und gab diese Idee zögernd auf. Solange die Männer an den Kanonen noch so lethargisch waren wie anfangs, konnte man das Risiko eingehen. Jetzt wäre so etwas verrückt, ein Bravourstück, das er sich nicht leisten durfte.

Wenn er auch nur die geringste Möglichkeit haben wollte, die *Constantine* und ihre Mannschaft unbehelligt an Ferrikale vorbei zu führen, durfte er nichts tun, was die Kanoniere in Yenikale veranlassen konnte, auf ihn zu schießen. Man würde ihn bestimmt beobachten, jede seiner Bewegungen verfolgen und eine plötzliche Kursänderung, nachdem das Kanonenboot zum Stoppen aufgefordert hatte, würde Grund genug für Spekulationen liefern. Daß man immer noch nicht das Feuer eröffnet hatte, konnte nur daran liegen, daß die russische Flagge die *Constantine* noch schützte.

»An Deck!« meldete der Ausguck sich wieder. »Der feindliche Dampfer macht immer noch die langen Signale wie vorhin, Sir!«

Phillip nahm die Signallampe. Vielleicht würde es nichts bringen, doch er blinkte einmal lang und dreimal kurz, wiederholte damit das Signal der Festung. Die Antwort ließ nicht auf sich warten und war ebenfalls eine Wiederholung, die keinen Zweifel zuließ.

Grimmig wandte Phillip sich an Jackson, der ein paar Schritte entfernt die Lotleine aufschoß: »Lassen Sie bitte den Gehilfen des Stückmeisters kommen, und gehen Sie dann nach unten und sagen Sie meinem Steward, er soll den Gefangenen an Deck bringen. Helfen Sie ihm dabei, er wird der Aufforderung nicht gern nachkommen wollen. Ich möchte nicht, daß er wieder verrückt spielt!«

»Überlassen Sie den mal mir, Sir«, antwortete Jackson grinsend, »bei mir wird er dazu keine Gelegenheit bekommen.«

Thompson meldete sich sofort. »Sir«, begann er, »es tut mir leid ...«

Was immer er als Entschuldigung vorbringen wollte, wurde durch ein Aufbrüllen der Bugkanone des feindlichen Dampfers übertönt, das einem hellen rotgelben Blitz folgte. Es war ein Warnschuß, der weit vor dem Bug der *Constantine* einschlug, und es war klar, was er bedeutete. Der russische Kapitän verlangte von der Brigg, beizudrehen und eine Erklärung für ihr Verhalten abzugeben, denn er mußte immer noch annehmen, daß ein Landsmann sie führte. Darum hatte er mit seiner Forderung länger als üblich gewartet.

Phillip sah, wie die Kugel über das flache, im Mondschein glänzende Wasser hüpfte. Er registrierte, daß man eine Kanone für große Entfernung benutzt hatte und eine Kugel statt einer Granate.

Lieber Gott, wenn er doch bloß die *Huntress* hier hätte mit ihrer 68-Pfünder-Lancaster-Kanone! Mit ihr würde er kurzen

Prozeß machen. Einen Augenblick lang hatte er Angst, und er bedauerte, daß O'Leary als Kanonier nicht an Bord war, dessen große Erfahrung und Zielgenauigkeit jetzt noch das Glück zu ihren Gunsten hätte verlagern können. Aber er hatte O'Leary an Bord der *Huntress* zurückgelassen, damit er die Verwundeten versorgte und den inkompetenten Arzt unterstützte. Es hatte jetzt wenig Sinn, den Beschluß zu bedauern. Er hatte Thompson an Bord, einen guten Mann, der zwar nicht O'Learys Können besaß, sonst aber einer der besten war und jetzt sicher beweisen wollte, wie man mit der russischen 32-Pfünder umzugehen hatte.

»Die werden uns von achteraus verfolgen«, sagte Thompson. »Sollte ich da nicht die Achterkanone einsetzen, Sir?«

Phillip nickte. »Ja, lösen Sie Driver ab, aber schießen Sie erst, wenn ich den Befehl gebe.«

»Auch dann nicht schießen, wenn die anderen bereits feuern, Sir?«

»Ja, auch dann nicht«, bestätigte Phillip. »Solange wir nicht zurückschießen, muß ihr Kommandant immer noch glauben, wir gehören zu ihnen. Zumindest wird er Zweifel haben. Ich möchte gern, daß er unsicher ist und uns nicht ins Fahrwasser folgt. Aber wenn er uns weiter nachfährt, müssen wir ihn stoppen. Er darf auf keinen Fall in die Festung zurückkehren – oder unsere Tonnen sind morgen früh verschwunden. Sagen Sie das Ihren Leuten. Wenn sie die Gründe kennen, werden sie leichter warten können. Es gibt schließlich auch immer noch die Möglichkeit, daß ihr Kommandant auf die Bombe läuft, die wir nicht gefunden haben, aber ich gebe zu, die Chance ist gering.«

»Wenn Sie erlauben, Sir, ist die Chance doch ein bißchen besser«, warf Thompson ein. »Ich wollte Ihnen das gerade sagen. Die Bomben sind im Mondlicht unsichtbar, die Tonnen nicht. Die, die wir beinahe verpaßt haben, habe ich erst gesehen, als wir fast drauf stießen. Ich hätte sie sonst viel früher gemeldet, ist ja wohl klar, Sir. Ellis meinte, er habe eine zweite entdeckt, etwa 30 Fuß hinter meiner, aber er war sich nicht ganz sicher.« Er deutete jetzt auf das Kanonenboot, das der *Constantine* mit Höchstgeschwindigkeit nachsetzte wie ein Bluthund auf heißer Spur. »Wie auch immer, Sir, der rennt genau darauf los, wenn er Kurs hält, würde ich wetten!«

»Hoffentlich behalten Sie recht«, sagte Phillip. Er klang überzeugter, als er wirklich war. »Sagen Sie das auch Ihrer Mannschaft, dann hat sie was zum Nachdenken, ehe sie zurückschießt.«

»Aye, aye, Sir! Ich werde eine Wette auflegen, ob der Feind trifft oder vorbeischießt.« Thompson lächelte immer noch, als er nach achtern ging.

Ein zweiter Schuß ihres Verfolgers heulte über ihre Köpfe und schlug nur 20 Fuß an Steuerbord achteraus ein. Kapitän Kirkoff, der aus dem Niedergang im Achterdeck zwischen seinen beiden Wächtern den Schuß beobachtet hatte, zuckte sichtlich zusammen.

»Was soll dieser Wahnsinn?« fragte er herrisch.

»Kein Wahnsinn, Sir. Eines Ihrer Schiffe hat das Feuer auf uns eröffnet. Unsere Antworten auf Ihre Ansprache haben sie offenbar nicht zufriedengestellt. Darum habe ich Sie holen lassen.«

»Dann wird man mein Schiff in Stücke schießen«, sagte Kirkoff erbittert. Er entdeckte die Flagge und streckte seine Hand aus: »Ihr Glas, Kapitän!« Phillip gab es ihm und trat mit ihm an die Reling. »Sie ist die *Tarkhan*«, informierte der Russe ihn. »Sie trägt sechs Kanonen vom Typ Canonbusier. Sie werden sich erinnern, daß ein Geschwader der kaiserlichen Marine unter Admiral Nachimoff diese Kanonen mit einiger Wirkung in Sinope einsetzte. Er zerschlug eine türkische Flotte und zerstörte den Hafen!«

»Ich erinnere mich an das Ereignis, Sir«, gab Phillip kühl zu.

Das Kanonenboot feuerte zwei Schüsse schnell hintereinander, und diesmal lagen die Schüsse zu beiden Seiten der *Con-*

stantine. Er mußte sich eingestehen, daß die Kanoniere einige Übung besaßen. Genauer konnten die Schüsse nicht liegen. Noch einmal signalisierte man, als wolle man die irrende Schwester zur Vernunft rufen, und Kapitän Kirkoff schob das Glas zusammen.

»Man befiehlt Ihnen, beizudrehen«, sagte er mit der gewohnten Arroganz. »Sie haben keine andere Wahl, als zu gehorchen, Kapitän, es sei denn, Sie wollen unbedingt sterben.«

Phillip hob die verlassene Signallampe und bot sie ihm an. »Sie haben noch die Wahl, Sir«, schlug er vor, »geben Sie ein Signal, das man dort drüben versteht, identifizieren Sie sich.«

»Das bieten Sie mir an?« Drohend trat der Russe auf ihn zu, als wolle er ihm die Lampe aus der Hand schlagen.

Aufgeschreckt sprang Higgins vor und hielt dem Gefangenen die Gewehrmündung vor die Brust.

Verächtlich hob Kirkoff beide Arme als Zeichen sich zu ergeben. »Und wenn ich mich weigere, Kapitän?« wollte er spöttelnd wissen. »Sie werden wahrscheinlich diesem Kretin befehlen, mich zu erschießen, denn die Sitten ziviler Kriegführung scheinen Sie nicht zu kennen!«

Er hatte Französisch gesprochen, und sein Tonfall war absichtlich herausfordernd, doch Phillip behielt seinen Gleichmut.

»Nein, Sir«, antwortete er ruhig. »Ich überlasse Ihr Schicksal Ihren Landsleuten und den Busierkanonen. Ich habe nicht die Absicht beizudrehen, und Sie werden hier bei mir auf dem Achterdeck bleiben. Higgins!«

»Sir!« Higgins trat befehlsgemäß zurück, den Gewehrkolben auf den Planken. Sein Gesicht verriet nichts.

Jackson packte den Russen an der Schulter und führte ihn weg mit einem glatten »Wenn Sie mir bitte folgen wollen, Sir« auf den Lippen. Das Trio hatte gerade die Backbordseite des Achterdecks erreicht, als eine Granate der *Tarkhan* sechs Fuß über dem Deck explodierte. Ein Schauer tödlicher Splitter schlug in Davits und Boot und riß Splitter aus dem Deck. Abrupt hielt Kirkoff an, sein bärtiges Gesicht war bleich vor Entsetzen.

»Sie können über meine Signallampe verfügen, Kapitän«, rief Phillip ihm nach.

»Sie sind verrückt«, klagte Kirkoff laut. »Sie haben keine Chance, drehen Sie bei, in Gottes Namen. Sie ...«

Seine Stimme schwand ihm vor Entsetzen, als hinter ihnen eine Explosion ertönte. Eine zweite folgte nur Sekunden später, und eine Feuerflamme schlug an Steuerbord der *Tarkhan* in den Himmel. Das Feuer lief über das Deck, und hier flog fast gleichzeitig Munition oder Pulver in die Luft. Phillip hielt sein Glas auf das Schiff gerichtet und hörte seine Männer jubeln.

Thompson hat also recht behalten, sagte er sich. Er fühlte eher Mitleid als Erleichterung, während er in die Wolken dunklen Rauchs blickte, die in den Nachthimmel stiegen. Das russische Schiff war auf beide Bomben gelaufen, und die hatten mehr Schaden angerichtet, als Phillip sich vorgestellt hatte. Sie hatten den Dampfer zwar nicht stoppen können, es jagte immer noch mit Höchstgeschwindigkeit durchs Wasser, die Schaufelräder wirbelten Schaum auf, aber er brannte, und der Fahrtwind ließ die Flammen über das zundertrockene Oberdeck tanzen. Männer bekämpften das Feuer. Phillip sah andere, die eilends Munition über Bord warfen – man würde also eine Zeitlang nicht mehr auf die *Constantine* feuern, sagte sich Phillip und schüttelte den Kopf, als Thompson ihn laut um Feuererlaubnis bat.

5

Die oberen Kanonen der Festung eröffneten verspätet das Feuer, und Phillip war völlig entsetzt, als zwei Granaten in die jetzt hilflos liegende *Tarkhan* einschlugen. Dann erkannten die an Land ihren Irrtum und jagten ein paar einzelne Salven von Kettenkugeln und Vollkugeln der fliehenden *Constantine* hinterher. Doch sie hatten zu lange gewartet. Zwar schlugen noch ein oder zwei Kugeln ungemütlich nahe ins Wasser, aber die *Constantine* entkam unbehelligt, und dann endeten die Schüsse, als die Entfernung zu groß wurde.

Phillips Anspannung ließ etwas nach. Er führte sein Schiff mit großer Sorgfalt in das neu ausgetonnte Fahrwasser. Ganz ohne Zweifel würden Reiter nach Ferrikale jagen und dort seine Passage melden, sagte er sich.

Wenn der Kommandant der Festung seine anfängliche Verwirrung erst einmal überwunden hatte, würde er ein zweites Kanonenboot anfordern, das die mysteriöse Brigg aufbringen sollte, die zwar die kaiserlich-russische Flagge führte, sich aber sonst wie ein Feind verhielt. Das würde Zeit kosten – und Zeit brauchte Phillip jetzt vor allem. In wenigen Stunden würde dieses Fahrwasser voller alliierter Schiffe sein. Britische, französische und türkische Truppen, die bei Tageslicht in Kamiesch landen sollten, würden nach Kertsch und Yenikale marschieren, und die Festungen würden von Land und See her angegriffen.

Er unterdrückte ein Gähnen und wünschte, er könne hier

ankern und auf die Flotte warten, die ins Asowsche Meer einlaufen würde, anstatt ein zweitesmal vor den Kanonen von Ferrikale ein Spießrutenlaufen zu veranstalten. Aber irgendwo lauerten immer noch zwei von Kirkoffs verfluchten Bomben unmarkiert und unentdeckt. Thompson und er hatte sie in der Einfahrt ins Fahrwasser nicht ausmachen können. Er mußte an die brennende *Tarkhan* denken und wußte, er konnte die Bomben nicht einfach liegen lassen, solange es auch nur die geringste Chance gab, sie zu entdecken und zu zerstören.

Es ist wirklich eine sehr geringe Chance, sagte er sich. Thompson hatte erklärt, wie wenig sichtbar im Mondlicht die Höllendinger waren ...

Phillip rollte die russische Karte wieder auf, um noch einmal die Position des letzten roten Tintenkreises zu studieren und sicherzugehen, daß seine Erinnerung ihn nicht trog. Wenn die Bomben nicht vertrieben waren, lagen sie auf der westlichen Seite des Fahrwassers gut innerhalb der Reichweite der Kanonen von Ferrikale. Vielleicht könnte sich ihnen unbeobachtet ein Boot nähern, während die ganze Aufmerksamkeit der Kanoniere der *Constantine* galt. Ein Boot, dessen Riemen nicht zu hören waren, ein Mann im Bug, der genau wußte, was er suchte ... Phillip blieb nur dies, verdammt noch mal, oder auf den Morgen zu warten.

Er trat langsam an die Steuerbordreling und rieb sich die Müdigkeit aus den Augen. Dann nahm er sein Glas und suchte das Land hinter dem Fahrwasser nach ungewöhnlichen Bewegungen ab. Er sah nichts, nur die Lichter der Festung Ferrikale immer noch zweieinhalb Meilen entfernt. Gerade wollte er langsamere Fahrt befehlen, als ein Ruf des Ausgucks ihn stoppte.

»Blitzende Signallichter, Sir«, meldete der Ausguck. »An Backbord voraus und weit weg, ich schätze über eine Meile, Sir!«

»Wiederholen Sie das Signal«, forderte Phillip, »wenn Sie es ausmachen können!«

Er beugte sich vor und hob die Signallaterne wieder hoch.

Von Backbord auf dem Achterdeck beobachtete Kapitän Kirkoff ihn neugierig mit zusammengekniffenen Augen. »Das sind Signale von der Cheska Bank, Commander Hazard«, sagte er. »Wollen Sie den Grund dafür wissen?«

Phillip zuckte mit den Schultern. Diesmal bot er ihm sein Glas nicht an, sondern blickte selber hindurch. Die salzigen Marschen der Cheska Bank lagen am nordöstlichen Ende der Halbinsel Taman und bildeten dort die östliche Begrenzung der Straße, ein sich windendes flaches Stück Land, zwischen zwei und drei Meilen breit und sieben Meilen lang südlich von Kap Karmenai. Auf diesem verlassenen Stück Land hatte der Feind kürzlich drei Landbatterien hinter Erdwällen aufgestellt, die die Aufgabe hatten, das tiefe Fahrwasser zu schützen, das die eigenen Schiffe normalerweise benutzten. Die Batterien hatten bisher keine Rolle gespielt. Die wichtigste, die der Fährstation von Yenikale gegenüberlag, konnte zusammen mit der Festung das Fahrwasser sperren. Sie hatte das Feuer trotz der Beschießung von der Festung her nicht eröffnet. Aus diesem Grunde vor allem hatte Phillip sie aus seinen bisherigen Überlegungen ausgeschlossen, aber jetzt ... Er hielt sein Glas auf das ferne Blitzen gerichtet und zählte aus Gewohnheit die Zeichen. Die Meldung war offensichtlich sehr lang, und er konnte nicht so tun, als verstünde er sie. Auch der Ausguck im Mast würde nur zählen können. Phillip war also nicht überrascht, als Kapitän Kirkoff sich mit Triumph in seiner tiefen Stimme wieder meldete: »Man hat eine Warnung wegen meines Schiffes nach Ferrikale geschickt, Kapitän.«

Phillip setzte das Glas ab, schob es bewußt langsam zusammen und steckte es in die Brusttasche. Er antwortete nicht, weil er wußte, wie wenig er seinen Gefangenen mochte und wie bösartig er antworten würde.

»Die Kanoniere haben den Auftrag, Sie zu versenken.« Kirkoff klang, als spucke er ihn an, und er schüttelte die Hand von der Schulter, als Higgins ihn zurückhalten wollte. »Das wird man tun, es sei denn, Sie geben mir mein Schiff zurück, Commander Hazard. Weitermachen bedeutet den unnötigen Verlust von Leben. Sie können nicht darauf hoffen, an Ferrikale vorbeizukommen.«

Wahrscheinlich hat er recht, dachte Phillip erschöpft. Er befahl langsamste Fahrt voraus und wußte, daß er jetzt nur noch Zeit gewinnen wollte. Zeit hatte er nämlich kaum noch. Die Kanonen von Ferrikale warteten auf die kleine *Constantine*; Phillip konnte sie nirgendwo verstecken, um auf das eigene Geschwader zu warten. Wenn er hier ankerte, würde man ein Kanonenboot schicken, und die Alternative zur Aufgabe wäre der unnütze Verlust von Leben, damit hatte Kirkoff recht.

Es war vielleicht möglich, seine Mannschaft zu retten. Es gab immer noch den Kutter, mit dem sie sich vorbeischleichen konnten, wenn sie das tiefe Fahrwasser querten und sich dicht im Schatten unter der Cheska Bank hielten. Für schwere Kanonen war ein Kutter ein schwieriges Ziel, falls er überhaupt entdeckt wurde. Er sah in den hellen Sternenhimmel und fluchte leise und ingrimmig. Das bedeutete natürlich ein Risiko, doch seine Männer würden lieber dieses Risiko eingehen, als mit Sicherheit in Gefangenschaft zu geraten.

Leise fragte Driver ihn über die Schulter: »Sollen wir die feindliche Flagge einholen und die eigene setzen, Sir?«

Er sprach zwar leise, doch das klang überhaupt nicht nach Aufgeben. Phillip wußte plötzlich genau, was zu tun war. Sie würden vollenden, was ihr Auftrag war, zum Teufel noch mal. Sie würden diese verdammten Bomben finden und sie zerstören. Kirkoff sollte die *Tarkhan* auf dem Gewissen haben, aber niemals ein britisches Schiff. Und dann würden sie den Kutter nehmen, wenn sie weiterhin Glück hatten. Er wußte, daß er wie ein Idiot grinste, als er zum Bootsmannsmaat sagte: »Ja, setzen

Sie unsere Flagge, Driver. Die des Feindes haben wir lange genug oben gehabt.«

Seine Männer jubelten, als die russische Flagge eingeholt wurde, und der Jubel verdoppelte sich, als Driver die weißgrundige britische Kriegsflagge setzte. Kapitän Kirkoff hörte ihnen erstaunt zu und verlangte dann brummig, wieder nach unten geführt zu werden.

»Ich bedaure, Sir, aber ich kann Ihren Wunsch leider nicht erfüllen«, antwortete Phillip eisig und fest. »Es gibt immer noch zwei Ihrer Höllenmaschinen hier im Fahrwasser, die ich unschädlich machen werde. Sie haben selber gesehen, was sie an einem Ihrer Schiffe angerichtet haben, wie ich übrigens auch. Es sind Teufelsdinger, gegen die kein Schiff sich schützen kann. Wenn Sie also wirklich unnötige Verluste an Menschenleben wünschen, dann helfen Sie mir, sie loszuwerden!«

Kapitän Kirkoff sah ihn einen Augenblick ablehnend und schweigend an. Als er dann die Kanonenschüsse von Ferrikale wahrnahm, sagte er fast entschuldigend: »Die Bomben, die die *Tarkhan* trafen, sind vertrieben, Commander Hazard – das konnte ich nicht erwarten, sie waren nicht gesichert.«

»Nein«, gab Phillip zu.

Er drehte sich um, als ein Schauer kleiner Kugeln das Wasser 100 Meter vor der *Constantine* aufwirbelte. Der russische Kapitän, der seinem Blick gefolgt war, streckte die Arme in einer resignierenden Geste aus.

»Geben Sie mir die Karte«, forderte er mit belegter Stimme. Er rollte sie auf und tippte mit seinem stumpfen Zeigefinger auf die beiden roten Kreise.

»Die Explosivgeräte, die Sie suchen, sind hier, wo sie auf meiner Karte eingezeichnet sind. Sie können aus ihrer Position nicht vertrieben sein, die weniger als eine Viertelmeile von den Batterien an Land entfernt ist, wie Sie sehen. Sie können sie aber nicht unschädlich machen, ohne dieses Schiff zu verlieren!«

»Nicht einmal durch Kanonenschüsse, Kapitän?«

Kapitän Kirkoff schüttelte den Kopf. Er war sehr bleich und sprach jetzt ruhig und sicher und klang sehr überzeugend. »Diese Bomben schwimmen nicht, sie unterscheiden sich von den anderen. Sie sind größer und noch todbringender. Sie sind in einer künstlichen Sandbank vergraben und detonieren durch galvanische Zellen, die dann wirken, wenn ein Schiffskiel sie berührt. Mit Kanonenfeuer kann man sie nicht erreichen, und man kann sie auch nicht sehen.«

Aus der Festung kam wieder eine Salve. Phillip hielt den Atem an, als er die kürzer werdende Entfernung einschätzte, aber er gab keinen Befehl, mit der Geschwindigkeit herunterzugehen, und Kirkoff fuhr fort und klang jetzt bitter: »Ich habe sie nicht entwickelt, Commander Hazard, und ich habe sie dort auch nicht plaziert. Das haben Ingenieure des Heeres bei Dunkelheit gemacht, von einem Boot aus. Aber Sie haben recht, es sind teuflische Waffen. Sie enthalten genügend Sprengstoff, um ein Linienschiff in zwei Teile zu zerlegen, und im Arsenal in Yenikale liegen noch weitere 50, die jederzeit im Fahrwasser placiert werden können.«

»Sind die einsatzbereit?« wollte Phillip wissen, dem sich die Kehle zuschnürte. Lieber Gott, dies war schlimmer, als er sich vorgestellt hatte. Ein Viertel von ihnen könnte Jack Lyons gesamte Flottille zerstören. »Sie liegen aber noch nicht im Fahrwasser, Kapitän?« fragte er drängelnd.

Kapitän Kirkoff schüttelte den Kopf. Er erging sich in technischen Einzelheiten und sagte dann: »Das Ausbringen ist eine langwierige und gefährliche Aufgabe. Wir fanden kaum Freiwillige, die sie in Position setzen wollten, und unsere Marinebefehlshaber sind überhaupt dagegen. Die meisten meinen, sie seien auch eine Gefahr für unsere eigenen Schiffe, selbst wenn auf unseren Karten die Position eingezeichnet ist. Es gibt natürlich eine andere Methode, die Ladung hochgehen zu lassen, indem man Drähte von der Festung aus verbindet, aber«, er hob die Schultern, »man hat das versucht, fand es nicht verläßlich. Also blieben die Ladungen erst einmal im Arsenal.«

Phillip fragte sich, ob er diesem Mann glauben konnte. Etwas in ihm sträubte sich, es nicht zu tun. Kirkoff war ein Feind, er hatte sich während seines bisherigen Aufenthalts an Bord wie ein Feind verhalten. Doch schien er aus einem unerklärlichen Grund jetzt die Wahrheit zu sagen. Phillip neigte dazu, ihm Glauben zu schenken. Er hatte doch das Fahrwasser bis Yenikale ausgelotet und ausgetonnt und weder künstliche Hindernisse noch vergrabene Höllenmaschinen gefunden – ausgenommen die, die auf Kirkoffs Karte eingezeichnet waren und die, nach seinen eigenen Angaben, vertrieben worden waren.

»Sir?« unterbrach ihn da Driver, das Zucken des Kanonenfeuers aus der Festung blitzte in seinen Augen. »Können wir das Feuer auf die Festung erwidern?«

Phillip wußte, es würde eine hilflose Geste sein, und erinnerte sich an die unsinnige Beschießung der steinernen Wälle des Hafens von Sewastopol durch die Flotte. Als Ergebnis waren große Linienschiffe, die 100 Kanonen führten, einsatzunfähig geschossen worden. Ihre Decks brannten, und Masten und Riggs waren ein einziges Chaos. Die kleine *Constantine* mit ihren zwei altmodischen Kanonen könnte gegen die Kanonen in den Kasematten von Ferrikale nichts unternehmen, die sie aus dem Schutz massiver Wälle heraus unter Feuer nahmen. Es war sogar fraglich, ob auf diese Entfernung die Kanonen der *Constantine* die Schanzen vor der Festung und hinter dem Strand überhaupt treffen würden – von Schäden ganz zu schweigen.

Doch eine Aufgabe könnte sie erfüllen, falls Kirkoff die Wahrheit gesagt hatte. Phillip sah auf die Karte, die der Feind immer noch in Händen hielt, nahm sie ihm ab und breitete sie langsam aus. Dann schüttelte er den Kopf und lehnte Drivers Wunsch ab, obwohl es ihn innerlich schmerzte.

Eine Kugel schlug gegen den Rumpf. Ketten surrten durch

das obere Rigg – beides war unnütz und richtete kaum Schaden an, doch explodierende Granaten schickten Splitter wie Hagel vor den Bug der schwer arbeitenden Brigg. Die Festung schießt sich auf uns ein, dachte Phillip und schätzte eiskalt seine Chancen, ob die *Constantine* je das Ziel erreichen würde, das er sich für sie vorgenommen hatte.

Die Chancen standen schlecht, aber es kam auch nicht darauf an, falls nur der leere Rumpf des Schiffes sein Ziel erreichte. Kirkoff hatte doch gesagt, daß ein Schiffskiel die eingegrabenen Minen in die Luft jagen würde! Einer müßte bis zum letzten Augenblick am Ruder bleiben, um sie auf Kurs zu halten. Er schluckte und spürte saures Aufstoßen. Driver würde den Kutter führen ...

»Jackson«, rief er, »sagen Sie Mr. Curtis, wir brauchen langsamste Fahrt. Dann soll er mit all seinen Männern an Deck kommen, aber die Maschinen laufen lassen. Bootsmannsmaat, lassen Sie alle Mann an Deck pfeifen, wenn ich bitten darf, und bereiten Sie sich vor, daß wir alle das Schiff verlassen. Sie übernehmen dazu den Kutter. Alle Mann werden einsteigen, ebenso der Gefangene. Wenn alle an Bord sind, legen Sie ab und steuern auf die Cheska Bank zu. Die *Huntress* wird sich in der Einfahrt zur Straße aufhalten und Sie aufnehmen. Wenn Sie Hilfe von ihr brauchen, schießen Sie eine Rakete in die Luft. Lassen Sie zwei Leute sofort den Kutter zu Wasser bringen und ihn längsseits sichern. Sie müssen dafür extra Taljen riggen, also machen Sie schnell – ist das klar?«

»Sir?« Driver starrte ihn an, weil er diese Befehle offensichtlich nicht erwartet hatte. Er sah Phillip mit offenem Mund an: »Los, ein bißchen Beeilung, wenn ich bitten darf, wir haben keine Zeit zu verlieren. Und sagen Sie Trevelyan, er soll das Rad festzurren, ehe er von Bord geht.«

Jackson war schon unterwegs zum Maschinenraum, und dem Bootsmannsmaat gelang nur ein knappes »Aye, aye, Sir!« Immer noch war er verblüfft. Doch er riß sich zusammen, die

Pfeife schrillte laut und durchdringend vor dem Donner der russischen Kanonen.

»Alle Mann an Deck«, brüllte er, »klar zum Verlassen des Schiffs!«

Der Befehl wurde sofort befolgt. Der Ausguck aus dem Mast kam heruntergerutscht mit der Schnelligkeit des Erfahrenen, und Phillip sagte nur: »Sehr gut, Williams«, als er an Deck sprang. Gleich sammelten sich die beiden Stückmannschaften, und wenige Augenblicke später kamen Curtis und seine schwitzenden, ölverschmierten Maschinisten und Kohlenschipper von unten. Die Taljen waren geriggt, ein halbes Dutzend Männer hing bereits an den Leinen, und Jackson und Driver lenkten den Kutter im Wasser so, daß er längsseits zu liegen kam.

»Alle Mann von Bord«, befahl Phillip. »Über die Seite und ins Boot. Legen Sie ab, wenn alle an Bord sind, Bootsmannsmaat.«

Auf dem Vordeck schlug eine Granate ein und schickte einen Schauer drohend glühender Fragmente in die Luft. Thompson wollte sich instinktiv seiner verlassenen Kanone zuwenden, aber Phillip rief ihn zurück. »Was zum Teufel haben Sie vor?«

»Munition, Sir«, stotterte der Gehilfe des Stückmeisters. »Die muß doch ...« Er schluckte heftig. »Was ist mit Ihnen, Sir? Sie kommen doch wohl mit uns mit!«

»Sobald ich kann, ja«, antwortete Phillip ihm. »Aber warten Sie nicht auf mich, Sie haben einen langen Weg. Also los, Thompson, viel Glück. Und kehren Sie auf die *Huntress* zurück, selbst wenn Sie zu ihr schwimmen müssen.«

»Ich kann gar nicht schwimmen, Sir«, erwiderte Thompson trocken. Er zögerte und fragte dann mit einer Spur von Wut in seiner Stimme: »Warum das, Sir, warum das in Gottes Namen? Das ist nicht Ihr Schiff, und Sie müssen nicht mit der *Constantine* untergehen, Sie sollten also ...«

»Kapitän Kirkoff wird Ihnen den Grund nennen, Mann.

Aber jetzt Tempo, oder Sie werden verdammt noch mal doch schwimmen müssen!«

Der Kutter war voll. Kirkoff saß im Heck und schaute ihn von dort irritiert an. Thompson kletterte in den Bug, der Kutter warf los und trieb langsam achteraus, ein kleiner dunkler Schatten im mondhellen Fahrwasser. Seine sechs paar Ruder bewegten sich in gleichem Rhythmus, während er sich auf die Cheska Bank zu bewegte – hoffentlich in Sicherheit.

Phillip überprüfte das festgezurrte Rad und stieg dann nach unten in den Maschinenraum. Hier in der knapp erleuchteten Dämmerung übertönte das metallische Dröhnen der Maschinen das Feuer der Kanonen von Land her. Er mußte grinsen, als er Ventile öffnete, sich bis aufs Hemd auszog und dann ungeübt Kohlen in die glühenden Feuer schaufelte. Mit der Schaufel schloß er die Feuertüren, als genügend Kohle im Feuer lag. Er hatte an einem Kurs über die neuen Maschinen teilgenommen, ehe er auf die *Trojan* kommandiert wurde, und er segnete die Teilnahme jetzt wieder. So wußte er wenigstens, was er tun mußte, damit das Schiff wieder Fahrt aufnahm, wie er wollte. Die Nadel des Druckanzeigers stieg, aber die Feuer waren ewig hungrig und würden die Kohle, die er eingeschaufelt hatte, bald verbrannt haben, und die Fahrt würde wieder aus dem Schiff gehen. Aber das war nun mal nicht zu ändern. Wahrscheinlich würde er sein Ziel erreicht haben, ehe er gänzlich Fahrt verlor. Doch wenn er für die Kanoniere der Festung kein leichtes Ziel sein wollte, kam es jetzt entscheidend auf die Geschwindigkeit an.

Ein donnerndes Krachen rief ihn zurück auf Deck. Er rutschte fast aus, als eine Kugel in den Rumpf der Brigg schlug und sie zum Zittern brachte.

Die feindlichen Kanoniere haben sich jetzt eingeschossen und wollen Rache nehmen, dachte Phillip dumpf. Unsicher stolperte er ans Rad, der Schweiß auf seinem erschöpften Körper wurde eiskalt. Das Donnern der Kanonen dröhnte erbarmungslos in seinem Kopf. Im Bug glomm ein Feuer, und im Deck war ein Loch, gleich hinter der Kanone. Thompsons Munition war also in die Luft geflogen.

Während seiner kurzen Abwesenheit im Maschinenraum hatten Kettenkugeln das obere Rigg gänzlich zerstört und schlugen weiter ein. Als er das Chaos über sich entsetzt musterte, wurden die Stagen des Vortopps hoch oben sauber gekappt, der Mast brach am Eselshaupt, taumelte wie betrunken hin und her, stürzte dann über die Seite und nahm Püttungswanten und Fockstag mit sich.

Phillip machte das Rad frei, seine verletzten Hände packten die Spaken, und er brachte den Bug des Schiffes scharf nach Steuerbord. Denn ein niedriger Vorsprung an Land, der mit Bäumen bestanden war, bot momentan Schutz. Zweimal wurde die Brigg dabei im Heck getroffen, und sie nahm Wasser. Doch die Schaufelräder bewegten sich weiter und wurden sogar nach schneller.

Dieses Ergebnis seines erschöpfenden Besuchs im Maschinenraum machte Phillip neuen Mut. Ein paar Kugeln strichen harmlos über ihn hinweg. Eine schlug in die Bäume des Vorsprungs ein, doch als er aus dessen Schutz kam, hatten die Kanoniere schnell ihr Ziel wieder gefunden. Zwar änderte er seinen Kurs immer wieder, doch sie behielten ihn im Ziel, und als die *Constantine* krängte und langsamer wurde, schwand Phillips Hoffnung.

Wie verrückt war er eigentlich, zu hoffen, sie sicher durch ein solches Feuer zu bringen? So verrückt, wie Kirkoff gemeint hatte. Bisher war Phillip das Glück hold geblieben, aber das änderte sich jetzt. Wenn er sich selber retten wollte, mußte er die *Constantine* aufgeben, sie an Land setzen, damit sie das Fahrwasser nicht blockierte, und sie dann verlassen.

Er starrte nach vorn, fast blind von dem Qualm aus dem brennenden Vordeck. Bitter spürte er die Enttäuschung, jetzt noch ganze 200 Meter vor dem Ziel zu sein. Die künstliche

Sandbank lief in einem Winkel von 45 Grad vom Ufer ins Fahrwasser – so Kirkoffs Karte. Eigentlich müßte er sie von hier bereits sehen können. Er verließ das Rad, stolperte über Deck und zog sich hoch in die Überreste des Großmastes.

Ja, da war sie, eine unregelmäßige Linie von Holzpfählen markierte sie. Sie hatten offenbar die Aufgabe, die Steine und den Sand zu halten, der die Untiefe ausmachte. Die Hölzer konnten Schiffsmaste sein. Einer stand weit hoch und warf einen langen Schatten. Was sonst sollte es sein, fragte er sich, als er sein Glas darauf richtete. So nah, so verdammt nah, doch das Ziel hätte unter den jetzigen Umständen auch noch 200 Meilen entfernt sein können. Unter Schmerzen holte er tief Luft, wehrte sich gegen einen Hustenanfall und rannte dann fast ans Rad zurück. Die *Constantine* war jetzt kaum noch zu steuern, aber die Strömung trieb sie das Fahrwasser hinab auf die Sandbank zu. Soll sie treiben, wenn sie nur noch so lange durchhält, dachte er, nur nicht auf Land setzen.

Das Rad wirbelte unter seinen Händen. Er führte sie auf die Bank zu, zurrte das Ruder wieder fest und mußte fürchterlich husten. Jetzt bewegten sich hungrige Flammen auf das Achterdeck zu und sprangen von Tampen zu Tampen wie kleine Teufel in den Tiefen der Hölle. Phillip stolperte weiter nach achtern, um Luft zu holen. Plötzlich wurde ihm klar, daß es um ihn herum still geworden war. Eine seltsame Stille, die nur durch das langsam werdende Schlagen der Schaufelräder der Brigg unterbrochen wurde und durch das blubbernde Zischen aus den Boilern, um die langsam das Wasser stieg.

Die Kanonen feuerten nicht mehr. Phillip klammerte sich keuchend an die Reling und wagte nicht, seinen eigenen Sinnen zu glauben. Doch es war wahr. Den Vorhang aus schwarzem Pulverqualm durchzuckten keine orangefarbenen Feuerzungen mehr. Und das Donnern der Kanonen schmerzte nicht mehr in seinen Ohren. Das Schießen hatte aufgehört, doch ihm fiel kein logischer Grund ein, denn die *Constantine* war auf Gnade und

Ungnade ausgeliefert und wartete nur noch auf den Todesschuß, den eine einzige Kanone geben konnte.

Es sei denn ... Er richtete sich unwillkürlich auf. Sein Kopf begann mühsam wieder zu funktionieren. Die Kanoniere kannten die Position der künstlichen Bank und der Ladung, die in ihr verborgen war. Hatten sie sich also entschieden, daß die verborgene Waffe ihre Aufgabe teuflisch vollendete? Auf den ersten Blick schien das eine unsinnige Entscheidung zu sein, doch Kirkoff hatte gesagt, daß die versenkten Sprengstoffe eine neue Waffe waren und man mit den Möglichkeiten, sie hochgehen zu lassen, immer noch experimentierte, weil auch die Ingenieure in Yenikale ihre Zweifel hatten. Weitere 50 Bomben lagen im Arsenal der Festung. Man würde sie erst einsetzen, wenn man eine verläßliche Methode, sie zu sprengen, gefunden und sich auf sie geeinigt hätte. Das mußte der Grund sein, warum die Kanonen ihr Feuer eingestellt hatten. Einen anderen gab es nicht.

Sie benutzten die *Constantine*, um ihre teuflische Erfindung zu testen. Zerschlagen und brennend und krängend hatte sie für sie ohnehin keinerlei Wert mehr. Die Kanoniere hatten sie als Ziel genutzt. Nun war die Stunde der Ingenieure gekommen. Sicherlich waren einige von ihnen aus Yenikale hierher galoppiert, um genau das zu verlangen, was jetzt geschah. Phillip kannte doch Ingenieure!

Er zog sich vor den Flammen weiter zurück, seine Augen tränten, und er versuchte, sie mit den Händen vor der Hitze zu schützen. Doch anders als sein schwitzender Körper war sein Gehirn eiskalt, und er mußte erleichtert auflachen, als ihm klar wurde, was die Entscheidung des Feindes für ihn selbst bedeutete.

Lieber Gott, sie wußten sicher nicht, daß sie in wenigen Stunden selber angegriffen würden. Sie wußten nicht, daß ihr Test viel zu spät kam. Wie erfolgreich auch immer er ausfiel, ihre 50 experimentellen Seeminen konnten keinesfalls mehr rechtzeitig ins Wasser gebracht werden, um das alliierte Asowsche Geschwader zu hindern, das Fahrwasser hinaufzulaufen, um Yenikale zu belagern.

Sie hatten offensichtlich den Tonnen, die er im Fahrwasser gelegt hatte, keine Bedeutung beigemessen. Entweder hatten sie sie gar nicht bemerkt oder sie für Tonnen gehalten, die ihre eigenen Schiffe gelegt hatten. Und weil die *Constantine* auf dem Weg im Nebel an Ferrikale vorbeigelaufen waren, erlaubten sie ihr jetzt, das letzte Hindernis zu entfernen, das die freie Fahrt noch behinderte. Nur so machte das Ganze Sinn. Natürlich besaßen die Russen noch Kanonen, aber mit denen würde Jack Lyons fertig werden ...

Phillip spürte sein Herz gegen die Rippen schlagen. Das alles schien unglaublich, aber er fand keinen Haken. Doch auch wenn er sich irrte, spielte das jetzt keine Rolle mehr – das Ergebnis wäre das gleiche. Er fühlte sich seltsam erleichtert und lehnte sich, so weit er konnte, über die Reling, um festzustellen, ob die Brigg noch auf Kurs lag. Er würde sehr bald von Bord müssen, das wußte er. Auf Deck konnte man sich kaum noch aufhalten, Hitze und Rauch waren überwältigend, nahmen ihm Kraft und raubten ihm den Atem. Doch Kraft würde er brauchen, denn es sah ganz so aus, als würde er schwimmen müssen.

Die Boote waren durchlöchert wie Siebe oder ganz in Stücke zerschossen worden. Selbst wenn er allein eins zu Wasser bringen konnte, mehr als ein paar Minuten würde es ihn kaum tragen, sagte er sich und war überrascht, daß er keine Furcht verspürte. Seine Erregung war stärker. Als er seine schmutzige Hand über die Augen legte und die Linie der Hölzer genau voraus sah, hörte er sich selber laut jubeln, etwas, wofür er wahrscheinlich jeden anderen angepfiffen haben würde.

Die Hölzer waren sehr nahe, ganze 30 oder 40 Meter vom taumelnden Bug der Brigg entfernt. Sie konnte ihr Ziel jetzt nicht mehr verfehlen, selbst wenn die Schaufelräder jetzt stillstehen würden, sie würde dann immer noch auf die Untiefe treiben. Nichts konnte sie mehr stoppen. Sie war ...

Der Jubel erstarb auf seinen Lippen. Ein Stoßgebet ersetzte ihn, denn der Großmast krachte vor ihm auf das Deck in einer Wooling aus zerrissenem Rigg und zersplittertem Holz. Hungrig fielen die Flammen über alles her, und dann glitt er über das schräge Deck, immer noch von einigen Wanten und Stagen gehalten, hing über die Seite und rutschte, wie eine Antwort auf sein Gebet, mit allem langsam ins Wasser.

Die *Constantine* verlor Fahrt, wurde wunderbarerweise dann doch wieder schneller. Ihre Schaufeln schlugen ins Wasser, und sie lief auf Kurs wie die Brander in so vielen alten Schlachten. Sie schien ihr Ziel zu kennen und zuckte nicht vor ihm zurück.

Phillip spürte Schmerz, als er sie verließ. Er sprang von achtern in das kühle, mondbeschienene Wasser, das wie Balsam auf seinen gezeichneten und schmerzenden Körper wirkte. Ihm war klar, daß er sich so weit wie möglich von seinem Schiff entfernen mußte, um in Sicherheit zu sein, und schwamm 20 Meter und wartete dann wassertretend und sich umdrehend auf *Constantines* Ende. Plötzlich war ihm egal, was ihn an Land erwartete. Aus seinem Blickwinkel bot das Schiff einen furchterregenden Anblick, erinnerte mehr an eine brennende Fackel als an eine Brigg. Seltsamerweise war ihr Heck fast unverletzt, und die weiße britische Kriegsflagge wehte stolz von der Fahnenstange aus, Rauch tönte sie, und die Flammen, die sie verzehren wollten, machten sie leuchten und fast durchsichtig.

Phillip schwamm weiter, drehte sich um und wollte ihr Ende nicht miterleben. Es kam schnell, lange bevor er das Ufer erreicht hatte, in Form einer krachenden, gewaltigen Explosion, deren Echo wieder und wieder in seinen Ohren dröhnte und keinen Zweifel daran ließ, daß die *Constantine* ihre Aufgabe erfüllt hatte.

Eine Ladung, die ausreicht, ein Linienschiff in zwei Teile zu sprengen, hatte Kirkoff gesagt. Phillip kämpfte jetzt gegen die Wellen, die ihn nach der Explosion unter sich begraben wollten. Er hatte keinen Anlaß, an den Worten des Russen zu zweifeln. Eine riesige Wassersäule stieg in die Luft und verbarg den Todeskampf der kleinen Brigg hinter einem Vorhang von Schaum, und Phillip wußte, es würde nichts mehr von ihr übrigbleiben. Zynisch fragte er sich, ob die Ingenieure aus Yenikale wohl mit dem Ergebnis ihres Experiments zufrieden waren, falls sie zugesehen hatten.

Eine berittene Patrouille mit Fackeln in den Händen galoppierte am felsigen Ufer entlang, dem er sich jetzt näherte. Sie verteilten sich und suchten offenbar nach ihm. Die Wassertiefe nahm ab, er konnte schon aufrecht stehen. Er sah, wie einige vom Pferd sprangen und auf ihn zukamen. Es war sinnlos, zu fliehen, er war viel zu steif, viel zu erschöpft. Jeder Versuch würde sie veranlassen, auf ihn zu schießen.

Ein paar Musketenkugeln schlugen um ihn herum ins Wasser ein, aber er kümmerte sich nicht um sie. Als er auf die Felsen stolperte und wie ein Betrunkener schwankte, endete das Schießen. Erregte und unverständliche Schreie begrüßten ihn, aber er war nicht in der Lage zu verstehen, ob sie ihm galten oder mehr Männer vom Rand der Klippe nach unten riefen.

Er war von der Explosion halb taub, und seine Augen hatten sich noch nicht an das Halbdunkel des schattigen Ufers gewöhnt. Er konnte ferne Objekte noch nicht klar erkennen, also blieb er stehen, wo er war, zitterte vor Kälte in seinem dünnen Hemd und der Hose. Er konnte sich dunkel erinnern, daß er seine Stiefel abgestreift hatte, als er im Wasser schwamm, doch er wußte nicht mehr, wo oder wann er seine Jacke abgelegt hatte. Die Pistole, die er im Gürtel trug, war verschwunden ebenso wie sein Fernglas, doch er besaß immer noch seine Uhr, die elegante, gravierte und mit Wappen versehene Taschenuhr, die einst Mademoiselle Sophies Vater gehört und die sie ihm in Odessa gegeben hatte. Mit tauben Fingern suchte er nach ihr und fühlte sie in der Tasche, doch als er sie öffnete, konnte er das Zifferblatt nicht erkennen, obwohl der Himmel heller wurde und der Mond hinter einer Wolke hervortrat.

Eine Stimme rief etwas in scharfem Ton. Er hielt es für einen Befehl, langsam auf die Patrouille zuzugehen, also stolperte er, die Uhr in der Hand, wenige Schritte das Ufer hinauf.

Der Ruf wurde wiederholt, und ein Reiter – der Kleidung nach ein Kosak –, der sein Pferd an der Hand die Klippe hinuntergeführt hatte, sprang in den Sattel und kam mit erhobenem Säbel, der im Mondlicht glänzte, als er ihn aus der Scheide zog, auf Phillip zu, ohne auf die Felsen zu achten. Phillip hatte keine Gewalt erwartet und war nicht darauf vorbereitet, einen Angreifer abzuwehren. Er versuchte zur Seite zu treten, rutschte auf einem glatten flachen Stein aus und fiel auf die Knie. Ein Säbelhieb traf seine Schulter, und die Klinge hob sich wieder, als der Kosak sein kleines, zottiges Pferd neben ihm zum Halten brachte. Phillip hob beide Hände, um die Klinge abzuwehren, und spürte, wie sie schmerzhaft in die Muskeln seines rechten Unterarms drang. Ein Hand kam ihm entgegen, die ihm die Uhr entreißen wollte, aber Phillip versuchte instinktiv, sie zu behalten, und ein zweiter Reiter kam dem ersten zu Hilfe. Er schlug mit dem Griff seiner Pistole Phillip auf den ungeschützten Schädel.

Das letzte Geräusch, das dieser hörte, ehe er in Bewußtlosigkeit glitt, war erneutes Kanonenfeuer, doch er war sich nicht sicher, ob er sich das nur einbildete.

6

Ein Stiefel brachte ihn in die Wirklichkeit zurück. Phillip versuchte sich aufzurichten und wollte sich vor dem hellen Sonnenlicht schützen, das durch ein kleines, vergittertes Fenster hoch in der Wand fiel. Sein Körper schmerzte, und erbarmungslos dröhnte es in seinem Kopf. Er konnte kaum sehen. Er war schwach wie ein Säugling, das spürte er entsetzt, und er fand den Versuch, sich aufrecht hin zu setzen, jenseits seiner Kräfte. Also rutschte er auf den Haufen Stroh hinter sich zurück und schloß die schweren Lider, um nicht länger ins Licht sehen zu müssen.

Wieder traf ihn der Stiefel. Der Schmerz war beabsichtigt. Er sah einen Soldaten in grauer Uniform vor sich, der ihm eine Schüssel aus grobem Ton in die rechte Hand drückte. Er versuchte sie zu halten, aber seine Finger waren so steif, daß sie ihm den Dienst versagten. Die Schüssel senkte sich, und eine übel riechende Flüssigkeit floß ihm übers Hemd und zwang ihn, sich in eine sitzende Position zu bringen, um sie los zu werden. Der Soldat schimpfte ihn an, legte einen Brocken schwarzes Brot auf den Boden neben ihm und ging hinaus, wobei er die schwere Holztür mit solcher Wucht hinter sich zuschlug, daß jeder Nerv in seinem Schädel zitterte und schmerzte.

Ganz in der Nähe feuerten Kanonen, sehr viele Kanonen, die das Gebäude erzittern ließen. Auch sie machten Phillips unangenehme Lage schlimmer.

Voller Abscheu betrachtete Phillip das schwarze Brot und legte sich wieder hin, um vor Schmerz und Erschöpfung in den Schlaf zu fliehen. Als er das nächstemal aufwachte, fühlte er sich stärker, konnte sich aufrichten und saß mit dem Rücken an der feuchten Wand seiner Zelle. Nach dem Stand der Sonne zu urteilen, war es einige Stunden später. Sein rechter Arm war in einen schmutzigen, blutigen Lumpen gewickelt, hinter den er lieber nicht blicken wollte. Der Arm war steif und gefühllos und widerstand jedem Versuch, ihn zu bewegen. Der Säbelhieb des Kosaken, an den er sich erinnerte, mußte Muskeln und Knochen zerhauen haben. Wenn das so war, würde er den Arm verlieren, seinen rechten Arm. Der Teufel sollte den Mann holen, der ihm diese Wunde beigebracht hatte.

Phillip tastete sich vorsichtig mit der linken Hand ab und entdeckte eine taubeneigroße Beule über seiner Schläfe, die sich schmerzhaft anfühlte und blutverkrustet war. Weise wurde er sich klar, daß sein Zustand doch noch wesentlich schlimmer hätte sein können. Seine Kosakenhäscher hätten ihn zu Tode bluten lassen können, anstatt seinen Arm zu verbinden, oder der Mann, der ihn mit der Pistole geschlagen hatte, hätte ihn auch leicht damit erschießen können. Doch man wollte ihn offensichtlich lebendig. Als er sich jetzt an Kapitän Kirkoffs Klagen an Bord der *Constantine* erinnerte, mußte er grinsen. Kirkoff hatte von den zivilen Gebräuchen des Krieges gesprochen und von dem Respekt, den man seinem Rang schuldete. Doch seine Landsleute, so schien es, kümmerten sich um solche Feinheiten wenig, wenn sie selber das Sagen hatten.

Nach einer Weile fand Phillip die Stille seiner Zelle unerträglich und kroch mühsam zum Fenster hinüber. Er richtete sich unter Schmerzen auf, und seine linken Finger fanden ein Fensterbrett. Doch er konnte nichts hören, das Sinn machte. Er hörte weder Kanonenfeuer noch Stimmen, auch kein Geräusch eines Schaufelrades, und er konnte nichts sehen. Er mußte in einer Festung sein, wo sonst, mit mehr als zehn Fuß dicken Wällen und Fenstern wie Schießscharten. Und mit Ratten wie den beiden, die jetzt auf dem Boden um das Brot kämpften, das er dort hatte liegen lassen.

Also vielleicht Yenikale? Er holte tief Luft. Wo immer er war, der Tag war weit fortgeschritten. Der Angriff der Verbündeten mußte um diese Zeit weit gediehen sein, wenn er, wie geplant, begonnen hatte.

Aber vielleicht hatte es wie vor drei Wochen schon einmal einen Aufschub gegeben. General Canrobert, der französische Oberbefehlshaber, hatte den Rückzug seiner gesamten Truppen angeordnet, wenige Stunden vor ihrer geplanten Ausschiffung. Doch das konnte sich sicherlich nicht wiederholen. So etwas war unvorstellbar. 15 000 Soldaten, fünf Batterien Artillerie und praktisch jedes Schiff der alliierten Schwarzmeerflotte, das für diese Expedition eingeteilt war, lagen in der vergangenen Nacht vor Kaffa. Alle waren bereit, beim ersten Morgengrauen nach Kamiesch-Borun zu laufen, um die Truppen an Land zu setzen. Nein, Admiral Lyons würde keine Verschiebung der Operation zulassen. Ob mit oder ohne Franzosen – er und der Befehlshaber des Heeres, Sir George Brown, würden die Truppen an Land setzen. Jack Lyons, Sohn des Admirals und Führer des Asowschen Geschwaders, würde seine Kanonenboote und die Dampffregatten mit geringem Tiefgang im Fahrwasser bis Yenikale führen.

Aber es wurde nicht geschossen! Was ging also hier vor? Kertsch war nur ganze fünf Meilen von Yenikale entfernt – da mußte man doch Schlachtenlärm hören, wie leise der auch immer war!

Diese Unsicherheit schmerzte, Phillip zwang sich zum Lauschen, aber er hörte nichts. Könnte er die Schlacht verschlafen haben, fragte er sich? Ohne seine Uhr konnte er nicht feststellen, wie lange er bewußtlos in diesem dreckigen rattenverseuchten Loch gelegen hatte. Oder war die Landung versucht und abgewehrt worden? Ein erschreckender Gedanke! Er versuchte vergeblich, sich zu dem schiefen Fensterbrett hoch zu ziehen und fiel wieder auf den unebenen Steinfußboden zurück, holte vor Schmerzen tief Luft, als er auf seinem verletzten Arm landete.

Als er einen zweiten Versuch unternahm, das Fenster zu erreichen, zerriß eine Serie dumpf hallender Explosionen die Stille. Mit pochendem Herzen stand er gegen die Wand gepreßt und versuchte, die Knaller zu zählen und ihre Quelle zu identifizieren. Er hörte mindestens ein halbes Dutzend, ehe fürchterliche Kopfschmerzen ihn von der Wand weg zwangen. Rasender Schwindel ergriff ihn, die Wände der Zelle wirbelten um ihn.

Es war fast eine Erlösung, als etwa eine Stunde später zwei Soldaten in seine Zelle traten und ihn roh auf die Füße stellten. Die Befehle, die sie ihm entgegenschrien, verstand er nicht, doch ein Kolbenhieb in seinen Rücken machte klar, was sie wollten. Er stolperte in einen dunklen Steinkorridor, wobei die Soldaten ihn teils trugen, teils vor sich her trieben. Mit großen Schwierigkeiten erklomm er Steinstufen, die auf einen offenen Hof führten, auf dessen einer Seite er den Festungswall entdeckte als Silhouette gegen die untergehende Sonne. Schwere Eisenkanonen standen in jeder Schießscharte.

Artilleristen in grünen Uniformen machten sich an den Kanonen zu schaffen, aber nicht, wie er erwartet hatte, für ein Gefecht. Sie vernagelten sie! Phillip hielt an, spürte die Kolben nicht und starrte ungläubig nach drüben, als eine andere Gruppe von oben herab kam und Kisten voller Munition trug. Dann hörte er weit hinter sich und außer Sicht eine weitere Serie dumpfer Explosionen. Er identifizierte sie nach kurzem Nachdenken als die Zerstörung anderer und wahrscheinlich schwererer Kanonen, durch Vernageln der Mündung, die die Rohre zerbersten ließ.

Trotz seiner Benommenheit faßte er wieder Mut. Wenn die Garnison ihre Kanonen kampfunfähig machte, konnte das nur bedeuten, daß die Alliierten gelandet waren und der Angriff erfolgreich war. Kertsch mußte gefallen sein, und diese Festung wurde gerade evakuiert – die Russen blieben nicht, um sie zu verteidigen oder das Eindringen des alliierten Geschwaders ins Asowsche Meer zu verhindern.

Er sprach ein stilles dankbares Stoßgebet, und neue Hoffnung durchflutete ihn. Er ging aufrecht und ohne die Hilfe seiner Wächter, die am Ende einer Steintreppe eine Tür öffneten und ihn in einen kleinen Raum warfen, der als Büro eingerichtet und in die massiven Wälle eingebaut war.

Am Tisch in der Mitte des Raums saß ein Offizier in der Uniform eines Obersten der Artillerie und sortierte Papiere, wobei ihm zwei andere halfen. Von mittlerem Alter, sah er unmutig und unwirsch aus, trug ein Pincenez über blutunterlaufenen wäßrigen Augen. Er war unrasiert und sah aus, als habe er lange nicht geschlafen. Die anderen waren jünger, ein Major in der blau-silbernen Uniform der Ulanen und der andere, ein Ingenieurleutnant, mit blondem Haar und Duellnarben, die sein ekkiges deutsches Gesicht häßlich machten.

Die beiden Wachen brachten Phillip vor dem Tisch zum Stehen. Mit einigem Interesse sah der Oberst auf und sagte auf Französisch: »Dies ist also der Mann, er scheint der einzige Überlebende zu sein. Ich kann nur hoffen, daß er zu betrunken war, um mit den anderen im Boot zu fliehen.«

»Oder verrückt«, warf der Ulanenoffizier mit zynischem Lächeln ein. »Wie diese Verrückten in Balaklava, die englische Leichte Kavallerie. Sie wurde ausgelöscht, als sie im Nord-Tal unsere Kanonen angriff. Wir glaubten, sie wären alle betrunken, aber ich habe mit einigen gesprochen, die wir gefangengenommen haben, Oberst. Sie schworen, daß den ganzen Tag lang kein Tropfen Alkohol über ihre Lippen gekommen war. Die meisten hatten nicht einmal gegessen – also müssen sie verrückt sein, eine andere Erklärung gibt es nicht. Aber ich wünschte mir schon, vor allen Dingen jetzt, daß ich solch ein

Regiment englischer Verrückter führen könnte. Dann würden wir bestimmt nicht unseren Rückzug vorbereiten.«

»Der Befehl zum Rückzug stammt nicht von mir, Vladimir Iwanowitsch«, antwortete der Oberst säuerlich. Er musterte Phillip kurz, dessen schmutzige Kleidung, die ungepflegte Erscheinung, und gab einer der Wachen einen Befehl in seiner Muttersprache. Der knallte mit den Hacken und verließ das Büro. »Dieser unglückliche Mann wurde von den idiotischen Kosaken ziemlich roh behandelt, als sie ihn gefangennahmen«, fuhr er fort, wechselte dabei wieder ins Französische, das er fließend sprach. »Und meine eigenen Idioten haben sich auch nicht um ihn gekümmert.« Er hob die Schultern. »Aber ich hatte natürlich andere und wichtigere Dinge im Kopf.«

»Wie wir alle«, stimmte ihm der als Vladimir angesprochene Mann zu. Er schob seine Papiere vor sich zusammen und seufzte: »Müssen wir wirklich alle prüfen, Oberst? Es wäre doch besser, wenn wir alle einfach verbrennen!«

»Ich habe meine Befehle.« Die Antwort war steif. Er schob zwei große, ungeöffnete Bündel über den Tisch. »Die hier können verbrannt werden, kümmern Sie sich darum, Walburg.«

»Ich werde sie lesen, wenn Sie wollen, Oberst«, antwortete der Leutnant hölzern.

»Nicht nötig – verschwenden Sie damit keine Zeit. Sie haben genug zu tun, sobald der Befehl kommt, das Magazin in die Luft zu sprengen.«

Phillip schwieg, hielt den Kopf gesenkt und den Blick abgewandt und nahm dabei alles wahr. Ihm war klar, daß sie ihn für einen einfachen Matrosen hielten, sonst hätten sie in seiner Gegenwart nicht so frei über vertrauliche Angelegenheiten gesprochen. Man ging sicher davon aus, daß er nur seine Muttersprache beherrschte. Er war zufrieden mit der Rolle, die sie ihm zugedacht hatten. Wenn sie ihn für einen Offizier gehalten hätten, wäre er jetzt sicher schwer bewacht auf dem Weg nach Simpheropol ins Hauptquartier von Prinz Gortchakoff, doch so ... Er starrte auf seine unbekleideten Füße und tat gänzlich gleichgültig.

»Und was machen wir mit unserem verrückten oder betrunkenen Matrosen, Oberst? Was haben Sie mit ihm vor?«

»Ach ja, der Matrose.« Der Oberst suchte etwas in seinen Taschen. »Die Uhr, die man bei ihm gefunden hat, gibt mir ein Rätsel auf. Sie trägt die kaiserlichen Initialen und das persönliche Wappen des verstorbenen Großfürsten Michael, der lange vor Ausbruch dieses verdammten Krieges gestorben ist. Ich habe sie irgendwo – ja, hier ist sie.« Er holte sie aus seiner Brusttasche und hielt sie dem Kavallerieoffizier zur Prüfung hin. »Wie Sie sehen, ist sie ein großartiges und äußerst wertvolles Stück, und ich frage mich, wie ein englischer Matrose dazu gekommen ist.«

Phillip versteifte sich unwillkürlich, spürte eine Vorahnung, doch alle drei Offiziere sahen nur auf die Uhr. Er atmete aus und war froh, daß er sich nicht zu erkennen gegeben hatte.

»Ich nehme an, die hat er mitgehen lassen«, meinte der Major. »Dieser verrückte Kerl hat da sicher so seine Erfahrungen.«

»Das denke ich auch«, fügte der Oberst trocken hinzu. »Trotzdem möchte ich meine Neugier erst einmal stillen, ehe ich ihn laufen lasse. Sie sprechen doch Englisch, Vladimir, oder?«

»Ein bißchen, Sir, ich hatte seit längerem keine Gelegenheit.«

Der Oberst wischte die Ausrede zur Seite. »Fragen Sie den Mann, bitte, fragen Sie ihn, wie er zu der Uhr gekommen ist ...«

»Sie haben doch nicht etwa vor, diesen Mann auf freien Fuß zu setzen, Oberst«, unterbrach der Ingenieurleutnant ihn, der sein Ungehaltensein nicht verbergen konnte. Nach seinem Akzent war er Deutscher, und seine Verachtung war kaum zu überhören, als er fortfuhr: »Die russische Disziplin ist viel zu lax. Im deutschen Heer werden Plünderer auf der Stelle erschossen. Nur so kann man ein Exempel statuieren und aus Halunken Soldaten machen. Dieser Kerl, der sicher so seine Erfahrung hat, wie der Oberst meint, hat ohne Zweifel den Offizier ermordet, dem er die Uhr abgenommen hat. Und Sie reden davon, ihn ungestraft laufen zu lassen!«

Phillip gab sich Mühe, der Unterhaltung zu folgen, ohne es sich anmerken zu lassen. Er wischte mit der Zungenspitze über seine trockenen Lippen. Sein schmerzender Kopf meldete sich wieder, und nur mit Mühe konnte er sich aufrecht halten.

Zu seiner großen Erleichterung wechselte der Oberst einen bezeichnenden Blick mit seinem Landsmann und sagte kurz angebunden: »Kümmern Sie sich um Ihre Angelegenheit, Leutnant Walburg, und überlassen Sie mir meine. Wie Sie wissen, muß ich vor Tagesende die Garnison evakuieren und sie nach Arguine führen, ehe der Feind uns den Rückweg abschneidet. Es wird ein langer Marsch, da habe ich keine Lust, mich mit Gefangenen abzugeben – und schon gar nicht mit verwundeten Gefangenen. Ich lasse auch unsere eigenen Kranken und Verwundeten hier!«

»Wie Sie wollen, Oberst!« Der blonde junge Deutsche zuckte resignierend mit den Schultern. Einen Augenblick sah es aus, als wolle er widersprechen.

Phillip wartete schweigend und mit steinernem Gesicht und gab sich große Mühe, sein Zittern zu verbergen.

»Wie auch immer«, fuhr der Oberst mit schmalem Lächeln fort, »ich werde ihn ins Lazarett schicken ... und der arme Hund wird wahrscheinlich seinen rechten Arm verlieren. Es ist eine tiefe Wunde, um die sich keiner gekümmert hat. Er wird der britischen Marine nicht mehr viel nützen, wenn die Chirurgen ihre Arbeit getan haben.« Er hob die Uhr und nickte Major Stepanoff ungeduldig zu. »Also, fragen Sie ihn, Vladimir!«

»Matrose«, begann der Kavalleriemajor zögernd, »diese Uhr, kennst du die?«

Phillip riß sich zusammen. Die Aussicht wegen seines Arms war nicht ermutigend, aber er schob den Gedanken zur Seite.

Wenn die Garnison vor Nachtbeginn evakuiert wurde, würden die Chirurgen mitgehen. Wahrscheinlich würden sie vor dem Eintreffen der alliierten Truppen abziehen. Er nickte also und streckte seine Hand nach der Uhr aus. »Wenn ich bitten darf, Sir, geben Sie mir die Uhr zurück«, sagte er auf Englisch.

»Sie gehört dir nicht. Hab' ich recht?«

Phillip entschied sich für die halbe Wahrheit und schüttelte den Kopf. »Nein, Sir, sie gehört nicht mir, sondern meinem Kommandanten, Commander Phillip Hazard von der Königlichen Marine. Er gab sie mir zur Aufbewahrung.«

»Aufbewahrung?«

»Ich soll auf sie aufpassen, Sir!«

Major Stepanoff übersetzte das Besprochene für den Oberst und fragte dann: »Und wo hat der sie her? Dies ist eine russische Uhr, oder?«

»Sie war ein Geschenk für den Kommandanten, Sir. Von einem russischen Offizier, Prinz Narishkin. Er wurde in Balaklava tödlich verwundet, und der Kommandant war bei ihm, als er starb.«

»Was sagt er über Prinz Narishkin?« wollte der Oberst wissen. Er lauschte aufmerksam der Übersetzung, doch ehe er antworten konnte, trat ein Kavallerieoffizier ein, dreckbespritzt, grüßte und hielt ihm eine Meldung entgegen. Der Oberst las sie, eine Falte sprang zwischen seine Augen, er seufzte und erhob sich. Laut rief er: »Wir müssen sofort abziehen.« Seine Offiziere standen um ihn. »Leutnant Walburg, Sie zünden die Zündschnüre zum Magazin an. Nehmen Sie das hier mit.« Er deutete auf die Papiere, die ungeordnet auf dem Tisch lagen. »Werden Sie die los, so gut Sie können.« Seine Befehle klangen flach und ausdruckslos.

Phillip, der in der allgemeinen Unruhe übersehen wurde, bewegte sich langsam zur Tür. Er war schon fast auf der obersten Treppenstufe angelangt, als Major Stepanoff ihm nachrief: »Halt!«

Die Wache, die ihn aus der Zelle geführt hatte, stand dort, und Phillip war klar, daß er beiden nicht entkommen konnte.

Der russische Offizier gab ihm die Uhr zurück. »Du bist ein tapferer und aufrichtiger Mann«, sagte er sanft. »Wer immer du bist. Ich komme aus Odessa und habe von Commander Phillip Hazard und der *Trojan* gehört. Also gebe ich dir die Uhr zur Aufbewahrung zurück. Dieser Soldat bringt dich jetzt zum Lazarett. Dort bist du in Sicherheit, bis wir abziehen. Ich habe ihm eine Notiz für den Chirurgen mitgegeben.«

Er bot ihm die Hand, und Phillip nahm sie ohne nachzudenken. Plötzlich leuchtete ein wissendes Lächeln in den Augen des Kavallerieoffiziers.

»Wie ich dachte, das ist nicht die Hand eines einfachen Matrosen. Ich hatte schon meinen Verdacht, als ich deine Füße sah. Du läufst normalerweise nicht barfuß. Macht nichts, ich werde schweigen. Andrei Narishkin war mein Freund und Gönner, und bei den Husaren von Odessa bin ich Offizier geworden. Also, alles Gute, Commander Hazard!«

Erst beim Weggehen merkte er, das Vladimir Stepanoff Französisch gesprochen und er ihm in der gleichen Sprache geantwortet hatte. Aber Phillip blieb für Spekulationen keine Zeit. Seine Bewacher, die offensichtlich ihren Befehl schnell ausführen und dann für die Evakuierung zu ihrer Einheit zurückkehren wollten, eilten mit ihm eine Treppe hinunter und einen scheinbar endlosen Korridor entlang, der in unregelmäßigen Abständen durch Fackeln erhellt war. Der Soldat benutzte seinen Gewehrkolben nicht mehr, benahm sich respektvoll und bot ihm immer wieder mal seinen Arm. Als sie kurz vor dem Ziel waren, deutete er in die entsprechende Richtung, gab ihm Stepanoffs Notiz, eilte davon und überließ ihn seinem Schicksal.

Einen Augenblick war Phillip geneigt, in die Stadt zu fliehen, aber er besann sich eines Besseren, weil er nicht wußte, wo er war und was draußen vorging. Ohne Schuhe würde er nicht weit gehen können, und sein Arm schmerzte immer mehr. Er sah auf den schmutzigen und blutbefleckten Verband und seufzte. Es war gefährlich, nicht wenigstens den Verband zu wechseln. Die Chirurgen hatten es wahrscheinlich genauso eilig wie seine Wache, wegzukommen. Mehr als sich um den Verband kümmern würden sie nicht, es sei denn, er bestand auf mehr. Er versuchte ein Lächeln und überquerte einen Hof voll eiliger Männer. Er würde nicht mehr verlangen. Wenn er schon seinen Arm verlieren sollte, wie der Oberst vorhergesagt hatte, dann unter den Händen eines britischen Arztes, nachdem er wieder zur Flotte gestoßen war.

Das Lazarett war ein kalter, unfreundlicher Keller. Für die Verwundeten gab es nur Reihen von Strohsäcken und hier und da ein paar Tische, an denen die Ärzte und die Helfer arbeiteten. Es stank ekelerregend nach verfaulendem Fleisch, altem Erbrochenen und Exkrementen von den etwa zwei Dutzend Verwundeten, die hier immer noch lagen. Phillip wollte sich aus der Tür zurückziehen, als sein Magen sich hob. Lieber den alten Verband behalten, als hier behandelt zu werden, dachte er. Dies war ein Platz für Tote, und die armen Kerle, die hier zurückblieben, würden sterben ...

Er humpelte langsam davon, als ein grauhaariger Mann mit einem sauber beschnittenen Bart aus einem Raum heraustrat. Er trug über seiner Uniform einen Kittel und rief verblüfft und überrascht seinen Namen.

Phillip wandte sich ebenso verblüfft um. Gesicht und Stimme waren vertraut, aber er konnte sich nicht sofort an den Namen erinnern oder an frühere Begegnungen. Doch sie waren sich begegnet – der Mann in dem Kittel hatte ihn korrekt mit Rang und Namen angesprochen und war Chirurg, nach dem blutbefleckten Kittel zu urteilen und der Instrumententasche, die er trug.

»Sir«, begann Phillip unsicher, »Sie sind doch sicher ...« Immer noch wollte der Name ihm nicht einfallen, doch jetzt erinnerte er sich an die Umstände ihres ersten Treffens. Es war vor sechs Monaten gewesen während seiner Kriegsgefangenschaft in Odessa, als er und der junge O'Hara halb erfroren aus dem eisigen Wasser gezogen worden waren. Dieser Mann hatte sich damals gewundert, daß sie überlebt hatten. Und er hatte ihnen sein eigenes Schachspiel geliehen, damit sie sich die langen Stunden der Gefangenschaft verkürzen konnten. »Sie sind Dr. Bozenko«, rief Phillip jetzt laut.

Der Chirurg verbeugte sich. »Und Sie scheinen wieder einmal meine Dienste zu benötigen, Commander Hazard«, sagte er in präzisem und langsamem Französisch.

»Leider, Doktor, wie ich zugeben muß. Aber ...«

»Sie sind gerade noch rechtzeitig gekommen, ich wollte soeben aufbrechen. Also, kommen Sie rein und lassen Sie sehen, was ich für Sie tun kann.« Dr. Bozenko zeigte auf das Zimmer hinter sich, in dem ein Ofen rot glühte und angenehme Wärme verströmte. Er lächelte zögernd. »Darf man fragen, was Sie hier tun? Diesmal sind Sie vermutlich kein Kriegsgefangener, weil Sie ohne Bewacher hierher gekommen sind ... und wieder mal aus dem Meer, wie ich feststellen muß. Führen Sie die Spitze der britischen Truppen, vor denen wir uns gerade zurückziehen wollen?«

Phillip überhörte die Frage und gab ihm die Notiz.

»Ach, von Major Stepanoff«, sagte der Arzt, und sein Lächeln wurde deutlicher. »Er bittet, Ihnen die nötige medizinische Versorgung angedeihen zu lassen, und befiehlt mir dann, Sie hier zu lassen ... also werde ich es tun und keine Fragen stellen. Setzen Sie sich, Commander Hazard, und erlauben Sie mir, Ihre Wunde zu inspizieren.«

Der Arzt schnitt den verdreckten Verband auf und warf ihn sofort in den Ofen. Eine Ordonnanz brachte auf seinen lauten Befehl hin frisches Leinen und eine Schüssel mit dampfendem Wasser. Dann säuberte er die Wunde gründlich und machte dabei immer wieder Geräusche mit spitzem Mund. Er inspizierte sie sorgfältig und rümpfte die Nase, als er den Geruch beginnender Fäulnis wahrnahm, der aus ihr aufstieg. Auch Phillip roch ihn und mußte seine Übelkeit bekämpfen, die ihn umzuwerfen drohte. Es war derselbe beißende Geruch, der über dem Lazarettsaal hing, und er wußte nur zu gut, was der bedeutete.

»Beugen Sie bitte Ihre Finger«, forderte der Arzt ihn auf. »Spüren Sie etwas, wenn ich Ihre Handfläche innen berühre? Jetzt das Gelenk, aha, da spüren Sie etwas, nicht viel, aber immerhin. Probieren Sie jetzt bitte, Ihre Hand zu schließen!«

Phillip versuchte es, und der Schweiß stand ihm dabei auf der Stirn. Doch die Hand wollte sich nicht schließen. Er sah auf und blickte in die mitleidigen Augen des Arztes.

»Es ist meine rechte Hand, Doktor«, sagte er gequält.

»Auch wenn, Monsieur Hazard«, begann der Arzt. »Sie ...«

Eine gewaltige Explosion übertönte alles, was er sagen wollte. Das ganze Gebäude erzitterte, und Phillip fiel vom Stuhl, als die Fenster zerbrachen und Glassplitter um ihn herum auf den Fußboden fielen. Bozenko half ihm auf die Beine.

»Das war das Magazin«, sagte er atemlos. »Entschuldigen Sie mich einen Augenblick, ich muß mich um die Männer im Lazarett nebenan kümmern.«

Er verschwand für fast 20 Minuten, die Ordonnanz mit ihm, und Phillip verzweifelte fast. Er hatte gesehen, wie Männer ihre Gliedmaßen verloren, in Verbandsplätzen auf dem Schlachtfeld und in den schwankenden Tiefen kämpfender Schiffe. Doch das nahm den Operationen, die natürlich durchgeführt werden mußten, nicht ihren Schrecken – was ihn jedenfalls anging. Dies war sein rechter Arm. Ihn schauderte, und er sah mit Entsetzen auf seine Wunde.

»Monsieur Hazard«, der kleine Arzt war zurückgekehrt, erregt und sich entschuldigend, Gesicht und Hände beschmutzt, das graue Haar in Unordnung. »Ich habe den Befehl, sofort aufzubrechen, also bitte ich um Verständnis, wenn ich Sie allein lasse. Ich werde diesen Arm verbinden, aber er muß abgenommen werden, verstehen Sie, er muß. Ihre Leute werden morgen hier sein – Kertsch ist gefallen, und in der Straße befinden sich bereits englische und französische Schiffe.« Er entnahm seinem Kasten eine Flasche mit einer farblosen Flüssigkeit, hob Phillips tauben Arm und murmelte: »Dies wird Ihnen weh tun, aber es kann die Infektion vielleicht abwehren.« Damit goß er den Inhalt über die Wunde.

Phillip mußte mit aller Kraft einen qualvollen Schrei unterdrücken. Bozenko drückte ihm voller Mitgefühl die Flasche in die linke Hand und forderte ihn auf, sie zu leeren. Der rohe Alkohol verbrannte ihm fast die Kehle, doch er hatte den gewünschten Effekt. Der Schmerz war deutlich abgeklungen, als ein neuer Verband seinen Arm sicherte.

»Tut mir leid, daß ich nicht mehr für Sie tun kann«, sagte der Arzt mit deutlichem Bedauern. »Bleiben Sie in diesem Zimmer und schlafen Sie, soviel Sie können. Da im Schrank finden Sie Kleider und Schuhe. Nehmen Sie sich, was Sie brauchen, der Samowar ist voll.«

Die Ordonnanz erschien in der Tür und rief etwas, das Phillip nicht verstand. Er sah sich um und entdeckte drei oder vier Frauen, schattenhafte Gestalten in dunklen Kleidern, Schleier um den Kopf.

Dr. Bozenko deutete auf sie und sagte: »Diese Frauen haben sich angeboten, zu bleiben und die Verwundeten zu versorgen, bis Ihre Truppen und Ihre Ärzte hier sind. Es sind Jüdinnen oder Armenierinnen, die kein Englisch sprechen, aber sie sind sehr gut, haben uns sehr gut geholfen und werden für Sie und die anderen tun, was sie können. Für die anderen da draußen wird es bei Gott wenig genug sein.« Er schloß den Kasten mit seinen Instrumenten, gab ihn der Ordonnanz und zog sich den Kittel aus.

Phillip wollte ihm danken, wurde aber sofort unterbrochen: »Nehmen Sie dies, Monsieur Hazard.«

Zu seiner Überraschung zog der Arzt eine Pistole aus der hinteren Tasche seines Uniformrocks. Sie war groß und unhandlich, und Phillip schüttelte den Kopf: »Nein, Doktor«, lehnte er ab. »Ich werde sie nicht brauchen, ich ...«

Die Pistole landete auf seinen Knien. »Sie werden sie brauchen, wenn die verdammten Türken als erste hier sein sollten. Ich möchte Sie bitten, diese Frauen vor ihnen zu schützen, auch wenn Ihnen das bei meinen Verwundeten kaum möglich sein wird. Ich bitte Sie darum als Christ.«

Er war verschwunden, ehe Phillip sich verabschieden konnte. Die Ordonnanz trottete hinter ihm her, stoisch und mit stumpfem Blick.

Etwas später erschienen zwei Frauen mit raschelnden Gewändern und boten ihm scheu etwas zu essen an. Er fiel hungrig darüber her und trank dazu Tee aus dem Samowar. Er fühlte sich besser, nachdem er gegessen hatte. Zwar meldete sich sein Gewissen, doch er fand im Schrank ein Paar Stiefel, die ihm paßten, und er fand ohne Hilfe in den großen Lazarettraum. Er fühlte sich seltsam leicht, und seine Beine wollten ihn kaum halten, aber es gelang ihm dennoch, den Raum zu durchqueren. Der Gestank ließ ihn nicht mehr würgen, er war nur noch darauf bedacht zu sehen, wie die hier Liegenden gut von den stillen, dunkel gekleideten Frauen versorgt wurden.

Sie spürten offenbar sein Interesse und hielten ihn nicht auf, folgten seinem unsicheren Gang nur mit Blicken, und erst als ihn die Kräfte zu verlassen drohten, eilte ihm eine grauhaarige Frau mit sanftem Lächeln zu Hilfe, legte ihm einen Arm um die Hüfte und führte ihn in das Zimmer des Arztes zurück. Man hatte ihm vor dem Ofen ein Bett gerichtet. Eine Diskussion mit der lächelnden Krankenschwester war unmöglich. Also ließ er sich von ihr helfen und auch die Stiefel ausziehen. Dann breitete sie eine Decke über ihn.

Stille senkte sich über die verlassene Festung. Nur gelegentlich war Musketenfeuer zu hören und manchmal das Stöhnen der russischen Verwundeten. Endlich fiel Phillip in einen erschöpften Schlaf, aus dem er erst viele Stunden später erwachte.

Er glaubte, sein ganzer Körper brenne – bis auf den verwundeten Arm. Der schien im Gegenteil eiskalt, und sosehr Phillip es auch versuchte, er konnte ihn nicht heben. Er bewegte sich unruhig, sanfte Hände strichen kühlend über sein Gesicht, andere hielten seine zitternden Gliedmaßen fest, und jemand, Phillip wußte nicht wer, hielt ihm eine Tasse Wasser an seine zuckenden ausgetrockneten Lippen und murmelte beruhigende Worte in einer Sprache, die er nicht verstand. Nach einer Weile schlief er, eingelullt durch die Worte, wieder ein.

7

Zwei türkisch-tunesische Regimenter erreichten als erste Yenikale, drangen kurz vor Mittag des 25. Mai vor und schossen auf jeden, dem sie begegneten. Sie waren nicht die offizielle Vorhut der erfolgreichen alliierten Invasionstruppen, die Kertsch erst zwei Stunden nach ihnen verließen, sondern waren mit Einverständnis ihres Kommandeurs, Faruk Bey, bereits in der Dunkelheit aufgebrochen, die Küstenstraße entlang geeilt und hatten getötet und gebrandschatzt.

Erst sehr viel später erfuhr Phillip von einem Offizier der 93er die näheren Umstände, die zu diesen Vorpreschen geführt hatten. Hauptmann Campbell berichtete, daß Kertsch ohne Widerstand am Tage vorher gefallen war. Ein Kontingent von 5000 Türken, die zu den ersten Truppen an Land gehörten, hatte die Stadt brutal geplündert. Als man ihren Befehlshaber, Raschid Pascha, bat, seine Truppen zurückzuhalten, erfuhr man erstaunt, daß dies nicht möglich sei. Und außerdem widerspreche es türkischen Militärusancen, den Siegern die Früchte des Sieges zu verweigern.

Die Lage drohte, außer Kontrolle zu geraten, als Kolonialregimenter der Franzosen und ein paar undisziplinierte Matrosen der britischen Truppentransporter dem türkischen Beispiel folgten. Sie waren später an Land gekommen und wollten ihren Tribut am eroberten Wein und an den Vorräten einstreichen. Ein Teil der Stadt brannte bereits.

Der britische Oberbefehlshaber Sir George Brown griff eisern durch. Er schickte die disziplinierte Hochlandbrigade in die Stadt zu den Plünderern, die die Ordnung wieder herstellte, die Stadtbevölkerung schützte und ihr half, die Flammen zu bekämpfen. Dann gab er Befehle, daß jedes Mitglied der alliierten Streitkräfte, das beim Plündern erwischt wurde oder die Einwohner der Stadt mißhandelte, unabhängig von seiner Nationalität festgenommen und standrechtlich ausgepeitscht würde.

Der Befehl erinnerte an den berühmten Herzog von Wellington, unter dem Sir George auf der iberischen Halbinsel gedient hatte. Auch seine Befehle wurden mit französischer Unterstützung und strikt neutral ausgeführt, aber die meisten Bestraften waren Türken, und die Offiziere des Sultans erregten sich natürlich sehr.

Faruk Bey fand 20 seiner Männer festgenommen, die von den Ungläubigen, die ganz offenbar nicht wußten, wie man Krieg führte und daß die Beute oft die einzige Bezahlung eines türkischen Soldaten war, auf beschämende Weise bestraft werden sollten.

So begann er, voll bitterer Ablehnung der britischen Verbündeten, seinen eigenen Vormarsch. Dann waren die Männer vollständig seiner Kontrolle entglitten. Sie ließen eine schreckliche Spur von Verwüstungen zurück. Sie vergewaltigten und folterten, raubten und mordeten, verbrannten Ernten und setzten Häuser in Brand und waren mit Beute aller Art beladen.

Der Bey hatte nicht die Absicht, in die russische Festung Yenikale einzudringen, da er nicht feststellen konnte, ob die Festung noch verteidigt wurde, und er hätte gern halten lassen, wenn er gekonnt hätte. Doch seine Soldaten hatten Blut geleckt und alle Vorsicht vergessen. Sie drangen ein, ohne Vorhut oder Spähtrupps, überhörten die gebrüllten Befehle einiger sich immer noch verantwortlich fühlender Offiziere, trafen auf keinen Widerstand und fielen über die Stadt her. So verlor Faruk Bey die meisten. Weil er wußte, daß die Hauptmacht der alliierten Landungstruppen nicht weit hinter ihm war, und weil er von seinem Ruf noch retten wollte, was zu retten war, sammelte er eine Handvoll Männer und marschierte mutig auf die verlassene Festung zu.

Schüsse, die ihre nahe Ankunft verkündeten, ließen Phillip Vorbereitungen für ihren Empfang treffen. Vor allem fühlte er sich für die Frauen verantwortlich. Er machte sich keine Illusionen über ihr Schicksal, wenn sie den Türken in die Hände fielen. Also führte er sie alle in das kleine Zimmer, in dem er die Nacht verbracht hatte, und forderte sie in Zeichensprache auf, die Tür zu schließen und von innen zu verbarrikadieren. Sie taten das mutig und würdevoll, und dafür bewunderte er sie. Falls sie Angst hatten, zeigten sie es nicht. Sie zögerten sogar, die Männer im Saal allein zu lassen, bis Phillip die Pistole hob, die Dr. Bozenko ihm gegeben hatte, und klarmachte, daß er damit die Schutzbefohlenen verteidigen würde.

Er fand keine weitere Munition und fragte sich zerknirscht, wie lange er mit einer solchen unzureichenden Waffe die Verwundeten und sich selber verteidigen könnte, falls die Türken unbedingt ihren Blutrausch stillen wollten. Nicht zum erstenmal bedauerte er den Verlust seiner Uniformjacke, die ihm sicher die nötige Autorität verliehen hätte, zu befehlen, sich ihre Opfer sonstwo zu suchen. Ihm war klar, wie wenig Eindruck er in seinen verdreckten blauen Hosen und in seinem schmutzigen Hemd machen würde. Und so postierte er sich an der Tür zum Krankensaal.

Es dauerte lange, bis die Türken ihn gefunden hatten, und er hatte schon gehofft, sie würden das Labyrinth aus Kellern und Gängen, das den unteren Teil der Festung bildete, niemals absuchen. Dann hörte er Stimmen und das Klappern von Stiefeln auf den Stufen, die vom hinteren Hof hierher führten. Wie Schakale auf der Suche nach Aas, dachte er angewidert, hatten sie das Lazarett mit den toten und sterbenden Russen endlich gefunden. Ihre erregten Rufe macht ihm klar, daß sie wußten, daß ihre Jagd hier zu Ende war.

Phillip richtete sich zu ganzer Größe auf und wartete. Die Pistole hielt er unsichtbar in seiner linken Hand. Die Stimmen kamen näher – es mußten 20 bis 30 sein, schätzte er, die sich da am Ende des Korridors befanden. Er rief ihnen auf Englisch und in bester Art eines britischen Kommandanten »Halt!« zu. Ihre Anführer gehorchten, doch andere hinter ihnen drängten weiter, weil sie entweder den Befehl nicht gehört hatten oder ihn nicht befolgen wollten.

Er wiederholte ihn, so gut er konnte, mit Stentorstimme – und diesmal hielten sie und sahen ihn aus einer Entfernung von 15 Schritten verunsichert an.

»Hier gibt es nichts für euch, Soldaten«, rief er ihnen immer noch auf Englisch zu. »Zurück zu eurer Pflicht!«

Ein großer dunkler Offizier trat mit gezogenem Säbel arrogant auf ihn zu. »Wer sind Sie? Wie können Sie meinen Männern etwas befehlen?« fragte er in passablem Französisch.

Phillip war erleichtert, weil er sich endlich verständlich machen konnte. Scharf antwortete er: »Ich bin Commander Hazard von Ihrer Britannischen Majestät Schiff *Huntress*, Sir. Und Sie?«

»Ich bin Faruk Bey von der Armee Seiner Hoheit des Sultans der Türkei«, erwiderte der Offizier unmutig. Er verzog sein Gesicht, und in seinen Augen blitzte es verächtlich, als er Phillips zerrissene Kleider, den Verband am Arm und das unrasierte Gesicht sah. »Sie sind nicht in Uniform, was machen Sie hier?«

»Ich bin, das heißt, ich war Kriegsgefangener, bis die Russen gestern abend die Festung evakuierten.«

»Die Russen flohen gestern?« Der Offizier schien überrascht.

Obwohl er angegeben hatte, Türke zu sein, mußte er arabische Vorfahren haben, stellte Phillip fest, und das galt sicher für die meisten, wenn nicht gar für alle seine Männer. Phillip sank das Herz. Die türkisch-tunesischen Einheiten galten als feige und am wenigsten diszipliniert in der türkischen Armee. Er erinnerte sich an ihr Verhalten bei Balaklava. Als sie die Schanzen auf der lebenswichtigen Straße nach Woronzoff verteidigen sollten, waren sie geflohen, ohne einen Schuß abzufeuern, und hatten dem Feind ihre Kanonen überlassen. Noch schlimmer war es gekommen, als sie schreiend zum Hafen rannten und dabei versuchten, das Lager der 93er zu plündern, das sie durchquerten. Diese Männer in ihren blutbespritzten Kleidern und mit Säcken, die sie mitschleppten, hatten auch auf ihrem Weg hierher geplündert, geplündert und gemordet.

Bestimmt sagte Phillip: »Vielleicht sind Eure Exzellenz so freundlich und rufen Ihre Männer zurück. Hier gibt es nichts Wertvolles zu stehlen.«

»Nichts?« Faruk Bey war durch Phillips höflichen Gebrauch seines Titels nicht zu besänftigen. Er trat einen oder zwei Schritte näher an die Tür und versuchte, ins Dunkle zu blicken: »Keine Russen? Die Schweine können nicht alle entkommen sein. Lassen Sie mich durch, Commander Hazard – wenn Sie das wirklich sind, was ich immer noch bezweifle. Ihr Schiff, die *Huntress*, hat unsere Landung gedeckt. Ich halte Sie für einen Deserteur, den die Russen nicht mitnehmen wollten. Sie tragen keine Uniform. Die Stiefel, die Sie tragen, sind russische.«

Phillip überhörte den Anwurf. »Die Männer hier sind tot oder liegen im Sterben«, sagte er gefährlich ruhig.

»Es sind russische Säue. Sie verdienen nichts als den Tod. Lassen Sie uns durch!«

»Sie sterben an Seuchen und Wunden. Ich rate Ihnen nicht, einzutreten, Faruk Bey. Sie haben nichts, das zu plündern lohnt. Ich verlange, daß Sie sich zurückziehen.« Phillip erhob seine Stimme nicht, doch seine bestimmte Autorität beeindruckte den Tunesier.

Faruk zögerte. »Sie sind auch verwundet«, sagte er hämisch. Mit der Spitze seines Krummsäbels fuhr er an den Verband. Ermutigt vom Gemurmel seiner Männer hinter sich, von denen einige das Gespräch verstanden zu haben schienen, gab er nicht auf. Das Lazarett war also nicht leer. »Und Sie sind allein, ein Mann gegen viele! Zur Seite, Engländer!«

Wie aus einem Wolfsrudel, das Blut gerochen hatte, waren Rufe aus der Gruppe zu hören, und der eine oder andere versuchte, sich vorsichtig nach vorn zu drängeln.

»Ich bin ebenfalls bewaffnet«, antwortete Phillip kühl. »Und ich werde den ersten Mann erschießen, der an mir vorbei will.« Er zeigte seine Pistole und entdeckte Furcht in dunklen Augen, als die, die sich vorgedrängt hatten, sich schnell zurückzogen.

Vielleicht wären sie gegangen, sie waren unentschieden, das spürte Phillip. Aber in diesem ungünstigsten Augenblick hörte er ein sanftes Rascheln hinter sich, drehte sich um und sah zu seinem Entsetzen die grauhaarige Frau, die mit sanftem Lächeln neben ihn trat. Irgendwie hatte er sie übersehen, als er alle anderen in ihr Versteck geschickt hatte.

Offenmündig starrten die Tunesier sie an und waren momentan verblüfft von ihrem plötzlichen Erscheinen. Ganz unfeierlich zog Phillip sie hinter sich.

»Um Himmels willen«, flüsterte er auf Englisch. »Verstecken Sie sich, zurück in den Saal!«

Sie verstand sein Drängeln, wenn auch die Worte wohl nicht, und versuchte, ihm zu gehorchen. Doch es war zu spät.

»Sie haben also Frauen hier, Frauen und russische Schweine!« schrie Faruk Bey ihn an.

Die Männer griffen seinen Schrei auf. Das Wolfsrudel kam mit dem Bey an ihrer Spitze auf ihn zu. Zwei Offiziere flankierten die übrigen mit gezogenen Säbeln. Phillip mußte sich in den Saal zurückziehen, um nicht umgeworfen zu werden.

Von irgendwo weit her hörte er das ferne Tönen von Dudelsäcken der Hochländer und ihren Marschschritt, aber sie kamen zu spät, stellte er verzweifelt fest ... Das Lazarett wäre ein Inferno, wenn er auf sie wartete.

Ein paar Musketenschüsse knallten draußen im Flur, und

eine Kugel schlug in die halbrunde Decke über ihm ein. Viel zu viele Männer auf engstem Raum verhinderten ein genaues Schießen, also kümmerte er sich nicht um Scharfschützen, die es auf ihn abgesehen haben mochten. Er hielt seine Pistole weiter auf Faruk Beys Kopf gerichtet, gerade außerhalb der Reichweite des Säbels, und sagte unmißverständlich: »Ich werde nicht zögern, diese Waffe zu gebrauchen, wenn Sie mich dazu zwingen, Sir.«

»Gegen einen Verbündeten, Commander? Um die zu verteidigen, die unsere gemeinsamen Feinde sind?«

»Zu Verteidigung verwundeter und hilfloser Feinde. Es ist nicht britischer Brauch, nach der Schlacht die Verwundeten abzuschlachten oder gegen Frauen Krieg zu führen!« Phillip kontrollierte seine Erregung noch, aber sie wurde fast unerträglich. Er spürte, wie er zu schwitzen begann, und wieder drohte der faule Gestank aus dem Saal ihm die Kehle zuzudrücken.

Einer der verwundeten Russen erkannte offenbar die Gefahr, in der Phillip schwebte, und versuchte, auf die Beine zu kommen. Faruk rief dem Offizier neben sich etwas zu, und der gehorchte ihm grinsend. Der Krummsäbel, den er trug, war rasiermesserscharf, und er fuhr mit der Kraft einer Guillotine dem Mann von hinten in den Hals. Mit einem gurgelnden Schrei sank der Russe zusammen, aber der Kopf war nicht ganz von seinem Rumpf getrennt, und sein Mörder versuchte, die grausige Tat zu vollenden. Phillip zielte sorgfältig und schoß aus sechs Fuß Entfernung. Die Kugel traf den Tunesier mitten in die Brust, und er brach neben seinem Opfer zusammen.

»Sie haben ihn getötet«, schrie Faruk Bey und zog sich zurück. Er war deutlich entsetzt.

Phillip versuchte, mit rauchender, ungeladener Pistole in der Hand seinen Vorteil zu nutzen und trieb den Mob Schritt für Schritt in Richtung Tür zurück.

Wie lange er sie wirklich zurückgehalten hätte, sollte er nie erfahren. Gerade als ihm an seinem unmöglichen Erfolg Zweifel kamen, war der Flur voller scharlachroter Uniformen, und eine Gruppe von Seesoldaten mit aufgepflanztem Bajonett schob sich kraftvoll durch die zurückweichenden Türken. Schwach vor Erleichterung ließ er die Pistole fallen, die Decke das Saals begann sich in verrückten Kreisen zu drehen, und er stolperte auf seine Erlöser zu. Von weit her hörte er eine Stimme, die er als die Faruk Beys erkannte. Er wies die Seesoldaten in scheußlichem Englisch an, Phillip zu verhaften.

»Das Schwein ist ein russischer Spion. Gibt vor, englischer Offizier zu sein. Tun Sie Ihre Pflicht! Festnehmen! Er hat kaltblütig einen meiner Männer erschossen!«

Ehe er ein Wort zu seiner Verteidigung sagen konnte, traf ihn ein Kolbenhieb an der Schläfe, und fast dankbar versank er in Bewußtlosigkeit.

»Phillip! Phillip, alter Freund, hörst du mich?«

Phillip bewegte sich schwach. Er erkannte die Stimme, aber es war zu schwierig für ihn, die Frage zu beantworten. »Phillip, ich muß bald aufbrechen, wir laufen gleich ins Asowsche Meer ein. Mein Vater wird seine Flagge auf der *Miranda* setzen. Ich wollte vor meinen Aufbruch mit dir reden. Du ...«

»Geduld, Sir«, bat eine zweite Stimme. »Der arme Kerl ist ziemlich weit weg.«

Jemand hob ihn an, ein Hand stützte seine Schultern, und man hielt ihm eine Tasse an die Lippen. Dankbar schluckte Phillip und spürte, wie sich scharfer Schnaps durch seinen müden Körper brannte. Brandy, dachte er, Brandy ... Er öffnete die Augen und sah Jack Lyons besorgt über sich gebeugt.

»So ist's besser«, lobte Lyons. »Wie fühlst du dich, Phillip?« Er deutete auf den Mann neben sich. »Geben Sie ihm noch ein bißchen Brandy, Doktor. Er scheint zu helfen ... und wenn ihn einer verdient hat, dann er – weiß Gott!«

Mit Hilfe des Arztes der *Miranda* richtete Phillip sich auf. In seinem Kopf drehte sich in den nächsten Augenblicken alles, und dann wurde sein Blick schärfer. Er war noch in dem Zimmer, in dem er auch die Nacht verbracht hatte – im Zimmer Dr. Bozenkos. Doch jetzt war es hier kalt, weil der Ofen ausgegangen war.

»Was machen die Frauen, Jack?« fragte er mühsam und erkannte seine eigene Stimme nicht, »die, die hier waren. Ich hatte sie eingeschlossen, weil sie sonst ...«

»Du mußt mir nicht erklären, warum du sie eingeschlossen hast, mein lieber Phillip«, unterbrach ihn Kapitän Lyons grimmig. »Dieser Mob von unzivilisierten Halsabschneidern hätte sonst kurzen Prozeß mit ihnen gemacht. Ich habe einiges von dem, was sie anrichteten, in der Stadt gesehen, ehe wir hierher gelangten. Mach dir also wegen deiner guten Samariterinnen keine Sorgen. Ihnen wurde kein Haar gekrümmt. Ich habe sie gerade unter Bewachung in ihre Häuser zurückgeschickt.«

»Wie lange bist du schon hier?« wollte Phillip wissen.

»Ein paar Stunden. Ich habe letzte Nacht in Sichtweite der Festung, aber außerhalb der Schußweite geankert. Wir wußten noch nicht, daß der Feind geflohen war, leider, muß ich sagen. Es gab natürlich eine gewaltige Explosion, als das Magazin in die Luft flog. Ich hatte erwartet, daß sie Truppen hier lassen würden, um die Festung zu verteidigen, also warteten wir zur Sicherheit bis zum Morgen. Sir George Brown wurde in Kertsch aufgehalten, und meine Befehle lauteten, abzuwarten, bis seine Truppen eintrafen ...« Lyons erläuterte ein paar Einzelheiten und meinte dann lächelnd: »Aber jetzt will das Asowsche Geschwader sein Ziel erreichen, wie ich dir eben zu sagen versuchte, was du vielleicht nicht gehört hast.«

»Ich hab's gehört – und der Admiral ist dabei?«

»Ja, er und Admiral Bruat ebenfalls, zusammen mit Sedaiges. Sie werden morgen beide auf Ihre Flaggschiffe zurückkehren, nehme ich an, und uns unserer Aufgabe überlassen.« Tiefe Zufriedenheit schwang in Jack Lyons angenehmer Stimme mit.

»Sie haben beide lange genug auf diesen Augenblick gewartet und schwer dafür gearbeitet, nicht wahr? Die Operation wird den Krieg verkürzen, Phillip, davon bin ich überzeugt. Sewastopol wird fallen, wenn die Nachschublinien gekappt sind. Das einzig Dumme ist, daß wir die Operation nicht schon vor drei Wochen durchgeführt haben.« Freundschaftlich legte er ihm die Hand auf die Schulter. »Ich darf den Admiral nicht warten lassen, aber ich wollte mit dir sprechen, ehe wir anker auf gehen. Ich wollte dir für die ausgezeichnete Arbeit danken, das Fahrwasser für uns auszutonnen und die Höllenmaschinen in die Luft zu jagen, die der Feind für uns ausgelegt hatte. Wenn du nicht ...«

»Jack«, Phillip erinnerte sich plötzlich und unterbrach ihn, »entschuldige bitte, aber meine Leute, meine Prisenmannschaft von der *Constantine*, ist sie in Sicherheit?«

»Ja, alle – die *Huntress* und die *Snake* nahmen sie auf, nördlich von der Insel Yujnaia. Sie hatten lange zu pullen, aber keine Ausfälle außer denen, von denen du weißt, beim Erobern der Brigg. Und dein armer Fähnrich, leider!«

O'Hara, dachte Phillip und spürte, wie sich ein Messer in sein Herz bohrte. »Du hast gehört, was passiert ist?« fragte er voller Trauer.

»Dein Bruder hat alles ausführlich gemeldet.« Jack Lyons erhob sich. »Tut mir leid, Phillip, ich muß jetzt gehen. Ich ... also ...«, er wich Phillips Blick aus, »die *Huntress* ist in meinem Geschwader unter dem Kommando deines Bruders und ...«

Phillip spürte, daß irgend etwas nicht in Ordnung war, und fragte mit belegter Stimme: »Werde ich nicht auf sie zurückkehren? Willst du mir das sagen, Jack?«

Bedauernd nickte Jack. »Ja, es tut mir sehr leid, Phillip, aber du wirst erst einmal nach Therapia geschickt, vor allem aus medizinischen Gründen.« Er sah den Arzt an, der bestätigend nickte. »Dein Arm ist in keinem guten Zustand, wie ich fürchte. Aber die Ärzte meinen, vielleicht gibt es doch noch ein wenig

Hoffnung, ihn zu retten, wenn man ihn richtig behandelt. Und das wird im Marinelazarett in Therapia passieren.«

»Ach so!« Das kann ich akzeptieren, dachte Phillip. Er hatte so etwas fast erwartet, und alles war besser, als den Arm zu verlieren. Er sah seinem Freund aus Jugendtagen ins Gesicht und fragte direkt: »Es gibt noch einen zweiten Grund?«

Jack Lyons lächelte. »Ja, aber deswegen mußt du dir überhaupt keine Sorgen machen. Die Sache ist vergessen, wenn du ein paar Wochen unsichtbar bleibst, Phillip. Ganz offiziell ist eine Beschwerde gegen dich vorgebracht worden durch den Kommandanten der Brigg, die du erobert hast.«

Phillip holte tief Atem. Kirkoff, wer sonst! Kirkoff hatte die Beschwerde losgelassen, wie er angedroht hatte, zur Hölle mit Kirkoff.

»Ich merke, du weißt, von wem sie stammt«, bemerkte Jack. Wieder legte er Phillip freundschaftlich seine Hand auf die Schulter. »Der Bursche hat, was man unter den Umständen verstehen muß, eine verdammt dünne Haut, aber er wird die ganze Sache vergessen, wenn er ein bißchen zur Ruhe kommt. Oder wenn man ihn austauscht und in die Heimat entläßt, was ich meinem Vater vorschlagen werde als vernünftige Lösung.« Er seufzte, und sein Lächeln verschwand. »Doch der unmögliche Faruk Bey wird weniger leicht vergessen, fürchte ich. Er hat auch eine Beschwerde gegen dich vorgebracht und ...«

»Faruk Bey! Um Himmels willen, Jack! Du sagst selber, er ist ein Halsabschneider.«

»Und das werde ich auch weiterhin sagen, mein lieber Phillip«, bekräftigte Lyons. »Seine Klagen können unmöglich bewiesen werden, sie sind absolut unglaubwürdig. Leider hat er sie nicht bei mir vorgebracht, sonst hätte ich ihm gesagt, was ich davon halte, und zwar sehr eindeutig. Der Mann, den du erschossen hast, war sein Bruder – jedenfalls behauptet er das. Und er wandte sich mit einer Mordanklage direkt an General

D'Autemarre. Die Franzosen sind im Augenblick sehr empfindlich, weil sich ihre Kolonialtruppen in Kertsch so schlimm verhalten haben. Und wohl nur aus dem Grund hat der General Faruks Klage an meinen Vater weitergeleitet – und zwar ganz offiziell.«

»Das heißt also«, Phillip mochte es kaum glauben, »es wird vielleicht eine Untersuchung geben!«

»Möglicherweise«, gab Jack zu. »Ich dachte, ich sage es dir vorher rechtzeitig. Aber mach dir keine Sorgen, das Ergebnis steht von vornherein fest, und ich stehe hinter dir, felsenfest. Ich will dich auch für eine Auszeichnung vorschlagen. Das heißt nur, wenn du ...« Es klopfte, und er unterbrach sich, als ein Fähnrich eintrat, Mütze unter dem Arm, und eine Meldung des Admirals überreichte. »Mein Befehl, Phillip«, sagte Jack und konnte seine Erregung kaum zäumen, »ich werde dich jetzt verlassen. Also, viel Glück, mein lieber Freund und Gottes Segen.«

»Auch für dich«, rief Phillip ihm nach.

Sein Ärger verflog, als der Arzt Corbett zwei Sanitäter mit einer Trage herbeirief und sich verabschiedete. Es war besser, sich an Jacks Rat zu halten und sich über das mögliche Ergebnis der offiziellen Beschwerden im Augenblick nicht den Kopf zu zerbrechen. Es brachte nichts, wenn man über sie grübelte. Der Arm war viel wichtiger für ihn als eine Untersuchung, die irgendwann in Zukunft stattfinden würde.

Die sechsunddreißigstündige Fahrt nach Therapia in einem überfüllten Transportschiff war eine Qual. Er bekam hohes Fieber und hatte beachtliche Schmerzen, gegen die das überarbeitete medizinische Personal wenig unternehmen konnte, außer daß man ihm die sofortige Amputation vorschlug. Phillip widersprach dem so fest, daß sie ihn schließlich kaum noch beachteten. Er war von Herzen froh, als er am Ende dieser alptraumhaften Reise endlich ins Palasthospital verlegt wurde und von dort 24 Stunden später in das vergleichsweise bequeme und große Lazarettschiff *Bombay*.

Gutes Essen, exzellente Versorgung und Betreuung durch erfahrene Mediziner taten das ihre, sein Gesundheitszustand besserte sich ständig. Doch wieder mal mußte er all seine Überredungskünste einsetzen, um der drastischen Behandlung zu entkommen, die ihm die Chirurgen immer wieder nahelegten.

»Die Verzögerung kann Sie das Leben kosten, Commander Hazard«, warnte man ihn, als sein Arm einfach nicht heilen wollte und Phillips Temperatur in gefährliche Höhen kletterte. Doch dann konnte er Hand und Finger wieder bewegen, und langsam und unter Schmerzen konnte er auch seinen Arm wieder spüren. Die Ärzte gestanden, daß sich der Einsatz gelohnt habe.

Die Todesrate durch den Schock von Amputationen und durch Infektionen war hoch – selbst in der gut ausgestatteten *Bombay*. Noch höher war sie in den Lazaretten an Land. Phillips langsame Heilung wurde als ein Wunder gepriesen. 14 Tage nach seiner Ankunft war er schließlich außer Gefahr.

Kaplan Mackenzie, der jeden Tag an seinem Bett gebetet hatte, brachte statt des Gebetbuches die Zeitung mit und las Phillip, auf seinen Wunsch hin, laut die Berichte über Jack Lyons erfolgreiche Operationen im Asowschen Meer vor.

Sie wurden ein strahlender Erfolg, wie Phillip mit großer Freude erfuhr. In den ersten vier Tagen hatte das Geschwader fast 250 Schiffe aufgebracht, die dem Feind auf der Krim Nachschub bringen wollten. Arabat war beschossen worden, seine Magazine waren in die Luft geflogen. In Berdjansk und Grenitschi waren Korn und Mehlvorräte verbrannt – die Rationen für 10 000 Männer für vier Monate.

Die riesigen Mengen Kohlen, die in Kertsch gefunden wurden, konnten die britische und die französische Flotte gut gebrauchen; über 100 Kanonen wurde erobert; sechs Kriegsdampfer wurden genommen oder durch ihre eigenen Besatzungen versenkt. Einzelne Einsatztrupps von der *Miranda*, der *Swallow* und der *Wrangler* hatten 70 weitere Transporter vor Anker in die Luft gejagt, obwohl sie eine Truppe von fast 1000 Kosaken dabei bedrohte.

Am 2. Juni meldete Kapitän Moore von der *Highflyer*, daß der Feind Anapa und Soujak evakuieren wollte – die letzten Stützpunkte an der tscherkessischen Küste, in der etwa 7000 Truppen standen. Am 7. Juni waren sie verschwunden, jubelnd nahmen Serfir Pascha und seine Guerillakrieger die Festungen in Besitz. Eine Woche später stattete Konteradmiral Houston Stewart ihnen in seinem Flaggschiff *Hannibal* offiziell einen Besuch ab.

Die Frau des Admirals lebte in Therapia als Gast des Botschafters Lord Stratford de Redcliffe, und von ihr erfuhr Phillip die letzten Neuigkeiten. Mrs. Houston Steward besuchte regelmäßig das Marinelazarett, und sie las Phillip dann gerne Teile der Briefe ihres Mannes vor.

Phillip freute sich zunehmend auf ihre Visiten. Aus der Freude wurde Ungeduld, weil er zum Einsatz zurückkehren wollte, doch die Ärzte lehnten seine Bitten, an Bord seines Schiffes zurück geschickt zu werden, strikt ab. Tag auf Tag verstrich, und wütend vor erzwungener Tatenlosigkeit lag er da, durfte sein Bett nicht verlassen. Nur seine Besucher kamen mit Neuigkeiten, und gerade diese Neuigkeiten machten ihn noch unruhiger.

In einem Brief beschrieb Graham sehr lebhaft die Operationen gegen Taganrog, Maioupol und Geisk, an der seine eigene *Huntress* aktiv teilgenommen hatte. Jack Lyons hatte das Geschwader sehr klug geführt und militärische Ziele in allen drei Städten beschießen lassen. Er hatte Kommandos in Booten an Land geschickt, die auf entschlossenen Widerstand von 3500 Kavalleristen und Infanteristen trafen und dennoch Kanonen, Munition und große Vorräte vernichtet hatten, die für die Krim bestimmt waren.

»Es ging dabei ziemlich heiß her«, schrieb sein Bruder. *»Doch jetzt kontrollieren wir das Asowsche Meer vollständig von Arabat bis zum Golf von Taganrog. Die Barken auf dem Don müssen in der Mündung bleiben. Kein schlechtes Ergebnis für eine Kampagne nach knapp drei Wochen, oder?*

Wie ich höre, wollen beide Admiräle bald nach Sewastopol zurückkehren und Jack Lyons, der viel Ruhm geerntet hat, auch. Es heißt, dort tun sich bald große Dinge. Auch Sir George Brown kehrt am 15. Juni zu den Belagerungstruppen zurück. Er läßt nur 500 Briten in Yenikale zurück, um den Türken Halt zu geben, und auch die Franzosen wollen nur eine symbolische Besatzung dort lassen.

Unser Befehl lautet, hier zu bleiben und unsere Operationen in kleinerem Maßstab auszuführen, und zwar unter dem Kommando von Sherard Osborn. An Deiner Stelle würde ich wie Jack alles daransetzen, wieder zum Admiral zu stoßen. Denn dort wird die Musik spielen. Man spricht von einem zweiten Angriff der Marine auf die Hafenbefestigungen und einen kräftigen Angriff auf Sewastopol von Land aus. Hier schient alles vorbei zu sein, aber ich kann mich natürlich irren ... Ich schreibe Dir das alles nicht, weil ich Dir nicht etwa gern das Kommando zurückgeben würde. Jeder hier an Bord wartet nur darauf, daß Du zurück kommst.«

Der Brief endete mit vielen besorgten Fragen zu seiner Gesundheit. Phillip fühlte sich noch mehr enttäuscht. Einen Nachsatz mußte er zweimal lesen, bis er ihn ganz begriff.

Graham schrieb: *»Sei nicht überrascht, wenn Du Besuch von Miß Moray erhältst. Sie schrieb mir kürzlich, um mir zu sagen, daß sie als Kindermädchen einer Mrs. Mark Pendleton nach Konstantinopel zurückgekehrt ist. Ich muß Dir nicht sagen, daß ich sofort geantwortet habe. Ich schrieb ihr, wo Du bist und wie es Dir geht, und ich bin sicher, daß sie sich bald mit Dir in Verbindung setzen wird.*

Catriona Moray, dachte Phillip überrascht. Ja, es wäre wirklich schön, sie wiederzusehen. Er ließ der freundlichen Mrs. Mackenzie ausrichten, daß er Miß Mory gern sehen würde, falls sie nach ihm fragte.

Am ersten Tag, als er sich anziehen und aufstehen durfte, erschien Catriona. Leider kam sie nicht allein – sie brachte ihre Schützlinge mit, zwei hübsche, aber ungeheuer lebhafte Mädchen, 16 und 17 Jahre alt. Die hatten sich kokett vorgenommen, den Invaliden zu unterhalten, also konnte er nur wenige private Wort mit Catriona wechseln. Die drehten sich meistens um seinen Bruder Graham und Catrionas Briefwechsel mit ihm. Doch sie versprach, den Besuch zu wiederholen, sobald sie sich mit ihren Arbeitgebern einig geworden war. Wie es schien, waren die Pendletons eine wohlhabende Familie. Sie waren in einem gecharterten Dampfschiff nach Konstantinopel gereist, und Mr. Mark Pendelton hatte hier eine Yacht mit einer türkischen Mannschaft gemietet. Er hatte vor, mit der Yacht nach Balaklava zu segeln, die Schlachtfelder der Krim zu besuchen und viele hochrangige Freunde und Verwandte im britischen Expeditionsheer zu treffen.

Phillip war von dem Gedanken einigermaßen entsetzt, daß reiche Nichtkämpfer eine solche Tour überhaupt für wünschenswert hielten, und Catriona, die seine Gedanken offensichtlich las, meinte trocken: »Das ist die neueste Mode, das macht man eben heutzutage. In den Zeitungen findet man ziemlich oft Anzeigen für Reisen mit dem Dampfschiff zu den Kriegsschauplätzen.«

»Aber deswegen bist du doch nicht zurückgekommen?«

Sie schüttelte den Kopf und wurde unter seinen forschenden Blicken rot. »Nein, darum nicht. Ich hatte andere Gründe. Nun ja, ich kann sie jetzt nicht erläutern. Wir sind lange genug hier und haben dich ermüdet. Ich werde versuchen, wiederzukommen, wenn du das möchtest ...«

»Ich würde mich freuen, dich wiederzusehen.« Phillip schüttelte bedauernd ihre Hand.

Sie hatte sich geändert, war fast nicht wiederzuerkennen, und er fand es schwer, sich an sie so zu erinnern, wie sie neben den Frauen der Hochländer die Verwundeten in Balaklava versorgt hatte.

Jetzt war sie eine modisch gekleidete junge Dame, deren zarte behandschuhte Hand er hielt. Nur ihr Lächeln war noch das gleiche. Ihre leise, bezaubernde Stimme mit dem ganz leichten Akzent hatte sich nicht verändert, aber ihre äußere Erscheinung. Sie enthüllte eine Schönheit, die er nie an ihr bemerkt hatte, und das vor allem führte bei ihm zu dem Eindruck, sie habe sich geändert. Das und das flatterhafte Auftreten ihrer beiden jungen Schutzbefohlenen.

»Bitte, komm wieder«, bat er, »aber allein, wenn's möglich ist. Ich würde mich sehr gern mit dir unterhalten, Catriona.«

»Ich werde es versuchen«, antwortete sie. »Aber vielleicht brechen wir schon in den nächsten paar Tagen auf. Ich werde es dich wissen lassen.«

Sie zog ihre Hand zurück, als sei sie plötzlich sehr scheu geworden, rief ihre Schützlinge und verschwand in einer Weise, die ihn verblüffte und angesichts ihrer früheren Beziehung auch schmerzte.

Am nächsten Tag erhielt er die kurze Nachricht, daß die Pendletons früher als erwartet nach Balaklava segeln würden. Sie entschuldigte sich, ihn kein zweites Mal treffen zu können. Phillip war enttäuscht und noch mehr verwirrt, als er sich nach der Yacht erkundigte und erfuhr, sie liege noch immer am Goldenen Horn, um die Mannschaft zu vervollständigen.

Doch an diesem Abend verdrängte die unerwartete Ankunft der *Miranda* alle Gedanken an Catriona. Die Fregatte ankerte, ein Boot wurde in unüblicher Eile zu Wasser gelassen, das einen verwundeten Offizier beförderte und in seiner Begleitung den Chirurgen Corbett. Schon lange, ehe der Kranke an Bord des Lazarettschiffs kam, hatte Phillip seinen Namen erraten – der Eifer des Arztes, die Besorgnis in den Gesichtern der Träger sagten ihm, daß es nur ihr Kommandant sein konnte, der schwer verwundet war.

Corbett besuchte Phillip, nachdem der Patient in einer der Achterkabinen untergebracht worden war. »Es war nur eine kleine Wunde, Commander Hazard«, sagte er düster, »längst nicht so schwer wie Ihre, und das alles hätte nicht passieren müssen.«

»Was ist denn passiert, Doktor?« wollte Phillip voller Vorahnung wissen.

Corbett seufzte. »Also, es wird einen neuen Angriff von Land aus auf Sewastopol geben. Lord Raglan und General Pélissier haben vereinbart, den Malakoff und den Redan zu nehmen. Man bat um einen Ablenkungsangriff der Flotte, und neun von unseren Fregatten starteten versuchsweise einen Nachtangriff auf die seewärtigen Verteidigungsanlagen. Dazu gehörte die *Miranda*, die von Raketenbooten des Flaggschiffs begleitet wurde. Das war am sechzehnten. Lord Clarence Paget setzte als Hilfe für unsere Kanoniere die Liegeplätze fest und führte die Operation, die sehr erfolgreich war. Es wurde viel zerstört, zumeist durch Raketen, und wir hatten keine Verluste. Also wurde entschieden, den Angriff in der nächsten Nacht zu wiederholen. Die *Miranda* hätte gar nicht zum angreifenden Geschwader gehören sollen, es gab lange Schlangen von Bewerbern. Aber Sie kennen den Kommandanten!«

»Ich kenne ihn wirklich«, sagte Phillip mit dem gleichen Seufzen.

»Der Feind erwartete uns«, fuhr der Arzt grimmig fort. »Sie hatten einige ihrer größten Kanonen auf unsere Liegeplätze gerichtet, und wir liefen in ein fürchterliches Feuer. Die *Sidon* bekam Probleme, sie verlor 15 Männer, tot oder verwundet. Wir eilten ihr zu Hilfe. Kapitän Lyons traf ein Splitter, als er unser Feuer führte. Sein linkes Bein wurde getroffen, aber er nahm es leicht und legte sich selber einen Knebelverband an und rief erst nach mir, als das Geschwader auf seinen Ankerplatz zurückgekehrt war. Da war das Schlimme schon geschehen! Ich wollte sofort amputieren, aber wie Sie beharrte auch er darauf, daß das nicht sein dürfte. ›Glauben Sie etwa, ich laufe den Rest meines Lebens auf einem Holzbein herum, Doktor?‹ sagte er. ›Mit 35 außer Dienst gestellt? Das Leben würde sich nicht mehr lohnen. Ich lasse es lieber darauf ankommen und versuche, mein Bein zu retten, wenn ich es schaffe.‹«

»Können Sie ihn nicht retten?« fragte Phillip bedrückt. »Irgend etwas kann man doch sicher tun!«

Der Arzt schüttelte den Tränen nahe den Kopf: »Ich würde meinen rechten Arm dafür geben, wenn es ihm nützen würde, aber es tut mir leid, Commander Hazard, dafür ist es viel zu spät.« Er streckte die Hände in einer verzweifelten Geste aus. »Es war schon zu spät, als ich vorschlug, das Bein zu amputieren. Darum habe ich nicht darauf bestanden. Er trug den Knebelverband viel zu lange, verstehen Sie, das Fleisch hatte bereits begonnen abzusterben. Er sagte, es sei nur ein Kratzer, den er total vergessen hätte. Ich brachte ihn trotzdem hierher, weil ich hoffte, die Ärzte würden auch für ihn tun können, was sie für Sie getan haben. Sie untersuchen ihn jetzt ... Ich konnte nicht dabei bleiben, ich weiß, wie der Befund lauten wird, Hazard. Nur noch ein Wunder könnte ihn retten.«

Das Wunder, das bei Phillip geschehen war, würde doch Gott in seiner unendlichen Gnade nicht Jack Lyons verweigern? Jack mit seinen großen Aussichten, seinem herausragenden Mut, seinem makellosen Charakter, den jeder Offizier und Seemann liebte, der je unter ihm gedient hatte, und der der ganze Stolz seines Vaters war.

Hüstelnd, um seine Gefühle zu verbergen, fragte Phillip: »Weiß der Admiral Bescheid, Doktor?«

Der Arzt nickte. »Ich habe versucht, es ihm beizubringen, aber er konnte es einfach nicht glauben. Sie stehen sich sehr nahe. Der Admiral hält große Stücke von seinem Sohn. ›Er hat sich gut geschlagen, Corbett‹, sagte er immer wieder. ›Er hat sich in der Asowschen Operation hervorragend bewährt und wird es bis zur Spitze bringen, in der besten Tradition eines Nelson.‹ Und jetzt das? Es wird seines Vaters Herz brechen, Hazard, wie auch meines. Es war so eine kleine Wunde. Wenn er mich doch nur früher gerufen hätte.«

Phillip ergriff seinen Arm. Ihm fehlten die Worte, ihn zu trösten. Sein Schmerz glich dem seinen, und so gingen sie wie betäubt schweigend über das schattige Deck der *Bombay* und sahen, wie die Sonne strahlend hinter dem Horizont unterging.

Dann erschien eine Ordonnanz, die den Arzt zu einer Konferenz mit seinen Kollegen bat, und er sagte leise: »Das ist es, möge Gott ihm helfen. Gehen Sie zu ihm, Hazard. Er hat schon nach Ihnen gefragt, als wir ihn an Bord brachten. Irgend etwas bedrückt ihn Ihretwegen – irgend etwas, was er nicht für Sie getan hat. Ich wäre Ihnen dankbar, wenn Sie ihm da Frieden geben könnten.«

»Natürlich«, versprach Phillip. »Ich werde alles in meiner Macht stehende tun, Doktor.« Er legte ihm die Hand auf die gebeugte Schulter. »Und wir werden für ein Wunder beten.«

Jack Lyons begrüßte Phillip herzlich. Sein Gesicht war grau und verkniffen, aber er wollte nicht zugeben, daß er Schmerzen litt. »Guter Gott, ich spüre nichts. Ich habe einmal um die Uhr rum geschlafen, seit das passiert ist. Das ist doch der beste Beweis! Und deine Anwesenheit ist wie Medizin, Phillip, mein lieber Freund. Du bist noch ein ganzer Mann mit allen Gliedmaßen, obwohl die Knochenhauer dir, mir nichts dir nichts, den Arm abnehmen wollten, wenn du's ihnen erlaubt hättest. Wie geht es dir? Du siehst besser aus als beim letztenmal, aber du hast verdammt viel Gewicht verloren.«

»Ich bin schon fast ganz wiederhergestellt, Jack, die Leute hier sind wunderbar. Sie werden für dich dasselbe tun wie für mich ...«

»Nein.« Die Unterbrechung kam leise, aber Phillip hörte sie entsetzt. »Nein«, wiederholte Jack. »Ich fürchte, das können sie nicht, Phillip. Für mich ist es zu spät und wegen meiner eigenen großen Dummheit, nicht wegen Corbetts. Der arme Kerl! Er hat wirklich alles getan, was menschlich möglich ist. Und er hat sich immer wieder die größte Mühe gegeben, mir in seiner Güte die Wahrheit vorzuenthalten.«

Phillip versuchte einen Protest.

»Nein, Phillip, lüg mich jetzt nicht an. Dafür sind wir zu gute Freunde und Schiffskameraden außerdem, Phillip. Denkst du manchmal noch an die alten Tage auf der *Pilot*, als du neu ernannter Leutnant warst und ich stolz auf mein erstes Kommando?«

»Ja, ich erinnere mich sehr gut. Das waren verdammt angenehme Zeiten, die ich mein Leben lang nicht vergessen werde. Ich ...« Phillip unterbrach sich. Was hatte er da bloß gesagt?

Aber Jack lächelte ihn spöttisch an. »Und ich auch nicht, mein lieber Freund. Ich wünschte, das hier wäre nicht passiert. Ich wünschte, mein Leben würde jetzt nicht zu Ende gehen, Phillip, da alles greifbar nahe ist, was ich mir je gewünscht habe, worauf ich immer hingearbeitet habe. Aber wenn das Gottes Wille ist, wer bin ich, der daran zweifeln darf?«

Er sprach ganz ohne Bitterkeit, und in Phillip verkrampfte sich das Herz vor Mitgefühl.

»Ich mache mir nur Sorgen um meinen Vater, es wird ihn schwer mitnehmen, fürchte ich. Besuche ihn, so schnell du kannst, wenn das hier ... wenn das hier vorbei ist. Sag ihm, er muß weitermachen, es wäre ein nationales Unglück, wenn er sich vorzeitig zur Ruhe setzte, nur weil mir das hier passiert ist.« Jacks Lächeln verlor jeden Spott. »Sag ihm auch, es hat nie einen Sohn gegeben, der seinen Vater mehr geliebt hat und stolzer auf ihn war als ich – mein ganzes Leben lang. Er hat sich immer an Nelson ausgerichtet, wie du weißt, schon als junger Mann, und er hat etwas von Nelson an sich. Ich jedenfalls glaube das. Ich kann es ja jetzt laut sagen und eingestehen, ich halte meinen Vater für unseren besten Admiral, einen Mann, der hervorragend in diese Zeit paßt. Sag ihm das, bitte, Phillip, mein Freund!«

»Ich werde es ihm sagen«, versprach Phillip. Er spürte, wie er langsam über sich die Kontrolle verlor, doch es gelang ihm noch, davon nichts in seiner Stimme zu verraten.

»Danke«, sagte Jack. »Und da ist noch was, was ich erledigen muß. Ich habe etwas nicht getan, Phillip, was ich eigentlich tun wollte, Phillip ...«

»Du hast immer alles für mich getan, du ...«

»Nein, diesmal nicht. Du hast Probleme, mein lieber Freund, die du nicht haben würdest, wenn ich mein Versprechen gehalten hätte, voll und ganz hinter dir zu stehen. Aber wir hatten im Asowschen Meer ziemlich viel zu tun. Du hast sicher gehört, was da alles geschehen ist. Also habe ich den Bericht über deine Taten immer wieder verschoben. Ich dachte, ich hätte dafür immer noch Zeit.«

»Vergiß den Bericht, Jack, bitte«, flehte Phillip. »Er ist völlig unwichtig, glaub mir. Er ...«

»Aber er ist wichtig, mein Lieber. Und ich werde ihn schreiben, und wenn es meine letzte Tat ist, ja verdammt noch mal, ich will ihn schriftlich haben. Du brauchst ihn, denn du wirst vor ein Kriegsgericht gestellt.«

Corbett schob sein Gesicht in die Tür. »Entschuldigen Sie, Sir«, begann er. »Man möchte Sie ins Palasthospital verlegen und ...« sein sorgfältig vorbereitetes Lächeln verschwand, als er das rote Gesicht seines Patienten erblickte. »Ich bitte Sie, sich nicht zuviel zuzumuten, Kapitän Lyons. Sie sollten jetzt eine Weile ruhen. Ich glaube, Commander Hazard wird das verstehen. Er kann Sie später noch mal besuchen, wenn Sie ...«

Lyons bat mit einer Geste um Ruhe. »Ich bin noch nicht ganz am Ende, Doktor. Und ich muß dies loswerden. Ich bitte noch um fünf Minuten. Aber sagen Sie den anderen schon mal, ich möchte nicht verlegt werden, ich fühle mich hier sehr wohl!«

Als der Arzt einigermaßen unwillig verschwunden war,

wandte er sich bedrückt Phillip zu. »Die Verhandlung vor dem Kriegsgericht ist eine reine Formsache, mein Lieber. Die Entscheidung fiel meinem Vater wirklich nicht leicht, wie du mir glauben wirst, gegen dich eine Anklage zuzulassen. Doch er stand unter Druck von ganz oben. Dieser russische Bär, den du gefangengenommen hast, und unser Verbündeter, dieser, wie heißt er noch, Faruk, richtig, Faruk Bey, die sind verantwortlich dafür. Faruk Bey hat mit seinen dreckigen Pfoten alle Verbindungen spielen lassen, die er hatte. Der meiste Druck kam von unserem Botschafter, will ich dir anvertrauen, von Lord Stratford de Redcliffe. Er fürchtet, die guten Beziehungen zur Pforte könnten gestört werden, wenn man sich weigerte, Faruk Beys Beschwerden nachzugehen, und Ihre Lordschaften haben seinen Rat angenommen. Der Sekretär der Lords hat privat meinem Vater mitgeteilt, es sei besser, dir die Gelegenheit zu geben, die Klagen ein für alle mal offen abzuwehren, als zu versuchen, sie unter den Teppich zu kehren. Ich bin sicher, du teilst diese Meinung.«

Phillip hatte Mühe, sein Entsetzen über diese Nachricht zu verbergen. Ihm gelang gerade noch ein Lächeln, so gezwungen wie das von Dr. Corbett, und er sagte vorsichtig: »Ich werde natürlich tun, was Ihre Lordschaften für richtig halten, Jack. Ich nehme an, du kennst die Anklage?«

»Nein, nicht ganz genau. Faruk möchte dich wegen Mordes angeklagt sehen, was natürlich ganz absurd ist. Kapitän Kirkoff scheint alle möglichen Sachen aus den Kriegsartikeln ausgegraben zu haben, aus unseren und den entsprechenden russischen. Er will unbedingt beweisen, daß du seine Rechte als Kriegsgefangener verletzt hast. Woraus immer die bestehen mögen. Ich begreife sie nicht ganz, du etwa?«

»Nein, ich auch nicht, aber du solltest jetzt ...«

»Mein Bericht wird die Sache in Ordnung bringen«, sagte Jack überzeugt. »Also mach dir keine Sorgen, die Verhandlung ist eine reine Formsache.«

Er lehnte sich zurück, war sichtlich erschöpft und streckte ihm die Hand entgegen. »Ich bin jetzt bereit für Corbetts Behandlung, bitte, sag ihm das. Auf Wiedersehen, Phillip, mein alter Freund. Bitte vergiß nicht, was du meinem Vater sagen sollst. Gott segne dich und viel Glück!«

Mit beiden Händen ergriff Phillip die des Freundes, blind vor Trauer und zu keinem Wort fähig. Die letzten Kontrollen fielen bei diesem Gefühl alles auslöschenden Verlustes.

Jack Lyons starb 24 Stunden später, am 23. Juni. Er war fast bis zum Ende bei Bewußtsein, entschlossen und klaglos und unglaublich mutig. Phillip verbrachte die letzte Nacht an seinem Bett und half ihm, zusammen mit einigen Offizieren der *Miranda*, sein Testament aufzusetzen, und setzte nach seinem Diktat Briefe an seinen Vater, die Familie und enge Freunde auf. Er begann auch den versprochenen Bericht einem der Leutnants der *Miranda* zu diktieren, aber er kam nur bis zum zweiten Abschnitt, als ihn die Kräfte und sein Erinnerungsvermögen verließen und der Bericht abgebrochen werden mußte.

»Ich hatte nicht den Mut, ihn zu drängen, weiterzumachen, Sir«, entschuldigte sich Buckley. »Er sagte, er habe Ihnen sein Wort gegeben, den Bericht zu schreiben, aber ich wußte, Sie würden es verstehen. Er hatte gestern Geburtstag, wissen Sie. Er sagte mir, wie glücklich er sei, 36 Jahre gelebt zu haben, und dann meinte er: ›Auf diese Art sollte der Kommandant eines Kriegsschiffes sterben, Cecil, wenn er nicht das Glück hat, sofort an Deck seines Schiffes und mitten im Kampf zu fallen.‹ Und dann wanderten seine Gedanken, er stand wieder an Deck der *Miranda*. ›Kurs halten, Rudergänger‹, rief er. Und dann zum Erster Offizier: ›Lassen Sie sie laufen, Mr. Mackenzie. Maschinen stop!‹ Das waren seine letzten Worte.«

Ohne sich zu schämen, wischte sich Leutnant Buckley Tränen aus den Augen, gab Phillip die paar Zeilen, die er geschrieben hatte, und fügte bitter hinzu: »Er wird ein großes Begräbnis bekommen. Lord Stratford und seine Herren werden mit ihren

Damen teilnehmen, ebenso der französische Botschafter und hohe Würdenträger der Pforte, glaube ich. Wir werden die Sargträger stellen dürfen und eine Ehrengarde, also werden wir ihn zu Grabe tragen, wie er sich das immer gewünscht hat. Der Erste Offizier und ich haben mit Unterstützung des Kaplans den Flecken Erde im Garten des Palasthospitals ausgesucht. Er wird ganz in der Nähe des Meeres ruhen. Ich glaube, das wird er mögen.«

»Das denke ich auch, Mr. Buckley«, stimmte Phillip zu.

Die Beerdigung am 25. Juni war so großartig, wie der junge Buckley sie vorhergesagt hatte. Sie war aber auch sehr bewegend. Denn als die Zeit für die *Miranda* gekommen war, sich von ihrem Kommandanten zu verabschieden, weinten selbst die kampferfahrenen, hartgesottenen Seeleute, die an seinem Grab die Ehrengarde bildeten.

Phillip kehrte zurück und fand einen Offizier der *Hannibal*, der auf ihn wartete.

»Ich habe den Auftrag, Sie unter Arrest zu stellen, Commander Hazard«, sagte er ganz formell. »Und ich soll Sie an Bord der *Hannibal* eskortieren, wo Sie vor ein Kriegsgericht gestellt werden. Die Anklagepunkte werden Sie zu gegebener Zeit erfahren. Darf ich Sie um Ihren Säbel bitten?«

Trocken meinte Phillip: »Ich besitze keinen, tut mir leid, Commander, aber ich kann mir sicher einen leihen, wenn ich meinen eigenen nicht rechtzeitig zurück bekomme. Da wir gerade dabei sind: Ich habe nicht einmal eine Uniform.«

»Keine Galauniform, Commander?«

»Überhaupt keine Uniform, tut mir leid. Mein Schiff ist beim Asowschen Geschwader.«

»Man wird dafür sorgen, daß Ihre Sachen hierher geschafft werden«, bot der Offizier an. Dann vergaß er alle Förmlichkeiten und lächelte. »Ich heiße Macdonald, John Macdonald. Ich ... Verzeihen Sie meine Neugier, aber was zum Teufel ist Ihnen widerfahren, Hazard? Keinen Säbel, keine Uniform, und

Sie sehen aus, als seien Sie gerade von einer schweren Verletzung genesen. Das heißt doch …«

»Sie werden meinen Bericht vor Gericht hören«, versicherte Phillip. Plötzlich spürte er den Schatten einer Furcht. »Ich frage mich gerade, ob die Geschichte, die Sie hören werden, noch irgendwelche Beziehung zur Wahrheit haben wird. Wenn ich nachdenke, fürchte ich es fast nicht. Denn die Beweise, die ich zu meiner Entlastung anführen will, sind gerade im Garten des Lazaretts begraben worden zusammen mit dem Körper eines der besten Männer, den ich je gekannt habe.«

Erstaunt sah Commander Macdonald ihn an. »Ich verstehe«, sagte er dann mitfühlend, »Sie kommen gerade von der Beerdigung des jungen Jack Lyons.«

»Ja«, bestätigte Phillip. Er ließ einen lang unterdrückten Seufzer hören. »Erlauben Sie mir, mich vom Stab hier zu verabschieden, und dann werde ich Ihnen folgen.«

8

Bei seiner Rückkehr nach Sewastopol fielen Phillip als erstes eine undefinierbare allgemeine Depression und eine Desillusionierung auf. Vor Beginn der Expedition nach Kertsch war die Stimmung die beste gewesen, doch jetzt war sie unendlich tief gesunken, selbst in der Flotte. Unter den Heeresoffizieren, die Phillip traf, war das noch spürbarer. Kaum jemand sprach noch von Sieg, und kaum jemand glaubte, daß die Belagerung erfolgreich enden würde.

Der französische Angriff auf den Malakoff war trotz des heldenmütigen Einsatzes der Angreifer fehlgeschlagen, mit hohen Verlusten wurden sie abgewiesen. Er war von General Pélissier voreilig begonnen worden, ohne die übliche französische schwere Beschießung durch Kanonen. In dem vergeblichen Versuch, seinem Verbündeten weitere Verluste zu ersparen, hatte Lord Raglan zwei britischen Kolonnen befohlen, bei Tagesanbruch den Redan anzugreifen. Doch auch sie waren in einem der heftigsten Gefechte seit Beginn des Krieges zurückgeschlagen worden. 1500 Männer fielen in höllischem Kanonen- und Musketenfeuer. Auch die Marinebrigade, die am Angriff teilgenommen hatte, hatte schwere Verluste erlitten. Der tapfere Kapitän Peel war schwer am rechten Arm verwundet worden.

Phillip war entsetzt, als er die verschiedenen Berichte über die Schlacht hörte, über die kaum verhohlenen Andeutungen wegen des Durcheinanders und wegen der schlechten Führung ebenso wie über das Inferno, das Kugeln und Granaten angerichtet hatten und in dem so viele tapfere Männer den Tod gefunden hatten. Unter offenem Arrest stehend und noch ohne Datum für die Verhandlung, ging Phillip an Land, nur von John Macdonald begleitet, um Freunde in den Lagern des Heeres und der Marine zu besuchen. Bei einem dieser Besuche erfuhr er die tragische Nachricht, daß Lord Raglan selber im Sterben lag.

»Er sah sehr erschöpft aus, als er nach der Schlacht am 18. in sein Hauptquartier zurückkehrte«, berichtete ihm ein Major der Coldstream Garde. »Pélissier hat die ganze Sache zu verantworten, das Ganze war kein Fehler Lord Raglans. Die Franzosen griffen gegen seinen Rat an und Stunden früher, als vereinbart war. Seine Lordschaft hat sich das sehr zu Herzen genommen, die Niederlage, den Verlust so vieler Offiziere und Soldaten – ohne irgendeinen Nutzen ihres Opfers. Oh, er gab sich Mühe, zum Dinner an dem Abend munter und zuversichtlich zu erscheinen – er war freundlich und gütig wie immer. Später erfuhr ich, daß er Oberst Steele anvertraute, die Angriffe seien eine Katastrophe gewesen, und Burghersh sagte mir, er habe die halbe Nacht betend verbracht. Am nächsten Tag besichtigte er die Lazarette und sprach mit General Eastcourt, der am nächsten Morgen an der Cholera starb.«

»Sie meinen, daß er ... daß auch Lord Raglan die Cholera hat?« fragte Phillip entsetzt.

Vielsagend zuckte sein Gegenüber mit den Schultern. »Dr. Prendergast, der ihn behandelt, sagt nein. Er sei erschöpft, geschwächt von einem Anfall von Durchfall und aus gebrochenem Herzen. Man hört, seine Kräfte verlassen ihn schnell. Ein Kaplan ist bei ihm. Ein armer, tapferer, alter Gentleman – sein Verlust wird unersetzbar sein, für die Armee ebenso wie für die Nation. Vielleicht kostet sein Tod uns sogar den Sieg in diesem schlimmen Krieg.«

Dieser Tod würde auch Admiral Lyons einen schweren Schlag versetzen, dachte Phillip, und mußte an das kurze Gespräch denken, als er um die Erlaubnis gebeten hatte, ihm die letzten Wünsche Jacks zu übermitteln. Der Admiral, immer einer der höflichsten und freundlichsten Männer, hatte ihn angestarrt, als kenne er ihn nicht, und hatte ihn mit einer Handbewegung entlassen, ohne ein einziges Wort zu sagen. Erst sein Sohn und nun Lord Raglan, der wohl sein engster Freund war ...

Lord Raglan starb noch an diesem Abend, und die Nachricht, die die einfachen Soldaten und Seeleute unerwartet und plötzlich traf, versetzte alle an Land und auf den Schiffen in eine noch düstere Stimmung. General Pélissier, den seine eigenen Truppen inzwischen mit dem Spitznamen *l'homme brutal* belegt hatten, stand Berichten zufolge mehr als eine Stunde an dem einfachen, eisernen Feldbett, auf dem der tote Kamerad lag, und weinte wie ein Kind. Überall sprachen Männer nur gedämpft miteinander und drückten ihr Bedauern aus.

Ein junger Soldat meinte: »Es ist, als hätten wir alle einen nahen Verwandten verloren. Es wird alles anders werden, nachdem er uns verlassen hat. Viel haben wir von ihm nicht gesehen, nur wenn wir im Feuer lagen, dann war er bei uns, auch im dicksten Feuer. Und er kam zu uns ins Lazarett, um uns aufzumuntern, wenn wir verwundet waren. Er ließ uns nie im Stich, wenn es dadrauf ankam.«

Die Beisetzung fand am 3. Juli statt und hinterließ bei Phillip einen zwiespältigen Eindruck. Als er sich später daran erinnerte, dominierten Sonnenschein und das Schweigen der Kanonen auf beiden Seiten, bei den Alliierten und bei den Verteidigern Sewastopols, als das Gefolge Lord Raglans Hauptquartier, das kleine Bauernhaus, kurz nach vier Uhr nachmittags verließ.

Der Sarg ruhte auf der Lafette einer 9-Pfünder-Kanone. Er war von der britischen Flagge bedeckt, und auf ihr lagen der Säbel und der gefiederte Hut des verstorbenen Oberkommandierenden. Unter Trommeln und den schweren Tönen des Todesmarsches bewegte sich die Lafette durch eine Doppelreihe britischer und französischer Infanterie bis zum Landeplatz in Kazatch. Neben der Lafette ritten General Simpson, der neue britische Oberbefehlshaber, General Pélissier, Omar Pascha und General della Marmora. Ihnen folgten alle anderen alliierten Kommandeure.

Im Kazatch wartete ein Schiff, das den Sarg auf die *Caradoc* überführte – den kleinen Dampfer, mit dem Lord Raglan zum erstenmal die Küste der Krim inspiziert hatte. Sie dampfte aus der Bucht und begann ihre lange Reise nach England unter Kanonensalut und mit einem Signal am Mast, das Phillip als »Farewell« entzifferte, einen Kloß in der Kehle.

Die Truppen marschierten in ihre Lager oder in die Gräben im Hochland zurück. Ein Pferdeknecht führte Lord Raglans herrenloses Pferd davon. General Péllisier bestieg seine Kutsche, die ihn schnell entführte, und Omar Pascha und della Marmora ritten mit Raglans Nachfolger in das Bauernhaus zurück.

Auf ärztlichen Rat hin hatte Admiral Lyons an dem Trauerzug nicht teilgenommen, doch Phillip erfuhr später, daß die *Caradoc* auf seine spezielle Anordnung unter dem Heck seines Flaggschiffs beidrehte, damit er sich persönlich verabschieden konnte. So stand er auf dem hohen Achterdeck der *Royal Albert*, grüßte und blieb mit traurig gesenktem Kopf dort oben stehen, bis die *Caradoc* außer Sicht war.

Eine Woche später, am 10. Juli, begann an Bord der *Hannibal* Phillips Kriegsgerichtsverhandlung.

Als er sich seinen Richtern präsentierte, war die Atmosphäre förmlich, aber keineswegs feindlich. Die meisten Mitglieder des Gerichts waren ihm vom Namen, von ihrem Ruf her oder sogar von Angesicht bekannt. Er war nur ein bißchen beunruhigt, als er erfuhr, daß Kapitän Crawford, der jetzt die *Trojan* führte, Vorsitzender war.

Normalerweise wurden Verhandlungen vor Kriegsgerichten der Marine ohne Zuschauer abgehalten, obwohl vom Gesetz her auch solche Verhandlungen der Öffentlichkeit frei zugänglich waren. Doch nur wenige Zuschauer machten davon je Gebrauch. Heute jedoch fand er zu seiner Überraschung sechs Stühle links neben seinem eigenen. Auf ihnen saßen zwei französische Offiziere von Kolonialregimentern, drei türkische Offiziere und ein britischer Zivilist, in dem er ein Mitglied von Lord Stratford de Redcliffes diplomatischem Stab erkannte.

»Interessierte Parteien, nehme ich an«, flüsterte John Macdonald ihm zu, als Phillip ihn, nervös geworden, auf sie aufmerksam machte. »Lassen Sie sich durch sie nicht beunruhigen.« Aber er runzelte doch die Stirn, sichtlich irritiert, als der Offizier, der die Anklage vertrat, ein Päckchen Papier aus den Händen des wohlgekleideten jungen Diplomaten annahm, ehe er sich setzte.

»Politisch interessierte Parteien, die ein Opfer suchen, Hazard«, erläuterte ihm sein Verteidiger und legte Phillip beruhigend die Hand aufs Knie. »Sie sind nur als Beobachter hier, das Gericht können sie nicht beeinflussen.« Er lächelte, doch ohne Freude. »Ich mache Hackfleisch aus ihnen, wenn sie es versuchen sollten, keine Sorge.«

Commander James Fraser war ein Cousin des Schiffsarztes der *Trojan*, und Phillip hatte sein Angebot, ihn zu verteidigen, dankbar und erleichtert angenommen, das Angus Fraser ihm bei einem Besuch überbrachte. Der Commander war ein kräftiger, grauhaariger Schotte mit festen Überzeugungen und starken radikalen Ansichten. Er hatte sich vor vielen Jahren mit Halbsold aus der Marine zur Ruhe gesetzt und hatte für die Zeitschrift ›Signet‹ in Edinburgh gearbeitet, ehe er bei Kriegsausbruch wieder in die königliche Marine eintrat.

In den vorhergehenden Besprechungen hatte Fraser seine herzerwärmende und fast aggressive Überzeugung vertreten, alle Anklagepunkte abzuwehren, die er für unwürdig, ja verachtenswert hielt. Doch Phillip fand es zunehmend schwierig, seine Meinung zu teilen. Er fühlte sich schlecht und bedrückt und konnte die Überzeugung nicht loswerden, daß er das Opfer in einer Sache werden sollte, die absichtlich hochgespielt worden war. Auch das Schweigen des Admirals, das sich zwar erklären ließ, machte ihm zu schaffen. Jetzt vor Gericht hätte er sich am liebsten schuldig bekannt, damit die ganze unglückliche Angelegenheit vorüber war.

»Dann sind Sie ein erledigter Mann«, hatte James Fraser ihn gewarnt. »Sie müssen kämpfen, sonst ist Ihre Karriere zu Ende. Das sind böswillige Angriffe, die Männer nur aus Gründen vortragen, Sie zu vernichten und um sich selber zu retten. Und die sie stützen, haben auch Dreck am Stecken. Sie brauchen nichts weiter zu tun, als hier vor Gericht die Wahrheit zu sagen. Überlassen Sie mir alles weitere. Ich kriege Sie frei, mein Wort darauf, aber lassen Sie mich nicht allein kämpfen.«

So hatte Phillip also eingewilligt, aber er hatte nur wenig Hoffnung. Auch Frasers Zuversicht geriet etwas ins Schwanken, als ihm kurz vor Beginn der Verhandlung mitgeteilt wurde, daß die Zeugen aus der Besatzung der *Huntress* aus irgendeinem unerklärlichen Grund nicht angekommen waren. Sein Schiff war immer noch beim Asowschen Geschwader, wie Phillip wußte, doch er konnte nicht verstehen, warum zwei seiner Männer, Thompson und Higgins, ihn einfach im Stich gelassen hatten. Oder daß Graham sie zurückgehalten haben könnte, als er rechtzeitig genug Frasers Bitte übermittelt bekam. In der Tat, das alles ...

Commander Fraser stieß Phillip an, und er erhob sich. Die Anklage, die man vorlas, klang wenig sensationell. Ihr Gift war unter juristischen Formulierungen verborgen. Doch als er »Nicht schuldig« plädierte, war ihm klar, daß es schwierig, ja sogar unmöglich sein würde, seine Unschuld zu beweisen, ohne die beiden Zeugen und ohne den Bericht von Jack Lyons, die seine Handlung hätten rechtfertigen können.

Er setzte sich wieder. Der Anklagevertreter, ein Commander Danvers, machte ein paar einleitende Bemerkungen und rief dann als ersten Zeugen Kapitän Kirkoff auf. Zu Phillips Überraschung wurde der mit Hilfe eines Dolmetschers einvernommen, und das dauerte fast den ganzen Morgen. Als er den Fragen und den Antworten lauschte, die sehr genau übersetzt wurden, verwandelte sich seine Überraschung in Entsetzen. In jeder Aussage, die sein ehemaliger Gefangener über alle Zwischenfälle machte, war ein Körnchen Wahrheit, winzig genug, das jedoch geschickt verdreht wurde. Tatsachen waren hinzugefügt und mißinterpretiert worden, so daß ein Bild von Phillip gemalt wurde, das ihn und seine Mannschaft verdammte. Er wurde als skrupelloser Ehrgeizling geschildert, der sich unter allen Umständen hervortun wollte, koste es, was es wolle, und dabei nur ein Minimum an Disziplin von seiner Mannschaft einforderte.

Der Kampf, den der Russe aus welchem Grund auch immer hier ausfocht, wurde nach seinen eigenen Worten ein brutaler und ungerechtfertigter Angriff auf seine Person. Er sei gezwungen worden, sein Land zu verraten, indem er die Geheimnisse einer neuen Waffe verraten sollte, die er, um seine Ehre nicht zu beschmutzen, zu zerstören versucht hatte.

Selbst der Tod des jungen O'Hara wurde als Mangel an Disziplin ausgelegt, und die Verantwortung dafür trug einzig und allein der Mann, der als Kommandant dessen Tod hätte verhindern können. Phillip mußte sich eisern zusammennehmen, um nicht laut zu protestieren, als Kirkoff mit böse glänzenden Augen auf den tapferen jungen Offizier zu sprechen kam, dessen Leben sinnlos zerstört worden war.

Es war vorherzusehen, daß er über das unglückliche Ende der *Tarkhan* schnell hinwegging und statt dessen betonte, daß er gezwungen wurde, an Deck zu bleiben, als die Brigg *Constantine* beschossen wurde, und daß man ihm außerdem noch ein geladenes Gewehr an den Kopf gehalten habe und ihn zwingen wollte, die russischen Signale zu verraten und zu entziffern.

Das Gericht vertagte sich auf den Nachmittag, nachdem er seine Aussage beendet hatte. Phillip war übel von der Verhandlung, und er vermochte nichts zu essen. Er schritt in der Kabine, die man ihm angewiesen hatte, auf und ab und wartete auf den Augenblick, in dem James Fraser endlich Gelegenheit erhalten würde, den Russen ins Kreuzverhör zu nehmen, um wenigstens einige der Lügen, die er geäußert hatte, zu zerstören.

Er hatte jetzt Blut gerochen, war wütend geworden und war so bereit zu kämpfen, wie er vorher am liebsten aufgegeben hätte. Das Gericht setzte die Verhandlung fort. Machtlos mußte er zuhören, wie alle Versuche Frasers fehlschlugen, die Aussagen des russischen Kapitäns ins Wanken zu bringen.

Kirkoff war nicht zu erschüttern. Er nahm nicht ein einziges Wort zurück. Ohne mit der Wimper zu zucken, sah er den Vorsitzenden ständig an und beharrte darauf, daß sein Bericht in allen Einzelheiten der Wahrheit entsprach. Als Fraser ihn unter Druck nahm, flüchtete er sich raffiniert hinter den nicht sehr kompetenten Übersetzer und verzögerte seine Antworten, bis der Verteidiger die Geduld verlor, die Fragen brüsk wiederholte und dafür einen Tadel des Vorsitzenden einsteckte.

Schließlich beschwerte der Russe sich in einem sorgfältig geprobten Auftritt, daß seine Ehre beschmutzt worden sei. Das Gericht vertagte sich auf den nächsten Morgen, ohne daß das Kreuzverhör beendet worden war. Die Sympathien des Vorsitzenden galten deutlich dem Russen.

Phillip verbrachte die Nacht schlaflos und elend. Seine schlimmsten Befürchtungen waren wahr geworden. Er bereute jetzt, Frasers Rat angenommen zu haben, und war einverstanden, selber zu den Angriffen Stellung zu nehmen. Hätte er sich als schuldig bekannt, hätte er den Schmutz, den man auf seinem Haupt sammelte, nicht ertragen müssen, sagte er sich bedrückt. Man hätte ihn vielleicht ruiniert, aber das wäre es dann auch gewesen. Auch jetzt würde man ihn vernichten, hatte es den Anschein.

Als Fraser am nächsten Morgen zu ihm kam, war er gänzlich verzweifelt.

»Um Himmels willen«, sagte er erbittert, »Kirkoff beschwerte sich, seine Ehre sei beschmutzt worden, nachdem er nur gelogen hatte. Was ist von meiner eigenen Ehre übriggeblieben?«

»Wir sind noch nicht geschlagen, Hazard, überhaupt noch nicht«, versicherte der Schotte ihm. »Ich habe die Nacht damit verbracht, seine Aussagen durchzuarbeiten. Und ich fand drei oder vier Stellen, an denen er sich widersprach. Zum erstenmal hier, sehen Sie!« Er zeigte auf die Notizen, die er sich gemacht hatte. »Er sagte, die Bomben seien ohne Zünder und harmlos gewesen. Und dann sagte er ein paar Minuten später genauso überzeugt, daß sie das nicht waren.«

»Das wird uns nicht viel helfen«, sagte Phillip. »Es ist eine sehr unwichtige Einzelheit.«

»Ach nein. Damit werde ich ihn kriegen. Wenn er eine Ungenauigkeit eingesteht, packe ich ihn auch mit der nächsten. Geben Sie den Mut nicht auf, mein Freund. Er ist schwer zu knakken, das gebe ich zu, denn er hat keinerlei Skrupel, seine Feinde zu belügen. Aber er wird zu weit gehen, und wenn er das tut, dann wird er jedes Wort bereuen.«

Fraser hielt sein Wort. Wenige Minuten nach Beginn des weiteren Kreuzverhörs und zum erstenmal seit Beginn der Verhandlung hatte Phillip den Eindruck, daß die Mitglieder des Gerichts an Kirkoffs Wahrhaftigkeit zweifelten. Phillips schwindende Hoffnung blühte wieder auf und hielt sich auch, als dem Russen eine Pause zugebilligt wurde, weil er – wie sein Übersetzer erklärte – sich nicht wohl fühle und nicht weitermachen könne.

»Wir werden Kapitän Kirkoff später weiter einvernehmen, falls wir es für nötig halten«, erklärte der Vorsitzende. »Lassen

Sie uns inzwischen bitte Beweise für den zweiten Anklagepunkt hören. Commander Danvers, bitte.« Er blätterte in seinen Papieren, sah Phillip nachdenklich an und sagte dann: »Das ist die Klage, die Faruk Bey erhoben hat.«

Faruk gab seinen Bericht zögernd, als erwarte er, daß seine Aussagen angegriffen würden. Sie klangen ganz außerordentlich, doch weder wahr noch so überzeugend wie die Kirkoffs – jedenfalls bis zu seinem letzten Kreuzverhör. Selbst Phillip merkte, daß Mitglieder des Gerichts dazu neigten, keinem seiner Gründe zu glauben, die er nannte, um seinen vorgezogenen Marsch nach Yenikale zu erklären. Kapitän Crawford und wenigstens einer der jüngeren Kapitäne waren bei Kertsch dabei gewesen. Sie hatten vermutlich das Plündern dort wahrgenommen und wußten, wer dafür verantwortlich war. Und sie wußten wahrscheinlich ebenfalls, daß eine türkische Einheit ein paar Dörfer an der Küste verwüstet hatte auf ihrem Marsch von Kertsch nach Yenikale.

Doch als es dann um seine Eindringen ins unterirdische Lazarett ging, wurde Faruks Bericht genau genug.

»Im Keller gab es Russen«, ließ sich der Übersetzer hören. »Es waren Soldaten aus der Garnison, die sich dort verborgen hielten, in einem verteidigten Platz. Nach allem, was der Bey wußte, waren sie bewaffnet und bereit, sich ihrer Gefangennahme zu widersetzen. In seinem Eifer wollte er sie gerade gefangennehmen, als sich ihm in der Tür ein Mann ohne Uniform, nur im Oberhemd und mit einer Pistole bewaffnet, entgegenstellte und drohte, den Bey zu erschießen, falls der seinen Soldaten das Eindringen erlaubte. Er könnte Russe gewesen sein oder irgendein europäischer Söldner im Dienst des Zaren. Er trug nichts, das ihn identifizieren konnte, und er machte keinen Versuch, sich zu legitimieren. Er ...«

»Fragen Sie bitte den Bey, ob er jetzt in der Lage ist, den Mann zu identifizieren, den er beschrieben hat«, forderte der Vorsitzende ihn auf.

Faruk und der Übersetzer berieten sich kurz, und dann deutete der Tunesier mürrisch mit seinem Kopf in Phillips Richtung.

»Es ist der Offizier, der hier vor Gericht steht«, sagte der Übersetzer und wählte seine Worte sehr genau. »Commander Hazard. Aber in der Festung von Yenikale trug er keine Uniform, er war unrasiert und trug in Rußland hergestellte Stiefel.«

»Hat er gesagt, er sei Commander Hazard?« fragte der Vorsitzende weiter. »Hat er dem Bey gesagt, er sei britischer Marineoffizier?«

Nach kurzem Zögern nickte Faruk wieder.

»Seine Exzellenz der Bey bittet mich, Euer Ehren mitzuteilen, daß Commander Hazard damals keinerlei Ähnlichkeit mit einem britischen Offizier hatte«, sagte der Übersetzer.

»Das haben wir verstanden. Bitten Sie den Bey fortzufahren!«

Faruk setzte seinen Bericht fort. Phillip mußte eingestehen, daß der Bericht zwar zögernd kam und dennoch genau war, obwohl er das plötzliche Erscheinen der Frau nicht erwähnte, die seine Männer so erregt hatte. Als er beschrieb, wie sein Bruder erschossen worden war, wurde deutlicher, was er ausließ. Und als weder Kapitän Crawford noch Commander Danvers ihn unterbrachen, wurde sein Bericht eine völlige Verdrehung der Wahrheit.

»Ich habe den Kerl nicht kaltblütig erschossen«, flüsterte Phillip Fraser zu. »Er hatte einem kranken Russen den Kopf abgeschlagen, der sich aufrichten wollte, lange ehe ich auf ihn schoß.«

Fraser machte sich eine Notiz und lächelte. »Der Bey ist ein schlechter Lügner«, sagte er, »er wird leicht zu überführen sein.«

Das Kreuzverhör war kurz, aber enthüllend. Als Fraser ihm vorhielt, was er alles ausgelassen hatte, leugnete Faruk alles – wenig überzeugend und verlor dabei die Geduld.

»Bitten Sie den Bey«, fuhr Fraser beharrlich fort, »zu beschreiben, wie Commander Hazard sich benahm!«

»Sich benahm, Sir?«

»Ja, wie erschien er ihm? War er wütend, aufgeregt, drohte er oder war er kühl, als er dem Bey den Eintritt ins Lazarett verweigerte?«

»Er war aufgeregt und wütend«, antwortete Faruk schnell. »Ich hielt ihn für verrückt, für einen verrückten russischen Söldner, nicht für einen britischen Marineoffizier!«

»Wie viele Soldaten haben Sie in den Keller begleitet? 20 oder 30?«

»Ungefähr 25 oder 30.«

»30 bewaffnete Soldaten«, sagte Fraser betont. »Und ein Mann, den Sie für einen Feind hielten, ein Mann mit einem schwerverletzten Arm und einer Pistole als einziger Waffe verhinderte Ihren Eintritt! Warum haben Sie ihn nicht erschossen? Warum haben Sie Ihren Soldaten nicht befohlen, ihn abzuknallen?«

»Weil er eine Pistole auf meinen Kopf gerichtet hielt«, gab Faruk wütend zu. »Er hielt sie nur ein paar Zentimeter von meinem Kopf entfernt!«

»In der linken Hand«, bemerkte Fraser. Wieder wandte er sich fragend an den Dolmetscher. »Hat Commander Hazard dem Bey nicht gesagt, daß im Lazarett nur sterbende oder tote Russen lagen? Hat er ihm nicht gesagt, daß seine Soldaten dort keine Beute finden werden?«

»Der Bey sagt, das hat er nicht«, antwortete der Dolmetscher und schaute auf seine Füße.

»Dr. Corbett wird bestätigen, daß dies doch der Fall war, Sir«, sagte Fraser dem Vorsitzenden. Er stellte ein paar weitere freundlich formulierte Fragen, und als Faruk seiner selbst immer sicherer wurde, nahm er ihn sich mit Fragen vor, die den Angriff seines Bruders auf den verwundeten Russen betrafen.

»Der Russe versuchte zu fliehen. Er lief auf meinen Bruder zu«, sagte der Bey.

»Und Ihr Bruder trat vor, um die Flucht zu verhindern?«

»Natürlich. Das russische Schwein durfte auf keinen Fall entkommen.«

»War es eine Gewohnheit Ihres Bruders, einem Mann den Kopf abzuschlagen? Das tat er doch mit seinem Säbel!« Fraser hielt inne. »Und dann feuerte Commander Hazard auf ihn, wie er es Ihnen ein paarmal gesagt hatte?«

Faruk hob die Schultern und schwieg.

»Dr. Corbett von der *Miranda*, den ich als Zeugen aufrufen werde, wird dem Gericht sagen, daß er einen geköpften Russen im Lazarett fand, Sir«, sagte Fraser ruhig. »Ich werde auch Sergeant Playforth von den Seesoldaten aufrufen, der das bestätigen wird, und weiter, daß Faruk Bey ihm sagte, Commander Hazard sei ein russischer Spion, der sich als britischer Offizier ausgibt. Er befahl dem Sergeanten, Commander Hazard festzunehmen.«

»Ich glaube, der Beweis wird nicht nötig sein, Commander«, sagte ihm Kapitän Crawford. Fragend sah er die anderen Mitglieder des Gerichts an, fand ihre Zustimmung, sah auf die Uhr und unterbrach die Sitzung.

Dennoch ging das Verhör weiter. Mehrere von Faruks Offizieren wurden aufgerufen, die ihrem Kommandeur helfen sollten, aber sie machten alle einen schlechten Eindruck, und am Ende des Tages jubelte Fraser: »Ich werde Sie morgen früh aufrufen, in eigener Sache als Zeuge auszusagen, mein lieber Freund Hazard«, sagte er. »Und das hoffe ich, ist das Ende dieser seltsamen und unglücklichen Affäre. Sie werden von allen Punkten frei gesprochen werden.«

Phillip hoffte sehr, daß Fraser recht behielt. Aber er war doch wieder leicht beunruhigt, als der junge Diplomat den Kapitän Crawford und ein zweites Mitglied des Gerichts flüsternd zur Seite zog und dann auf sie einredete, während die übrigen Mitglieder des Gerichts den Raum verließen. Auch die russischen und türkischen Offiziere blieben zurück, doch als Phillip seinen Verteidiger auf dieses auffällige Verhalten aufmerksam machte, versicherte ihm sein Verteidiger, das sei kein Grund zur Sorge.

»Sie können dem Gericht nichts vorschreiben, Hazard. Sie sind hier nur als Beobachter und haben keine Rechte. Sie dürfen nicht mal die Verhandlungsführung selber diskutieren, solange sie noch läuft.«

Dennoch wurde Commander Danvers Bitte erfüllt, Kapitän Kirkoff noch einmal aufzurufen, als die Verhandlung am nächsten Morgen fortgesetzt wurde. Er fragte ihn noch einmal hauptsächlich nach dem Tod von Fähnrich O'Hara aus. Der Russe konnte zwar wenig Neues mitteilen, doch er berichtete wieder, wie schlimm die Disziplin unter der Prisenbesatzung gewesen war.

Seiner Meinung nach war der Tod des Jungen die Folge dieser Disziplinlosigkeit. James Fraser hatte mit seinen Versuchen, seine Aussagen zu erschüttern, kaum Erfolg. Phillip war besorgt und unglücklich, als das Gericht die Sitzung bis nach dem Mittagessen unterbrach. Seine Stimmung besserte sich, als er eine Notiz von Kapitän Keppel, dem Kommandanten der *St. Jean d'Acre* fand, unter dessen Kommando er als Fähnrich auf der *Maeander* gedient hatte.

»Mein lieber Phillip«, las er, »wie Sie vielleicht wissen, oder auch nicht, habe ich kürzlich das Kommando über die Marinebrigade übernommen, und zwar von Vizekommodore Lushington, der in die Heimat zurückkehrt. Der tapfere William Peel, der am 18. verwundet wurde, verläßt uns auch. Unsere Verluste bei dem unglücklichen Angriff auf den Redan waren hoch.

Ich suche daher dringend einige gute junge Offiziere – besonders von Ihrem Kaliber. Wenn Sie also daran denken, sich zu bewerben, seien Sie versichert, daß ich Sie in meinem Kommando sehr gern aufnehmen werde.«

Phillip runzelte die Stirn, als er die Zeilen gelesen hatte, faltete den Brief und steckte ihn in die Brusttasche. Den feurigen und mutigen Kapitän Keppel hatte er immer sehr bewundert und war dankbar, daß sein einstiger Kommandant ihm gerade jetzt geschrieben hatte. Aber warum gerade jetzt? Was hatte ihn zu diesem Zeichen der Freundschaft bewogen? Doch nicht etwa ... Er fühlte sich plötzlich sehr unbehaglich und konnte diese Furcht nicht unterdrücken.

Wahrscheinlich gab es Gerüchte, daß es um ihn in der Verhandlung nicht gut stand, dachte er. Warum sonst sollte Keppel ihm diese Zeilen an Bord der *Hannibal* geschickt haben, ehe das Urteil gesprochen worden war? Und warum sollte er einen jungen Marineoffizier, der gerade erst sein erstes Kommando auf See angetreten hatte, zur Marinebrigade bitten? Doch wohl nur, weil er wußte oder spürte, daß man ihm das Kommando abnehmen würde! Die Marinebrigade brauchte nie über einen Mangel an Freiwilligen zu klagen. Kapitän Keppel konnte sie sich aussuchen, so wie er immer gute Seeleute fand für alle Schiffe, die er führte. Er hatte einen guten Ruf und dennoch ... Die Erleichterung, die Phillip beim ersten Lesen der Zeilen empfunden hatte, wich einem bitteren Geschmack im Mund.

Als das Gericht wieder zusammengetreten war, begann Fraser mit seiner Verteidigung. Seine Eröffnung war musterhaft, markig, faktenreich und überaus klar. Doch es wurde bald deutlich, daß man ihm nicht erlauben würde, seine Argumente vorzubringen. Seine Zeugen wurden in großer Eile einvernommen und entlassen, und Kapitän Danvers unterbrach ihr Verhöre mit einem sanften »Ich akzeptiere die Fakten, die Sie etablieren wollen, Sir. Weitere Fragen sind unnötig, denn das Gericht akzeptiert die Tatsachen auch«.

Dr. Corbett bekam nur Gelegenheit, Phillips schwere Verwundung zu beschreiben.

Dann sagte Fraser entschuldigend zu Phillip: »Weil die beiden Seeleute der *Huntress* noch immer nicht erschienen sind, habe ich keine andere Wahl, als Sie selber in den Zeugenstand zu rufen. Ich habe nach den beiden suchen lassen, und sie werden hier erscheinen, sobald sie gefunden wurden, aber«, er machte eine hilflose Geste, »wir werden, so gut wir können, ohne sie auskommen. Tut mir leid. Bleiben Sie kühl, kontrollieren Sie Ihre Gefühle und lassen Sie mich Sie führen so lange wie möglich.«

Phillip nickte mit schmalen Lippen, und sein Verteidiger legte ihm die Hand auf den Arm. »Die Absicht der Verhandlung wird klar, denke ich. Man will Sie an zwei Stellen zur Verantwortung ziehen – für den Verlust des Fähnrichs und weil Sie Ihre Vollmachten weit überschritten haben in der Behandlung von Kapitän Kirkoff und Faruk.«

Diese Vorhersage erwies sich als richtig. Phillip war gefaßt und wachsam, als er den Eid ablegte, und begann seinen Bericht. Aber Fraser fragte ihn so geschickt, daß er langsam alle Anspannung vergaß, und schließlich konnte er seine Darstellung der Geschehnisse so leicht und natürlich geben, als berichte er einer ganz normalen Gruppe höherer Offiziere. Er meinte, einen einigermaßen guten Eindruck gemacht zu haben, als er an den Punkt kam, an dem der junge O'Hara unerwartet versucht hatte, die Bombe zu entfernen. Da unterbrach ihn der Vorsitzende.

»Ich möchte es an diesem Punkt ganz genau wissen, Commander Hazard«, sagte er. »Sie haben Fähnrich O'Hara nicht befohlen, die russische Höllenmaschine von den Schaufelrädern wegzuziehen?«

»Nein, Sir«, antwortete Phillip und achtete darauf, ohne Erregung zu sprechen. »Ich hatte ihm befohlen, die Gig zu Wasser zu bringen und an den Großrüsten zu warten. Ich wollte mich selber um die Höllenmaschine, die schwimmende Bombe, Sir, kümmern. Meine Stückmeistersmaat hatte eine Ladung vorbereitet, mit der ...«

Kapitän Crawford unterbrach ihn. »Ihre Absichten hatten

mit den Geschehnissen nichts zu tun. Fähnrich O'Hara handelte ohne Befehl, als er versuchte, die Bombe zu entfernen?«

»Ja, Sir, das tat er. Er war ein sehr eifriger und mutiger junger Offizier. Er handelte impulsiv in der Absicht, mir meine Arbeit abzunehmen.«

Wieder unterbrach Kapitän Crawford ihn. »Wir haben es hier nicht mit Absichten zu tun, Commander Hazard. Fähnrich O'Hara kann hier seine Absichten nicht bezeugen, oder? Der Unglückliche ist tot!«

Phillip fühlte, wie er blaß wurde. Plötzlich war er wieder auf dem Radkasten der *Constantine*, schaute nach unten auf O'Hara, sah ihn, hörte ihn angestrengt und ängstlich. *»Sir, die Bombe schwankt sehr. Ich glaube nicht, daß ich sie halten kann. Ich muß sie wegdrücken. Meine Hände rutschen ab, Sir.«*

Crawfords Stimme unterbrach kühl, fast feindlich seine Gedanken. »In der Aufarbeitung von Tatsachen möchten wir erfahren, welche Schritte Sie unternahmen, um diesen unerfahrenen Fähnrich vor den Folgen seiner unerlaubten Handlung zu bewahren!«

Phillip antwortete und wußte, wie unbefriedigend seine Darstellung klingen mußte. Fraser versuchte einzugreifen, aber der Vorsitzende hieß ihn mit einer Handbewegung schweigen.

»Fahren Sie bitte fort, Commander Hazard. Wenn Ihre Rettungsmaßnahme so lange dauerte, warum haben Sie Fähnrich O'Hara nicht einfach befohlen, die Bombe zu belassen, wo sie war, und sich mit der Gig in Sicherheit zu bringen?«

»Ich fürchtete, die Bombe würde gegen das Schaufelrad schlagen und explodieren, wenn ich ihm befehlen würde, sie loszulassen. Wenn er das getan hätte, hätte er sich nicht mehr in Sicherheit bringen können. Er ...«

»Er hat es also nicht getan. Er flog in die Luft, als die Bombe explodierte, nicht wahr? Sie hätten dem Jungen wenigstens Gelegenheit geben müssen, zu entkommen. Hatten Sie vielleicht

Angst, er würde Ihnen nicht gehorchen, wenn Sie ihm befehlen würden, die Bombe loszulassen?«

Phillip schüttelte den Kopf. »Nein, Sir«, sagte er bitter. »Das fürchtete ich nicht!«

Ein Murmeln der versammelten Offiziere war zu hören, und Crawford fuhr unnachsichtig fort: »Sie hatten den Vorteil, in den Besitz einiger russischer Pläne zu gelangen mit Zeichnungen von diesen Höllenmaschinen, die ihre Konstruktion genau erklärten und wie sie detonieren würden. Das haben Sie selber gesagt. Haben Sie diese Zeichnungen jemals Fähnrich O'Hara gezeigt?«

»Nein, Sir.«

»Warum nicht? Er war doch Ihr Stellvertreter? Er war der einzige Offizier in Ihrer Prisenbesatzung.«

»Ich habe sie dem Stückmeistersmaat gezeigt, Sir. Ich hielt ihn für ...«

»Stückmeistersmaat Thompson, nicht wahr? Er ist nicht hier, um Ihre Aussage zu bestätigen, oder?«

»Wir haben ihn hergebeten, Sir«, warf James Fraser ein. »Aber wie ich dem Gericht bereits erklärte, sind weder er noch die anderen Zeugen der *Huntress* bisher hier eingetroffen.«

»Das Gericht weiß, daß zwei Ihrer Zeugen nicht da sind«, sagte Crawford brüsk. »Man wird es berücksichtigen. Fahren Sie bitte fort, Commander Hazard.«

Die Fragen kamen kühl, anklagend, waren nicht zu beantworten, und Phillip konnte nur einsilbig »Nein« sagen auf eine Art, die nicht einmal ihn selber überzeugte.

»Erforschen Sie Ihr Gewissen, Commander Hazard«, forderte Crawford ihn abschließend auf, »und sagen Sie mir offen, ob Sie sich für den Tod dieses tapferen und vielversprechenden Offiziers verantwortlich fühlen.«

Phillip sah ihn an, fühlte sich elend und hörte wieder O'Haras Stimme schrill und eifrig, der ihm ein oder zwei Sekunden, ehe die Bombe ihn zerriß, zurief. *»Ich weiß jetzt, wie es* *geht, Sir ... Es geht ganz leicht. Man muß sie nur ganz ruhig halten ...«* O Gott, natürlich war es sein Fehler. Er mußte sein Gewissen nicht durchforschen, es gab keinen Grund, die Wahrheit zu verbergen.

»Ich trage dafür die volle Verantwortung, Sir«, sagte er fest und kümmerte sich nicht um Frasers warnendes Kopfschütteln.

Zufrieden lehnte der Vorsitzende sich in seinen Stuhl zurück. Nach einem Augenblick bedeutsamer Stille ließ er James Fraser fortfahren, aber der Fehler war geschehen, und Phillip sah im zerfurchten Gesicht seines Verteidigers einen Ausdruck von Verzweiflung und wußte, daß er sein eigenes Urteil gesprochen hatte. Und doch, sagte er sich resignierend, hatte er die reine Wahrheit gesagt, O'Haras Tod würde sein Gewissen bis zum Ende seiner Tage belasten.

Den Rest seiner Aussagen machte er in knappen Sätzen, und er spürte, wie das seinen Verteidiger in Verlegenheit brachte, der sein ganzes Können einsetzte und doch wußte, daß er auf verlorenem Posten stand. Beide wußten es. Sein sorgfältig entwickelter Plan, Phillips Heldentum auszumalen, als er ganz allein die zerschossene *Constantine* das Fahrwasser hinunterführte, hätte auch dem berühmtesten Londoner Anwalt zur Ehre gereicht, aber Phillips eigene fehlende Reaktionen und Commander Danvers' Versicherung, diese Tatsachen seien bekannt, verhinderten es.

Kapitän Crawford griff erst wieder ein, als Phillip berichtete, wie er mit Faruk Bey zusammengestoßen war, und stellte einige anklagende Fragen. Diesmal gelang es dem Vorsitzenden, ihn zu der Aussage zu bewegen, er habe gänzlich auf eigene Initiative gehandelt.

»Sie hatten nicht den Befehl, alliierte Truppen daran zu hindern, im Fort von Yenikale Gefangene zu machen?«

»Nein, Sir, den hatte ich nicht.«

»Sie hatten also mit keinem Vorgesetzten mehr Verbindung,

seit Sie auf die *Constantine* übergesetzt hatten, bis der verstorbene Kapitän Lyons von der *Miranda* und Sie von einem Trupp Seesoldaten umgeben fand, die Sergeant Playforth führte?«

»Nein, Sir, ich hatte keine Verbindung mehr«, mußte Phillip zugeben.

»Und Sie haben nicht versucht, sich gegenüber Sergeant Playforth als Offizier der Königlichen Marine zu identifizieren?«

»Ich konnte das nicht, Sir. Ich war bewußtlos. Einer von Sergeant Playforths Leuten schlug mir mit seinem Musketenkolben über den Kopf und ...«

»Wir haben die entsprechende Aussage des Sergeanten bereits zur Kenntnis genommen, Commander Hazard. Wenn es ihm schwerfiel, Sie zu identifizieren, wieviel schwerer muß das Faruk Bey gefallen sein, der als Offizier in türkischen Diensten steht.«

»Wie auch immer, Commander Hazard«, warf James Fraser ein, »Sie haben den Bey informiert, wer Sie sind?«

»Ja«, bestätigte Phillip erschöpft. »Das habe ich getan. Auf Französisch, die Sprache schien er zu beherrschen und zu verstehen, bis er vor diesem Gericht aufgefordert wurde, seine Aussagen zu machen.«

»Die Mitglieder dieses Gerichts sind darin nicht so fließend, wie Sie es anscheinend sind«, antwortete Kapitän Crawford. Er schüttelte verneinend den Kopf, als Fraser um eine Unterbrechung der Sitzung bat. »Ich glaube nicht, daß das nötig ist, Commander Fraser. Das Kreuzverhör wird sicher nicht lange dauern, da bin ich sicher. Und es scheint mir nicht unmöglich zu sein, daß wir die Verhandlung heute beenden können, wenn Sie keine weiteren Beweise mehr vorbringen können. Sie hat schon sehr viel wertvolle Zeit von Offizieren gekostet, die dringend an anderen Orten benötigt werden, um diesen Krieg zu führen. Ich selber habe den Befehl, nach Kinburn zu gehen, sobald ich frei von meinen Pflichten hier bin.« Fragend sah er sich am Tisch um. »Ich schlage also vor, meine Herren, daß wir mit Ihrem Einverständnis die Sitzung verlängern, damit wir morgen nicht noch einen Tag daran geben.«

Man murmelte zustimmend.

»Aber Sir«, meldete Fraser sich unwirsch, »Sie wollen doch sicherlich nicht ...«

Kapitän Crawford brachte ihn mit einer herrischen Geste zum Schweigen. »Ich weiß sehr wohl, Commander, daß Sie das abhalten könnte, Zeugen aufzurufen, die Zeugnis ablegen über das frühere einwandfreie Verhalten und den makellosen Charakter dieses angeklagten Offiziers. Aber dieses Gericht ist mehr als bereit zuzugestehen, daß Commander Hazard einen hervorragenden Charakter hat und eine glänzende Vergangenheit in der Marine. Außerdem liegt uns eine schriftliche Aussage des Marinebefehlshabers vor. Sie sagt, daß er auf Wunsch seines Sohnes, des verstorbenen Jack Lyons, die Lordschaften der Admiralität auf die Tapferkeit von Commander Hazard aufmerksam gemacht hat in der Sache, die wir heute nachmittag verhandelt haben. Das Gericht wird dies bei seiner Urteilsfindung berücksichtigen, seien Sie dessen sicher ...« So sprach er weiter, aber Phillip hörte ihm kaum zu.

Dankbar stellte er nur fest, daß der Admiral ihn nicht aufgegeben hatte. Selbst in seiner Trauer hatte er sich an ihn erinnert und etwas unternommen, obwohl Jack nicht in der Lage gewesen war, den Bericht zu schreiben, den er eigentlich noch verfassen wollte. Phillip sah Frasers stumme Frage, nickte, der Verteidiger verneigte sich und nahm wieder Platz.

Commander Danvers erhob sich und sagte, er habe nur drei Fragen zu stellen. Alle drei deuteten vorsichtig an, daß Phillip ohne Befehle gehandelt hatte und ohne sich um Kirkoffs Rang und seinen Status als Kriegsgefangener zu kümmern. Auf alle drei antwortete Phillip knapp und mit entschiedener Ablehnung.

»Ich bin bereit zuzugeben, Sir«, sagte er und wandte sich an Kapitän Crawford, »daß auch ich an Kapitän Kirkoffs Stelle genau wie er abgelehnt hätte, mit dem Feind zusammenzuarbeiten. Andererseits glaube ich ganz ehrlich nicht, daß ich einfache Seeleute mit niedrigen Rängen so provoziert hatte wie dieser Offizier. Nur ihre Marinedisziplin hielt sie davon ab, entsprechend zu antworten. Keiner meiner Männer hat entsprechend reagiert, mein Wort darauf. Sie haben Kapitän Kirkoff nur auf meinen Befehl hin angefaßt, um zu verhindern, daß er der *Constantine* Schaden zufügt – und damit unseren Auftrag gefährdet.«

»Das Gericht wird Ihre Versicherung berücksichtigen«, antwortete Kapitän Crawford. »Wir sind mit Ihren Taten befaßt.«

»Das verstehe ich, Sir«, sagte Phillip ruhig. »Sie beurteilen meine Taten, also werde ich keine Entschuldigungen vorbringen. Ich übernehme die volle Verantwortung für den Tod von Fähnrich O'Hara, den ich aus tiefstem Herzen bedaure.«

»Sehr gut, Commander Hazard. Haben Sie sonst noch etwas in eigener Sache vorzutragen?«

Phillip schüttelte den Kopf. Was gab es noch zu sagen, fragte er sich bedrückt.

Er wollte gerade wieder Platz nehmen, als Commander Danvers ihn scharf fragte: »Eine letzte Frage, Commander Hazard. Hatten Sie den Befehl, die russische Brigg *Constantine* zu nehmen, um den Auftrag zu erfüllen, das Fahrwasser vor Yenikale auszuloten und auszutonnen? Oder hatten Sie den Befehl, das mit Ihrer eigenen *Huntress* zu tun?«

»Ich ...« Phillip war auf diese Frage nicht vorbereitet und schnappte nach Luft, »mein Befehl lautete, das Fahrwasser auszuloten und zu betonnen«, antwortete er nach kurzem Zögern. »Und zwar wenn möglich, ohne dem Feind meine Anwesenheit zu zeigen oder den Zweck meines Unternehmens zu verraten und ohne unnötige Risiken für mein Schiff und die Besatzung einzugehen. Ich nahm also ... Ich traf die *Constantine* unerwartet im Nebel, entschied, daß ich meinen Auftrag am besten ausführen könnte, indem ich sie mit einer

Prisenbesatzung nahm und sie anstelle meines eigenen Schiffes einsetzte!«

»Und von dem Augenblick an«, fuhr Danvers unfreundlich fort, »handelten Sie auf eigene Verantwortung und interpretierten den Befehl, wie Sie wollten und sogar gegen ihn?«

Phillip nickte wortlos und ging steif zu seinem Stuhl zurück. Er nahm wahr, daß Danvers seine Argumente zusammenfaßte, aber er hörte nicht mehr bewußt zu. Auch James Frasers Plädoyer hörte er kaum. Dann erhob er sich, verneigte sich vor dem Gericht und verließ den Raum, eskortiert von John Macdonald. Das Gericht beriet sich, und Phillip betrat seine ihm zugewiesene Kabine, um auf das Urteil zu warten.

»Ich habe bestimmt verloren«, sagte er, als Fraser 20 Minuten später zu ihm stieß. »Und es ist ganz und gar mein Fehler, Sie haben alles getan, was Sie konnten.«

James Fraser schlug ihm beruhigend auf die Schulter. »Ja«, stimmte er zu, »Sie haben verloren, aber Sie müssen sich über die Art und Weise nicht schämen. Wie viele gute Männer vor Ihnen, werden Sie verdammt, weil Sie Initiative gezeigt und Ihre Handlungen nicht entschuldigt haben. Unter anderen Umstände, wenn es nicht um diesen türkischen Schuft ginge, würde man Ihnen eine Medaille an die Brust heften, statt ihnen einen Verweis zu erteilen.«

Phillip seufzte. »Glauben Sie ernsthaft, man wird mir einen Verweis erteilen?« fragte er ahnungsvoll.

»Lieber Himmel, mehr wird man Ihnen nicht anhängen können«, antwortete Fraser voller Überzeugung. »Und nicht mal das könnte man Ihnen geben, wenn ihre beiden Seeleute hier rechtzeitig eingetroffen wären. Ich habe gehört, im Asowschen Meer tobt ein schwerer Sturm, der wird sie aufgehalten haben.« Er lächelte. »Sie haben sich verdammt gut geschlagen, mein junger Freund. Ich verliere lieber mit Ihnen, als daß ich mit einem Burschen wie Kirkoff gewinne, glauben Sie's mir. Nun, ich muß mich noch um etwas kümmern, also sehe ich Sie gleich in der Verhandlung wieder. Man wird für die Urteilsfindung nicht viel Zeit benötigen, solange Kapitän Crawford damit etwas zu tun hat.«

Phillip dankte ihm und nahm abwartend Platz. Eine seltsame Ruhe überkam ihn. Er hatte keine Sorge mehr und fühlte sich nicht überwältigt. Das Schlimmste ist überstanden, sagte er sich, die Prüfung, die er gefürchtet hatte, war vorbei, und wenn Fraser recht hatte, würde Phillip das Kommando über die *Huntress* nicht verlieren. Das war seine größte Furcht. Mit einem Verweis konnte er leben, aber der Verlust seines Kommandos war eine ganz andere Sache.

Es klopfte an die Wand und John Macdonald trat lächelnd ein und erwiderte den Gruß des Postens an der Tür.

»Das war's, Phillip, mein Junge«, sagte er fröhlich, »wenn du so weit bist. Sie haben nicht viel Zeit verloren!«

»Bestimmt nicht«, sagte Phillip. Er erwartete es eigentlich nicht, fragte sich aber doch, als er in die geräumige Kajüte im Heck der *Hannibal* geführt wurde, ob sie wohl einstimmig ihr Urteil gefällt hatten. Er sah seinen Säbel, der während der ganzen Verhandlung quer auf dem Tisch vor dem Vorsitzenden gelegen hatte, jetzt mit seiner Spitze auf sich gerichtet. Seine letzte Hoffnung schwand. Man hatte ihn also für schuldig befunden, aber doch sicher nicht in allen Anklagepunkten ...

Instinktiv schaute er sich zu den sechs Beobachtern um. Sie alle vermieden seinen Blick, folgten ihm nicht einmal mit den Augen, und erst als er neben ihnen Platz nahm, entdeckte er zu seinem Entsetzen, wie der junge Mann aus dem Stab des Botschafters lächelte. Lieber Gott, das alles waren schlimme Vorzeichen.

»Ruhig, Phillip!« John Macdonald legte ihm flüsternd die Hand auf den Arm. »Hängen können sie Sie nicht!«

Das stimmte, mußte Phillip sich eingestehen. Er riß sich zusammen und wartete, äußerlich ruhig und kontrolliert, aber innerlich krank vor Ahnungen, und er spürte sein Herz gegen die

Rippen pochen, als er sich darauf konzentrierte, was man ihm sagte.

Die beiden ersten Klagen, die Kirkoff vorgebracht hatte, wurden abgewiesen. Die dritte wurde aufrechterhalten – nun, das hatte er sich selbst zuzuschreiben, als er die Verantwortung für O'Haras Tod auf sich genommen hatte. Er würde sie wieder übernehmen, wenn es sein müßte.

Aber dann hörte er ungläubig, daß zwei von drei Klagen Faruks als bewiesen galten. Das durfte doch nicht wahr sein, das konnte doch einfach nicht sein. Faruk war ein feiger Mörder, ein Schurke, der ganz offen über den Zweck seiner Anwesenheit in Yenikale gelogen hatte, und dennoch hatte ein Gericht aus britischen Kapitänen der königlichen Marine seine Beweise akzeptiert. Phillip holte Luft, meinte in einem Alptraum zu leben, und kalter Schweiß trat ihm auf die Stirn.

Seine Richter vermieden es, Phillip anzusehen, grimmig und ohne Lächeln. Er hörte das Urteil, das Blut pochte in seinen Ohren, und er mußte sich zusammennehmen, seine aufrechte Haltung nicht zu verlieren oder die Kontrolle über sich, die Phillip so deutlich vorgab.

Das Urteil des Gerichts lautete auf einen scharfen Verweis und den Verlust seines Kommandos. Kapitän Crawfords klare, kalte Stimme füllte die ganze schattige Kajüte, war wie das Todesläuten für alle Hoffnungen, die Phillip je gehegt hatte, alle Träume, alle Ziele. Er hatte die *Huntress* verloren ... Man würde sie sicher nicht einmal Graham lassen, dachte er dumpf. Das wäre wenigstens noch ein Trost gewesen. Er hatte für ein Kommando nicht das entsprechende Dienstalter. Man würde also einen anderen Kommandanten finden ...

»Dieses Gericht wünscht«, fuhr der Vorsitzende fort, »daß folgendes zu den Akten genommen wird: Der angeklagte Offizier ist zwar schuldig befunden worden, seine eigene Autorität überschritten und seine Befehle eigenmächtig interpretiert zu haben. Doch dieses Urteil beeinträchtigt in keiner Weise seine ganz außerordentliche, persönliche Tapferkeit, die hoffentlich bald ihre entsprechende Auszeichnung finden wird.«

Die Mitglieder des Gerichts verließen die Kajüte und nach ihnen Commander Danvers und die Beobachter. Zwei Schreiber sammelten Papiere auf dem Tisch ein und eilten dann ebenfalls davon. John Macdonald nahm rot vor Ärger den Säbel vom Tisch und half ihm, ihn wieder einzuhenken.

»Ich weiß nicht, was ich sagen soll«, sagte er unsicher. »Das war ja wohl die reinste Parodie. Gerechtigkeit für den Türken, soll der Hund an seinem eigenen Fleisch ersticken. Es würde mir nichts ausmachen, Faruk höchstpersönlich zu erschießen, Phillip. Um Gottes willen ...«

»Sie haben mich nicht gehängt«, sagte Phillip und bot ihm die Hand. »Ich verabschiede mich von Ihnen, John. Meinen ehrlichen Dank für alles, was Sie für mich getan haben. Sie waren die beste und rücksichtsvollste Eskorte. Und Sie ...«

»Papperlapapp«, explodierte Macdonald. »Danken Sie bloß mir nicht, Phillip. Ich habe überhaupt nichts für Sie getan. Kommen Sie in meine Kabine auf einen Drink. Sie steht Ihnen zur Verfügung.«

»Danke, aber lieber nicht. Das ist sehr freundlich von Ihnen, aber ich habe an Land zu tun. Wenn Sie mir bitte ein Boot besorgen, dann könnte ich bald drüben sein.«

»Natürlich. Aber mir tut das alles hier verdammt leid. Ich ...«

»Vergessen Sie's bitte«, sagte Phillip.

Sie gingen zu James Fraser, der ganz allein da stand und aus dem Heckfenster blickte. Er drehte sich um, als er sie kommen hörte. Dumpf meinte er: »Das Urteil muß erst noch anerkannt werden, ich werde mich an den Admiral wenden ...«

»Nein«, bat Phillip ihn. Sein Tonfall ließ keine weitere Diskussion zu. »Ich will kein Gnadengesuch. Lassen Sie das Urteil, wie es ist.«

»Er wird in jedem Fall die Papiere bekommen, Hazard. Als

Befehlshaber hat er das Recht zu entscheiden, ob er das Urteil bestätigen will oder nicht, also ...«

»Ich möchte kein Gnadengesuch, Fraser. Aber ich danke Ihnen aus vollem Herzen!«

Sie sahen sich einen Augenblick an, und der einstige Rechtsanwalt neigte sein graues Haupt. »Wie Sie wollen. Aber mein Cousin Angus wird es mir nicht so leicht nachsehen wie Sie, fürchte ich.« Er schüttelte Phillip lange die Hand und sah ihn dabei nicht mehr an. »Wohin gehen Sie jetzt?«

»An Land – zu meiner nächsten Aufgabe.« Phillip zwang sich zu einem Lächeln. »Ich bin froh, daß mir mein alter Kommandant, Kapitän Henry Keppel, schon eine Aufgabe angeboten hat. Er hat gerade das Kommando über die Marinebrigade übernommen und hat vorgeschlagen, daß ich mich freiwillig bei ihm melden sollte – ehe das Urteil des Gerichts vorlag. Also werde ich es sofort tun.«

»Gott mit Ihnen«, antwortete James Fraser und wandte sich ab, um sein Mitgefühl nicht zu zeigen.

9

Das Leben in der Marinebrigade war fremd und schien irreal, doch zu seiner eigenen Überraschung gewöhnte Phillip sich schnell und sogar freudig daran. Es gab ständig Kämpfe. Tag und Nacht feuerten die Kanonen immer wieder lange, es gab viele Ausfälle, und der Tod war nie weit weg.

Der Kapitän, der Ehrenwerte Henry Keppel, der für seinen kühlen Mut und für seinen Tatendrang bekannt war, war ganz in seinem Element.

Mit seinem eigenen Beispiel inspirierte er die Offiziere und Mannschaften, die er führte. Immer war er bereit, ihre Gefahren zu teilen, und schnell lobte er den Mut anderer. Er war keine fünf Fuß groß, rothaarig und besaß einen Charme, dem niemand widerstehen konnte. Nach nur ein paar Tagen als Kommandant der Marinebrigade hatte er den Respekt und die Zuneigung aller gewonnen. Die Männer bejubelten ihn, wo immer er auftauchte, und wären ihm überall hin gefolgt. Seine Ankunft hatte einen neuen Optimismus und Kampfesmut geweckt, und jetzt sprach man wieder vom Siegen, nicht mehr von einer Niederlage.

Das Lager der Marinebrigade lag am Kopf einer Schlucht zwischen den französischen Lagern und dem Hauptquartier des britisches Heeres in Kutor Karagatsch. Es hatte sein eigenes Feldlazarett, eine eigene Quelle mit gutem Wasser und einen Trockenraum für Kleider – ein wahrer Segen für die Männer, die bis auf die Haut durchnäßt nach einer Regennacht in den Batterien zurückkamen. Die sanitären Einrichtungen stammten vom früheren Kommandanten, Kapitän Lushington, und waren so gut, daß der allgemeine Gesundheitszustand der Männer ausgezeichnet war und Tod durch Krankheit viel seltener war, als in den Lagern das Heeres, wo man weniger Wert auf Hygiene legte.

Jeden Morgen mußten die Seeleute antreten, um unter Aufsicht ihrer Offiziere heißen Kakao oder Kaffee zu trinken. Zusätzlich zur regelmäßigen Ausgabe von Chinin und Limonensaft erhielt jeder Mann, der vom Einsatz zurückkehrte, eine heiße Suppe, die die Köche vorbereitet hatten.

Das Ergebnis waren eine ausgezeichnete Moral und Männer, die entschlossen ihre Aufgaben angingen. Ohne zu klagen bedienten sie ihre Kanonen – von den 32-Pfündern, die die Hauptbewaffnung von Kriegsschiffen darstellten, bis zu den gigantischen Lancaster-Kanonen, deren Reichweite 3600 Meter betrug. Sie reparierten zerstörte Stellungen und schleppten Kugeln und Granaten heran – oft genug ohne sich um das feindliche Feuer zu kümmern. Es war eine großartige Mannschaft. Phillip hatte sich anfangs von der Truppe fern gehalten, doch er empfand bald Stolz und Freude über sie. Er arbeitete so schwer wie sie, häufig sehr viel länger, und langsam ließ der Schmerz nach, den er nach dem Verlust seines Kommandos empfunden hatte.

Zu seiner Überraschung behielt Graham als diensttuender Kommandant die *Huntress*. Erfreut erfuhr Phillip, daß Graham zusammen mit anderen Schiffen des Asowschen Geschwaders an einem wichtigen Angriff bei Genitchi teilgenommen hatte. Graham hatte den Gegenangriff auf ein Landungskommando verhindert und war sofort befördert worden. Als diensttuendem Kommandanten hätte man ihm jederzeit einen anderen vorsetzen können, doch jetzt war seine Position sicher, und Phillip fand keinen Grund, seinem Bruder sein Glück zu neiden.

Endc August war Phillip schon ganz und gar in die täglichen Arbeiten der Marinebrigade involviert und kümmerte sich sonst um wenig anderes.

Die Nachricht, daß Pendletons Yacht *Feodora* vor Balaklava eingetroffen war, bewegte ihn nicht sehr. Er hatte zu Catriona keine weitere Verbindung aufgenommen. Als der gastfreundliche Kapitän Keppel im Lager ein Abendessen gab, zu dem auch ihre Arbeitgeber eingeladen worden waren, hatte er es vorgezogen, auf seinem Posten in der Batterie zu bleiben, statt der Einladung zu folgen. Keppel, der häufig Schiffe besuchte, die seine Freunde führten, und dort aß, hatte zu Phillips heimlicher Erleichterung aufgegeben, ihn um seine Begleitung zu bitten. Einfühlsam wie er war, hatte Henry Keppel sich entschieden, Phillip seine eigene Lösung bei den Kanonen finden zu lassen.

»Sie sind jetzt verbittert, Phillip«, sagte Keppel. »Und sicher aus guten Gründen. Man hat Sie zum Sündenbock gemacht und Ihnen keine Gerechtigkeit widerfahren lassen. Aber aus Ihrer Sache kann man eines lernen: Im Leben gibt es leider wenig Gerechtigkeit. Wenige kriegen den verdienten Lohn, und viel zu wenige kriegen die Strafe, die sie verdient hätten. Nehmen Sie beides, wie es kommt, mein Junge. Verlassen Sie sich auf Gott, und bleiben Sie sich selber treu, wie es so schön heißt. Mehr kann man nicht tun. Wie auch immer, es wäre schon ein schlechter Wind, der keinem gut tut. Ich bin jedenfalls froh, daß ich Sie habe. Und Sie werden nicht bereuen, bei unserem letzten Angriff und dem Fall Sewastopols dabei zu sein. Sie werden mitten drin stecken, wie es sich für einen Kämpfer gehört, und dann werden Sie wissen, daß Sie Ihre Aufgabe erfüllt haben, diesen Krieg zu beenden.«

Dieser letzte Angriff war nun in aller Munde, in den Messezelten wie in den Batterien. Jeder glaubte, er würde bald beginnen und dieses Mal erfolgreich sein. Die Franzosen hatten ihre Gräben bis zu den Verhauen rund um den Malakoff-Turm vorgetrieben, sie waren kaum noch 30 Schritte von dem Graben entfernt, der ihn umgab. Über 200 britische Kanonen, 50 von ihnen von der Marinebrigade, konnten den Feind beschießen. Es hieß, die Russen konstruierten eine schwimmende Brücke vom Süden des Hafens aus. Man war geteilter Meinung über deren Zweck. Einige Offiziere der Alliierten glaubten, über sie sollten Truppen und Munition im Fall eines Angriffs herangeführt werden. Andere meinten, der Feind bereite den Rückzug aus der Stadt vor. Zu diesen gehörte Admiral Lyons.

Phillip war sich nicht ganz sicher, er fand es vor allem schwer verständlich, daß die Russen nach ihrem heroischen Widerstand Sewastopol einfach aufgeben wollten. Doch er freute sich wie alle anderen, als Kapitän Keppel seine Offiziere versammelte und ihnen sagte, daß am 5. September eine Beschießung beginnen sollte, die zwei Tage dauern würde.

»Wenn wir genügend Schaden in den Verteidigungsanlagen anrichten, wird der Angriff stattfinden, meine Herren«, sagte er mit blitzenden blauen Augen. »Es gab gestern einen großen Kriegsrat, und ich hörte, daß die endgültige Entscheidung am 7. September fällt. Ich kann nur hoffen, daß die Entscheidung positiv ausfällt, denn dies könnte die letzte Gelegenheit sein, Sewastopol vor Beginn des Winters zu nehmen. Der Plan sieht vor, daß die Franzosen den Malakoff-Turm ungefähr um halb zwölf angreifen. Unser Signal, den Redan zu stürmen, ist die französische Trikolore, die auf dem Malakoff-Turm wehen wird. Wie schon früher, werden wir Einheiten mit Leitern ausrüsten, die mit der ersten Welle der angreifenden Truppen vorgehen. Doch unsere Hauptaufgabe ist es, die Verteidigung des Redan zu zerschlagen. Ich bin überzeugt, das wird uns gelingen. Wenn wir's nicht schaffen, müßten wir einen zweiten Winter auf dem Hochland zubringen – also stelle ich mir einen Mißerfolg gar nicht erst vor.«

Man jubelte, und als Keppel die Männer entließ, lächelten alle.

Am nächsten Morgen begann die Beschießung. Sie wurde verstärkt durch Brandraketen und Mörserfeuer von Schiffen in der Bucht von Strelitzka gegen die Quarantänebatterien und die feindlichen Linienschiffe, die im Hafen ankerten. Die Beschießung wurde zwei Tage lang fortgesetzt – mit sichtbaren Erfolgen. Verschiedene feindliche Schiffe wurden getroffen und brannten bis zur Wasserlinie ab. Der Malakoff und der Redan wurden so schwer getroffen, daß zum erstenmal in fast einem Jahr das feindliche Abwehrfeuer deutlich geschwächt wurde. Wie Kapitän Keppel angekündigt hatte, erfuhren die Männer der Marinebrigade, daß der Angriff wie geplant am nächsten Morgen beginnen würde.

»Die Franzosen werden mit vier Divisionen unter Führung von General Bosquet angreifen«, berichtete Keppel seinen Offizieren. »MacMahons Division wird zusammen mit den Zuaven den Angriff auf den Malakoff führen. Zwei andere werden gleichzeitig den Kleinen Redan angreifen. Mit Unterstützung einer sardischen Brigade werden sie versuchen, die Zentralbastion zu nehmen und dann nach rechts schwenken gegen die Flaggstaff Bastion dahinter. Die Vierte Division geht gegen den Curtain vor.« Er deutete dabei auf der Karte auf die verschiedenen Punkte des Angriffs. »Vom letzten teuren Angriff haben sie begriffen, daß eine Überfüllung der vordersten Parallelgräben den Angriffstruppen nur erlaubte, zu zweit oder zu dritt vorzugehen, und daß Nachschub sie nur schwer erreichte. Jetzt haben sie eine Straße gebaut, rund 50 Meter breit, die quer über alle Gräben verläuft. Zur Zeit kann sie der Feind dank der Schanzkörbe nicht erkennen. Die liegen nur in Position und können leicht verlegt werden, wenn der Angriff beginnt.«

»Und was ist mit unserem Angriff, Sir?« fragte Kapitän Moorsom, sein Stellvertreter, mit leichter Erregung. »Haben wir unsere Lektion auch gelernt?«

Henry Keppel seufzte. »Ich bin mir da nicht sicher«, gab er zu. »Es ist nicht meine Aufgabe, Entscheidungen des Oberkommandos an Land zu kritisieren. Wir schicken nur zwei Divisionen vor, General Codringtons Leichte, die eigentlich schon ausgeblutet ist, und die Zweite, die, wie Sie wissen, abgeschlagen wurde und hohe Verluste erlitt beim letzten Angriff auf den Redan am 18. Juni. Den beiden wurde die ›Ehre des Angriffs‹ zuteil, wie der Oberbefehlshaber es nennt, als Folge davon, daß sie die Batterien und die Gräben um den Redan so lange gehalten haben. Ihre Verluste wurden ausgeglichen durch neue Soldaten, die noch nie im Kampf gestanden haben. Man kann nicht erwarten, daß sie wie die Veteranen an der Alma kämpfen, die sie ersetzt haben.« Wieder seufzte der kleine Kapitän. »Wenn ich die Wahl gehabt hätte, meine Herren, hätte ich diesen entscheidenden Angriff Sir Colin Campbell und der Hochlandbrigade überlassen, die immer noch sehr viele erfahrene Veteranen hat. Und der Dritten Division, die durch Verluste kaum geschwächt ist. Aber wie entschieden wurde, werden beide nur als Reserve eingesetzt.«

Es gab zustimmendes Gemurmel, in das Phillip mit Überzeugung einfiel. Er hatte als Marineverbindungsoffizier bei Sir Colin Campbell an der Schlacht von Balaklava teilgenommen und hatte vor den Hochländern den größten Respekt und bewunderte ihren zähen, erfahrenen Kommandeur. Er kannte eine Maxime des Landkriegs: Truppen, die eine schwere Niederlage erlitten hatten, sollten möglichst lange nur in Reserve gehalten werden und nicht wieder in einer gleichen Operation eingesetzt werden.

Er lehnte sich vor, um die Karte zu studieren, die Henry Keppel zu ihrer aller Information ausgebreitet hatte. Der Redan, der so lange Ziel der Kanonen der Marinebrigade gewesen war, war ihm natürlich vertraut. Doch jetzt sah er ihn aus einem anderen Blickwinkel und mit anderen Augen – als eine Festung, die man durch einen Sturmangriff nehmen wollte. Infanteristen sollten mit dem Bajonett angreifen.

Der Redan war auf einem Weinberg etwa 300 Fuß über dem Meeresspiegel errichtet worden und hatte zwei Fassaden, jede etwa 70 Meter lang. Sie trafen sich in einem Winkel von 65

Grad. Seine Basis bildeten befestigte Erdwälle, vor denen sich ein Graben hinzog, etwa 20 Fuß breit und 14 Fuß tief. Über ihm erhob sich der Redan 15 Fuß, so daß er von der Grabensohle bis oben fast 30 Fuß maß. Man konnte ihn also nur mit Hilfe von Sturmleitern nehmen. Er wurde von mehr als 50 Kanonen verteidigt. Phillip wußte, daß einige in zwei Reihen gestaffelt waren und hinter gut konstruierten Schießscharten standen, mit Querwällen nach hinten.

Um den Redan zu erreichen, mußten die Truppen 200 Meter aufwärts stürmen und waren dabei feindlichem Feuer von Batterien rechts und links ausgesetzt und natürlich von denen ihres Ziels. Sie würden in Verhauen vorgehen aus gefällten Bäumen und geflochtenen Zweigen, 50 Meter vor dem Graben. Das ist eine schwierige Aufgabe auch für erfahrene Truppen, dachte er. Aber für nur halb ausgebildeten Ersatz, der noch nie im Kampf gestanden hatte ... Er seufzte wie Keppel vor ihm.

»Nun zum Angriffsplan, meine Herren«, fuhr der Kommandant der Marinebrigade fort. »Wie ich Ihnen vor ein paar Tagen sagte, ist das Zeichen für den Beginn unseres Angriffs das Hissen der französischen Trikolore auf dem Malakoff. Die Deckung übernehmen 200 Mann, die Leitern 320, den Angriff selber tragen 1000 Mann vor, 1500 sind erste Reserve. Die ...«

»Werden wir Truppen mit Leitern zur Verfügung stellen, Sir?« wollte ein eifriger junger Leutnant wissen.

»Die stellen die Leichte und die Zweite Division«, fuhr Kapitän Keppel fort, als sei er nie unterbrochen worden. Doch er wandte sich an den jungen Mann, der die Frage gestellt hatte, und lächelte ihn an: »Wie die Hochländer von Sir Colin Campbell bilden wir die Reserve. Wir brauchen eine Reserve von 50 Freiwilligen, alle anderen von der Marinebrigade bleiben an ihren Kanonen. Ich übertreibe nicht, meine Herren, wenn ich Ihnen sage, daß morgen unser präzises und schnelles Feuer einen entscheidenden Beitrag zum Erfolg des Angriffs leisten wird. Wir können natürlich nicht darauf hoffen, 50 feindliche Kanonen zum Schweigen zu bringen, aber wir werden so viele außer Gefecht setzen wie es in unserer Macht steht – mit Granaten und Kugeln.« Er gab dann präzise Befehle in bezug auf die Menge und die Verteilung der Munition. Dann wandte er sich an Phillip und sagte leise: »Habe ich Ihre Gedanken korrekt gelesen, mein Freund? Wollen Sie das Stigma eines Sündenbocks loswerden, das Sie seit kurzem so plagt?«

»Das ist mein Wunsch, Sir«, versicherte Phillip ihm. Seine Kehle schien ihm plötzlich so zugeschnürt, daß er Schwierigkeiten hatte, die rechten Worte zu finden. »Ich würde alles in der Welt für diese Gelegenheit geben.«

»Sie setzen dabei aber Ihr Leben aufs Spiel«, warnte ihn sein Kommandant.

»Das wäre kein zu hoher Preis, Sir!«

Keppel sah ihn von unten her musternd an. Dann nickt er. »Nein, ich glaube das auch nicht. Also werden Sie die Aufgabe bekommen, um die mich jeder meiner Offiziere bitten würde. Übernehmen Sie den Leitertrupp, Phillip. Suchen Sie sich 50 verläßliche Freiwillige, aber denken Sie dran, Sie sind die Reserve. Sie greifen nur an, falls die anderen Ihr Ziel nicht erreicht haben.«

»Aye, aye, Sir!« sagte Phillip dankbar und verschwand, um Männer zu finden.

Die Angriffstruppen sammelten sich am Abend und waren lange vor Tagesbeginn in ihren Stellungen. Anders als die Franzosen hatten die Briten keine versteckte Straße gebaut, ja nicht einmal einen ausreichenden Auftritt, um den Angreifern ein Vorgehen auf breiter Front zu ermöglichen. Die Männer kamen von Parallelgraben zu Parallelgraben nur durch Zickzackverbindungsgräben. Das war nachts einigermaßen verwirrend und ging oft nur im Schneckentempo voran. Als sie den fünften und letzten Parallelgraben erreichten, fanden sie sich gestoppt. Die Gräben ganz vorn, die nur 20 Reihen auf einmal aufnehmen konnten, waren bereits durch die Leitertruppen und die

Deckungstruppen besetzt, denen sie befehlsgemäß gefolgt waren.

Ein langes Warten war die Folge. Mut und die Geduld selbst der erfahrensten Soldaten wurden auf eine harte Probe gestellt. Viele der unerfahrenen jungen Soldaten zitterten vor Angst.

Endlich dämmerte der Morgen. Ein starker nördlicher Wind, der sich nachts entwickelt hatte, trieb Wolken mit klebendem Staub in die Gesichter der gedrängt wartenden Soldaten und trug erheblich zu ihrem Unwillen bei. Doch die britischen Batterien unterhielten ein heftiges und genaues Feuer, das die feindlichen Kanonen sowohl im Malakoff als auch im Redan nur sehr schwach erwiderten. Die Stimmung hob sich. Doch ein Offizier der 88er, der den ersten Angriff im Juni überlebt hatte, gestand Phillip vertraulich ein: »Die sind noch nicht zum Schweigen gebracht worden. Die wissen, daß wir angreifen werden, und sie sparen ihre Munition bis zu unserem Angriff.«

Um elf Uhr dreißig löste ein Hornsignal in den französischen Gräben den Angriff aus. General MacMahons Zuaven griffen großartig über 25 Schritte an und waren am Malakoff, ohne daß viel geschossen worden war. Der Rest der Division folgte und mit ihr die Artillerie zu ihrer Verstärkung auf der eigens gebauten Straße. Die Russen wurden überrascht, und ihr Widerstand war nur von kurzer Dauer. Als sie zurückgetrieben wurden, sah man die französische Trikolore auf den Festungswällen, und die wartenden britischen Truppen erhielten den Befehl zum Angriff auf den Redan.

Sie griffen in einiger Unordnung an, und das lag an den engen Laufgräben und Gräben, aus denen sie klettern mußten. Die bis dahin stummen russischen Kanonen nahmen sie jetzt mit einem mörderischen Feuer aus Traubengeschossen, Kugeln und Kartätschen unter Feuer. Ihre Hurrarufe, mit denen sie den Lauf über 200 Meter offenen Grund begonnen hatten, der sie von ihrem Ziel trennte, wurden erstickt. Die Gruppen, die die Leitern hatten, und die, die sie deckten, wurden dezimiert, lange ehe die Vorhut Schützenbrigade den Verhau erreichte. Die, die dem Feuer entkamen, wurden mit Musketen beschossen und von Kanonen, die auf der steilen Böschung en barbette standen. Eine Anzahl grün uniformierter Schützen der Schützen gelangte in den Graben und suchte Deckung, wo sie sie fand, in Granatlöchern oder hinter Felsen. Dort lagen die Männer, anscheinend durch den Kugelhagel paralysiert, der sie eindeckte, und waren nicht in der Lage weiter zu kommen. Ein paar feuerten mit ihren neuen Lee-Enfield-Gewehren sinnlos auf die Befestigungen über ihnen, aber die meisten lagen bewegungslos, das schwere Feuer hielt sie unten.

Nur etwa sechs der zwanzig Sturmleitern der Leichten Division erreichten überhaupt den Graben. Die anderen lagen auf dem harten, scharfen Gras, das das Vorfeld bedeckte, und die Leichen der Männer, die sie vorangetragen hatten, lagen um sie herum oder unter ihnen, von ihrem Gewicht zerschmettert. Als die erste Welle der stürmenden Truppe sich bereit machte, den Graben zu verlassen, wandte Phillip sich an seine wartenden Matrosen.

»Also los, Männer«, forderte er sie auf. »Jetzt sind wir dran. Folgt mir – aber nicht in dichten Gruppen und haltet eure Köpfe unten.«

Wegen des Kanonendonners konnten sie ihn kaum hören, aber sie verstanden ihn an seinen Gesten und dem erhobenen Säbel und gehorchten, ohne zu zögern. Jeweils acht Mann an einer Sturmleiter rannten los, hielten sich niedrig und schwiegen, weil sie ihre Luft brauchten und sich nicht gegenseitig anfeuern mußten. Sie hatten gesehen, was ihren Vorläufern widerfahren war. Rauch und Staub gaben ihnen einige Deckung, doch die russischen Kanonen waren exakt auf die offenen Flächen ausgerichtet, die sie zu überqueren hatten, und die Kanoniere brauchten weder zu zielen noch zu hören – sie mußten nur schießen und ihr Feuer aufrechterhalten.

Phillip stolperte wie ein Schlafwandler durch das Inferno,

stolperte immer wieder mal über einen toten oder verwundeten Soldaten auf seinem Weg, oder er wurde vom Druck explodierender Granaten herumgewirbelt. Noch ehe er 20 Meter zurückgelegt hatte, mußte er am Ende einer Leiter mit anpacken. Die Träger waren irgendwo im Rauch verschwunden, einem war der Kopf abgeschossen worden. Phillip bekam kaum noch Luft, war halb blind und überzeugt, daß jeder Atemzug in seinen gequälten Lungen der letzte sein würde. Nur der Instinkt trieb ihn voran und die feste Entschlossenheit, die Leiter ins Ziel zu bringen, denn dies hier war schlimmer, unendlich viel schlimmer als alles, was er bisher erfahren hatte. Das Feuer des Feindes kannte keine Pause, und Männer fielen wie Kegel, und er wußte, es würde an ein Wunder grenzen, wenn auch nur eine Leiter die steile Böschung erreichte.

Er hörte einen Schmerzensschrei hinter sich, drehte sich kurz um und sah, daß wieder jemand aus seiner Gruppe gefallen war, ein großer Stückmeistergehilfe, der ihn an Thompson erinnert hatte. Nun lag der auf dem felsigen, staubigen Boden und hielt sich ein zerschmettertes Bein. Jetzt waren sie nur noch zu viert, die wie betrunken unter dem Gewicht der Leiter vorantaumelten, statt zweimal so viele. Doch er entdeckte links neben sich zwei Gruppen – es war unglaublich, ihre Zahl war nicht vermindert. Er rannte weiter in den Qualm, hatte keine Ahnung, wie weit sie schon gekommen waren oder wie weit sie es noch hatten.

Dann sah er den Graben direkt vor sich, sah eine Gruppe Ingenieure wie Biber schuften. Ein Offizier leitete sie an, eine Rampe über den Graben zu errichten. Der Offizier grinste ihn an, seine Zähne glänzten weiß in seinem pulvergeschwärzten Gesicht, und er hob eine Hand zum Gruß.

»Die Königliche Marine, Gott segne Sie«, brüllte er. »Sie sollen die ersten sein, die unsere Brücke benutzen, Commander.«

Phillip grinste zurück, als er den beiden Gruppen zuwinkte, vor ihm her zu gehen. »Mir fehlen ein paar Leute«, sagte er atemlos, »ich wäre Ihnen dankbar, wenn Sie mir ein paar ausleihen könnten, damit ich die Leiter rüber kriege.«

»Ich werde selber zupacken«, sagte der junge Leutnant. »Meine Aufgabe hier ist Gott sei Dank beendet.« Er packte mit einer rauhen und blutenden Hand die letzte Runge der Leiter und rief Phillip ins Ohr: »Das sind hier keine richtigen Sturmtruppen, wie Sie sehen. Sie kommen tröpfchenweise an, einzeln oder in Paaren, betäubt oder paralysiert. Ihnen fehlt jeder Schwung und Elan, für die britische Soldaten im Angriff berühmt sind. Schauen Sie nur! Sie klammern sich an den Fuß der steilen Böschung, wo sie aus dem Feuer sind, und lassen ihre Offiziere allein durch die Schießscharten laufen.«

Er hatte recht, stellte Phillip beim Hochsehen fest. Er sah einen jungen Leutnant in der Uniform des 90ten Infanterieregiments, der auf Händen und Füßen sich die zerstörte Schräge hinauf gearbeitet, sich auf die Brustwehr geschwungen hatte und mit einem Hurraruf seinen Säbel in der Luft schwenkte. Aber keiner seiner Soldaten folgte ihm. Sie blieben einfach liegen, krümmten sich unter den überhängenden Schanzkörben der Kanonenschießscharten zusammen und bewegten sich nicht weiter.

»Es sind junge Soldaten«, verteidigte er sie. »Die meisten sind erst ein paar Wochen hier, und die armen Hunde haben die meiste Zeit in Gräben verbracht, wie ich hörte, und nichts weiter gelernt, als ihren Kopf unten zu halten.«

»Und warum hat man sie dann für diesen entscheidenden Angriff ausgesucht?« fragte der Ingenieuroffizier, ohne eine Antwort zu erwarten. »Möge Gott dem Verantwortlichen diese Entscheidung verzeihen.« Er seufzte, als Phillip und seine Männer die Leiter in die richtige Position schoben. »Sehr gut. Sie haben die Zahl, die wir bisher hatten, um 50 Prozent vergrößert. Vielleicht haben ein paar dieser armen Grabenratten den Mut, hier hochzuklettern. Ach, übrigens, ich heiße Ranken, George Ranken.«

»Und ich heiße Hazard. Meinen Sie, wir brauchen noch mehr Leitern?«

»Die, die wir hier haben, werden nicht eingesetzt«, sagte Leutnant Ranken. »Aber hier kommen die 88er, vielleicht war unsere Mühe nicht vergebens, Commander.«

Die 88er waren ein irisches Regiment. Es hatte sich in den früheren Schlachten an der Alma und bei den Inkermann-Höhen ausgezeichnet, und erwartungsvoll sah Phillip, wie ein Trupp von etwa 60 Mann aus dem Rauch auftauchte und über die Rampe gelaufen kam, von zwei jungen Offizieren geführt. Beide erklommen die nächsten Leitern, ohne Atem zu holen, aber nur etwa ein Dutzend Männer und ein grauhaariger Sergeant mit einer blutenden Brustwunde folgten ihnen. Alle anderen suchten wie auf Verabredung am Fuß der Schräge Dekkung. Als einen Augenblick später der Sergeant mit einer neuen Wunde stürzte und stöhnend zwischen ihnen liegen blieb, rannte Phillip hinüber und zog ihn in Deckung. Zwei von den Matrosen meldeten sich freiwillig, um den Mann nach hinten zu bringen zum Verbandsplatz. Die Männer des Regiments regten sich nicht.

»Sehen Sie!« meinte Ranken bitter. »Und nicht nur unsere Männer benehmen sich so. Die Franzosen haben den Malakoff auf großartige Weise genommen und scheinen ihn auch zu halten, aber sie wurden zweimal vor dem Kleinen Redan zurückgeworfen, hörte ich. Und mit eigenen Augen habe ich eines ihrer Regimenter Hals über Kopf von der Central-Bastion fliehen sehen, gerade eben, ehe Sie hier eintrafen.« Zornig wies er auf die steile Böschung über ihnen und auf die Soldaten in roten Jacken, die sich – Gesicht auf der Erde – an den unteren Teil klammerten. »Sie würden auch wegrennen, aber sie fühlen sich hier sicherer als in dem Sperrfeuer hinter sich. Um Himmels willen, wo sind unsere Verstärkungen? Wir werden die Ecke nie nehmen mit diesen Hasenherzen!«

»Die Verstärkungen und die Reserven müssen 1000 Meter in

einer Linie durch Zickzackgräben und Parallelgräben zurücklegen, ehe sie angreifen können«, erklärte Phillip und erinnerte sich an die Befehle, die vor ein paar Stunden ausgegeben worden waren. »Um diese Zeit sind die hoffnungslos verstopft, fürchte ich, denn die Verwundeten werden auf den gleichen Wegen zurückgebracht.«

Der Ingenieuroffizier stöhnte. »Für diese großartige Organisation können wir unserem Generalstab auf Knien danken, nehme ich an. Keiner von denen kommt auch nur in die Nähe solcher Gräben. Diese Goldfasanen! Der einzige, den ich hier je gesehen habe, ist Henry Clifford, General Cordingtons Adjutant, ein sehr zupackender und tapferer Offizier. Zum Teufel noch mal, wir erleben den 18. Juni zum zweitenmal, nur diesmal werden die Ausfälle noch höher sein.« Er hielt inne und wischte sich die Stirn. Ein Sergeant, ein braungebrannter nicht aus der Ruhe zu bringender Veteran kam und meldete, die Rampe sei sicher und ordnungsgemäß errichtet worden.

»Gut«, sagte er. »Sammeln Sie Ihre Männer, Sergeant, und bereiten Sie Ihren Rückzug vor. Wir ziehen uns auf die Steinbrüche zurück.«

Phillip schaute auf seine eigene gezeichnete Truppe, die jetzt nur noch aus ganzen 15 Mann bestand. Sie waren nur mit Entermessern bewaffnet. Leutnant Ranken, der offenbar Phillips Gedanken lesen konnte, schlug vor, sie mit den Verwundeten nach hinten zurück zu schicken. »Bringen Sie sie in die Steinbrüche. Das ist näher, sie haben nur etwa 50 Meter ungedeckt zurückzulegen. Wir können hier nichts mehr tun, Hazard. Niemand kann das, bis Verstärkung kommt. Falls die überhaupt kommt. Ich nehme meine Männer zurück. Sie haben alles getan, was ihnen befohlen wurde – und mehr. Es sind sehr gut ausgebildete Männer, es ist unsinnig, sie töten zu lassen. Das gleiche gilt sicher auch für Ihre Leute!«

Natürlich, dachte Phillip. Obwohl jetzt Träger auftauchten, waren es viel zu wenige, die sich um all die Verwundeten kümmern konnten. Seine Männer könnten sich hier sehr nützlich machen ...

»Sir, schauen Sie mal dahin, Sir!« Ein blonder Hüne, Oxtoby, deutete erregt auf die britischen Gräben.

Phillips Herz hob sich vor Stolz, als er in dem wabernden Rauch eine Linie rotberockter Infanterie mit aufgepflanzten Bajonetten vorgehen sah, in festen Linien.

»Die Füsiliere«, rief Ranken. »Die 23er, so muß man in die Schlacht gehen. Das ist der richtige Anblick, die gehen vor, als seien sie auf dem Paradeplatz.«

Ihr Kommandeur führte sie und kümmerte sich nicht um den Laufgraben. Das hätte sie nur tröpfchenweise herangeführt, worüber Ranken geklagt hatte. Die 23er kamen aus dem ersten Graben als Regiment. Beim Überqueren der ungedeckten Fläche hatten sie dasselbe schwere Feuer auszuhalten wie ihre Vorgänger, aber sie schwankten nicht. Sie verloren dabei natürlich Männer, aber ihre Reihen schlossen sich wieder, und sie hielten ihre Formation, bis sie den Graben erreicht hatten. Als sie dort angekommen waren und von ihren Offizieren angefeuert wurden, überquerten sie ihn, rückten auf die Sturmleitern vor, stiegen auf die Brustwehr, immer noch als zusammenhängende Einheit, sprangen herunter und über ihn hinweg und waren mitten im Redan. Ein paar Männer, die sich an die Schanzkörbe klammerten, bewegten sich, ihrem Beispiel entsprechend, und folgten ihnen. Phillip wechselte einen kurzen Blick mit dem Ingenieurleutnant.

»Sollten wir ihnen nicht Verstärkung bringen?« fragte er, und Ranken nickte.

Kampflust funkelte in seinen Augen. »Das haben die verdient«, stimmte er zu. »Aber meine Männer werde ich in die Steinbrüche schicken. Es sind keine Infanteristen.«

Er rief seinem Sergeanten einen entsprechenden Befehl zu, doch ehe Phillip das gleiche tun konnte, stand Oxtonby mit gezogenem Entersäbel neben ihm.

»Wir bleiben bei Ihnen, Sir«, sagte er fest. »Wir alle – wir haben diese verdammten Leitern nicht umsonst hierher geschleppt, Sir.«

15 Matrosen folgten Phillip, der auf die Brustwehr kletterte. Dabei brüllte er, so laut er konnte, den vereinzelt liegenden Infanteristen zu, mitzukommen. Der eine oder andere tat das, aber die meisten schienen so im Schock, daß sie ihn nicht einmal hörten. Da kroch barhäuptig ein junger Hornist der 55er an ihm vorbei und stellte sich, ohne sich um seine Sicherheit zu kümmern, auf die zerstörten Sandsäcke ganz oben auf der Brustwehr und blies das Angriffssignal.

»Guter Mann«, rief ihm Ranken heiser zu, »verdammt guter Mann!«

Im Redan war alles zerstört, und Phillip war entsetzt über das, was er sah. Überall wohin er blickte, lagen Tote, und die Männer des tapferen 23. Regiments waren schließlich durch das fürchterliche Kreuzfeuer eines Feindes zum Halt gebracht worden, den sie nicht sehen konnten.

Die Russen schützten starke Verteidigungsanlagen, und sie hatten genügend Munition. Musketenkugeln, Granaten, die mit brennenden Zündschnüren von Hand geworfen wurden, und Schrapnell aus Kanonen, die jetzt nach innen feuerten, hagelten auf die rotberockten Infanteristen nieder, bis die Toten die Ecke bedeckten. Hier und da kämpften einzelne Gruppen verzweifelt von Mann zu Mann gegen russische Infanteristen, die als Verstärkung herangeführt worden waren. Aber wie gut sie auch ihre Bajonette benutzten – sie wurden stetig und erbarmungslos zurückgetrieben.

Es lagen genügend Waffen herum, und Phillip signalisierte seinen Männern, Musketen zu ergreifen, und so konnte er eine Salve feuern, die die Besatzung einer Messing-Kanone niedermähte, die fürchterlich mit Traubengeschossen in einer Gruppe Infanteristen gewütet hatte, während die sich zu einem Quadrat formiert hatte, um sich zu verteidigen. Aber es gab keine weitere Munition, und nachdem die Infanteristen ihre Taschen geleert hatten, konnten sie nur noch die Bajonette einsetzen.

Und nun breitete sich langsam Panik aus, denn mehr und mehr feindliche Reserven strömten aus verborgenem Schutz und traten gegen sie an. Als die Angreifer sahen, daß sie zahlenmäßig weit unterlegen waren, flohen die jungen Soldaten zurück, woher sie gekommen waren, und warfen sich in blinder Furcht über die Brustwehr. Russische Scharfschützen feuerten aus der Sicherheit ihrer Schießscharten und trafen die, die sich auf der zerschossenen Schräge noch halten konnten. Offiziere, die den ungeplanten Rückzug ihrer Männer decken wollten, starben zu zweit oder zu dritt oder in kleinen tapferen Gruppen, als sie sich nicht ergeben wollten.

»Die Sache ist hoffnungslos, Commander Hazard«, japste Ranken und packte Phillip an der Schulter, als sie zurückgedrängt wurden. »Der Feind bringt frische Reserven, und wir haben keine!« Er deutete mit seinem zerbrochenen blutigen Säbel auf einen dichten Zug russischer Infanteristen, die, während er noch sprach, sich ausbreiteten und in die Reste einer Füsilierkompanie feuerten und sich dann hinknieten, um nachzuladen. »Wir versuchen besser einen geordneten Rückzug, falls wir das überhaupt noch schaffen!«

Phillip hatte für Worte keinen Atem mehr und nickte nur zustimmend. Er versuchte zusammenzuhalten, was von seiner Gruppe übriggeblieben war, und sie zogen sich zur Brustwehr zurück und kämpften gegen russische Bajonette mit allem, was ihnen in die Hände fiel. Der riesige Oxtonby war ein Fels in der Brandung. Er schlug tapfer um sich, zuerst mit dem Kolben eines neu ausgegebenen Lee-Enfield-Gewehrs, dann mit seinem Entermesser und schließlich mit nackten Fäusten. Ein Grinsen erhellte sein rundes Mondgesicht, das erst verschwand, als ihn ein Granatsplitter in der Brust erwischte.

»Das war's, Sir«, flüsterte er, als Phillip neben ihm kniete.

»Aber es hat sich gelohnt ... Ich bekam genug für mein Geld, lieber Himmel, wirklich.«

Sekunden später war er tot, und wunderbarerweise kehrte das Lächeln auf seine schwarzen, blutbefleckten Lippen zurück, während sein Körper auf den Boden sank.

Es schien Phillip ein halbes Leben später, als er neben Ranken und vier Seeleuten in den Graben am Fuß der steilen Böschung rutschte. Die Rampe war verschwunden, und der Graben lag voller Männer, nur einige lebten noch, die meisten waren tot. Irgendwie gelang es ihnen, sich frei zu strampeln und sich auf die andere Seite zu ziehen, ehe eine Lawine aus Erde, zerschmetterten Schanzkörben und zerbrochenen Leitern die Schräge hinunter rollte und den Graben mit erstickendem Staub und neuen Toten füllte.

Zwar hatte das Kanonenfeuer aus dem Redan nachgelassen, aber der ungedeckte Abschnitt lag noch unter Musketenfeuer feindlicher Reserven, und eine Batterie, aus der die Franzosen zurückgeworfen worden waren, wie Phillip sich dumpf erinnerte, setzte ihr tödliches Feuer aus Kugeln und Granaten fort.

Phillip versuchte mit ungefähr 100 Männern den offenen Grund zu überqueren. Ihm war, als schleppe er eine gewaltige Last mit sich, er konnte immer nur einen oder zwei Schritte voran stolpern, dann mußte er wieder Luft holen und folgte allen anderen und konnte nur hoffen, daß die Richtung stimmte.

Er verlor Ranken aus dem Blick und schien manchmal ganz allein zu sein, bis eine zweite Welle fliehender Männer ihn einholte und an ihm vorbeirannte. Doch er versuchte erst gar nicht, schneller zu werden. Wie ein Schwarm wütender Bienen surrten Musketenkugeln über seinem Kopf, gelegentlich explodierte eine Granate, und die Erde um ihn herum war an unzähligen Stellen aufgerissen wie von Pocken, doch er fühlte sich seltsam unbewegt, ganz und gar furchtlos und gab sich nicht mal Mühe, die Löcher, die vor ihm in der Erde erschienen, zu umgehen. Es schien, als habe all das, was er im Angriff auf den

Redan gesehen und erfahren hatte, ihn immun gemacht gegen ganz normale menschliche Gefühle wie Furcht, Haß oder Mitleid. Ja selbst sein Überlebensinstinkt schien ihn verlassen zu haben.

Er rannte an Verwundeten vorbei, die um Hilfe oder Wasser baten oder um die Kugel, die ihrem Leiden ein Ende setzen sollte. Er war taub gegenüber solchen Wünschen. Doch einem jungen Leutnant, der auf ein Gewehr gestützt mit zerschmettertem Bein nach hinten hinkte, bot er seinen Arm und gab ihm, ehe sie die ersten britischen Gräben erreichten, auch Wasser aus seiner Feldflasche. Erst als der junge Leutnant ihm schluchzend dankte, nahm er ihn bewußt wahr, und erst als ihn jemand am Grabenrand von seiner Last befreite, sah er, daß er einen seiner Männer auf dem Rücken zurückgeschleppt hatte, ohne sich erinnern zu können, wo er ihn aufgenommen hatte.

»Er ist tot, Sir, leider«, sagte der Soldat, der ihm half, bedrückt.

Phillip starrte ihn hohläugig und erstaunt an, begriff weder seine Worte noch ihre Bedeutung.

»Wer ist tot?« fragte er heiser und erstickte fast am Staub.

Der Soldat deutete auf den Körper, der vor seinen Füßen lag: »Die Blaujacke, Sir, der Mann, den Sie mitgeschleppt haben. Glatt durch den Kopf geschossen, armer Hund, klarer Durchschuß. Ich glaube, Sie sind auch am Kopf getroffen worden, Sir. Ich bringe Sie besser zum Verbandsplatz. Er ist nicht weit weg, und die meisten Verwundeten hat man schon nach hinten transportiert, also müssen Sie nicht lange warten.«

Stunden später begann Phillip mit verbundenem Kopf und ohne Schmerzen zu fühlen den Rückweg zum Lager der Marinebrigade. Er war immer noch im Schock und müder und erschöpfter, als er sich je im Leben gefühlt hatte.

Als er langsam den ausgetretenen Pfad entlang trottete, überraschte ihn mit ihrem Krachen eine gewaltige Explosion, die von südlich des Hafens zu kommen schien. Eine zweite folgte ihr, und plötzlich wurde der Himmel durch eine Reihe lebhafter Blitze erhellt. Flammenzungen loderten überall in der Stadt auf. Er vergaß seine Erschöpfung und rannte eine Anhöhe hinauf und entdeckte, daß die ganze Vorstadt Karabelnaya in Flammen stand.

Jetzt waren auch Explosionen auf den ankernden Schiffen zu hören, und in stummem Staunen sah er, wie nacheinander die russischen Linienschiffe erster und zweiter Ordnung, einst der Stolz der russischen Schwarzmeerflotte, in Flammen aufgingen. Er sah, wie die *Zwölf Apostel* Feuer fing, dann die *Sviatolaf* mit ihren 84 Kanonen, dann die großartige *Großfürst Konstantin* mit 120 Kanonen und schließlich sogar noch der kleine Dampfer *Vladimir*, der während der Belagerung oft tapfer gegen die britischen Fregatten gekämpft hatte. Ihre Magazine explodierten. Zerschmetterte Rahen und Masten stiegen in die Luft und wurden von dichten Rauchwolken geschluckt, die langsam die brennende Stadt einhüllten. Die Brände dort wurden stärker und erreichten alles, was ihnen im Wege lag. Häuser, Werftgebäude, hohe Kirchen, die großen Bastionen und Forts, die ein Jahr lang dem Beschuß widerstanden hatten, alle gingen in einer Flammenhölle auf, die jene geschaffen hatten, die sie so beharrlich zu verteidigen wußten.

Phillip holte tief Luft und traute seinen Ohren nicht, als er eine Explosion aus dem Redan hörte. Träumte er, fragte er sich, war dies ein Teil eines früheren Alptraums? Der Angriff auf den Redan hatte so viele Leben gekostet, und er hatte ihn für einen unrühmlichen Fehler gehalten. Dieser Angriff mußte Erfolg gehabt haben – aber wie? Phillip glaubte zu träumen. War er nicht auch einer, der vor dem Blutbad geflohen war, den endlose graue russische Reserven zurückgetrieben hatten? Warum, zum Teufel, gaben die Sieger den Platz auf, an dem sie gesiegt hatten?

Phillip war sich nicht sicher, ob es ein Traum oder die Wirklichkeit war, die er hier erlebte, und kehrte auf den Pfad zurück.

Als der Morgen dämmerte, erreichte er das Lager der Marinebrigade. Er hörte Jubel im Messezelt und fing an zu laufen, und sein Herz schlug plötzlich schneller.

Da stand Kapitän Keppel zwischen den meisten seiner Offiziere. Einige trugen Mäntel über ihrer Nachtkleidung, weil sie offenbar gerade geweckt worden waren. Sie sahen erleichtert und ungläubig zugleich aus, spiegelten etwas wider, was sie nicht begreifen konnten, obwohl sie es gesehen und gehört hatten.

»Sir Colin Campbell hat einen Offizier zu uns geschickt, meine Herren«, sagte der Kommandeur der Marinebrigade. »Er hat mir gemeldet, daß seine Männer in Sewastopol sind und dort keinen Widerstand mehr vorfinden. Die Feinde haben die Stadt aufgegeben und flieht mit aller Macht nach Norden. Sie haben dabei die schwimmende Brücke benutzt, haben vorher alle Magazine in Brand gesetzt, die Hauptgebäude der Stadt und die Schiffe im Hafen, soweit sich die nicht selber versenkten. Sewastopol oder was davon blieb, ist unser!«

»Und der Redan, Sir?« wollte Kapitän Moorsom wissen. »Ich hörte, der Feind soll ihn auch aufgegeben haben!«

»Das ist kein Gerücht, Sir«, sagte jemand eifrig. »Eine Patrouille der Schützen ist vor einer Stunde in den Redan eingedrungen. Er war verlassen – bis auf unsere Toten.«

Henry Keppel entdeckte jetzt Phillip und kam ihm mit ausgestreckter Hand entgegen. Erneuter Jubel erhob sich bei der Nachricht.

»Sehr gut, mein Freund!« sagte der Kommandeur laut. »Ich habe rühmen hören, wie tapfer Sie und ihre Leitertrupps sich geschlagen haben, aber mit solchen Verlusten, daß ich dankbar bin, Sie wieder hier zu sehen!« Er lächelte ihn warmherzig an und schüttelte ihm kräftig die Hand. »Lassen Sie mich Ihnen zuerst gratulieren!«

»Mir gratulieren, Sir?« wiederholte Phillip und mußte an den toten Oxtonby denken mit seinem verächtlichen Grinsen.

»Weil ich noch am Leben bin, deswegen, Sir? Weil ich ...« Er kam nicht weiter, denn die Luft wurde ihm knapp.

»Dazu natürlich auch, aber nicht nur deswegen.« Sein Lächeln wurde noch herzlicher.

»Der Admiral hat mich gebeten, Ihnen mitzuteilen, daß Sie einen neuen Tapferkeitsorden bekommen, den kürzlich Ihre Majestät gestiftet hat – das Victoria Kreuz, so wird er heißen. Die Empfehlung, die sein Sohn Jack ausgesprochen hatte, hat Sir Edmund an die Lords der Admiralität weitergegeben, und die haben sie akzeptiert. Angesichts dieser Tatsache hat man das Urteil, das das Kriegsgericht verkündete, überprüft und in einen einfachen Verweis verwandelt. Sie werden also wieder das Kommando über Ihr Schiff übernehmen. Ich muß Ihnen nicht sagen, wie sehr ich mich darüber freue, mein lieber Freund!«

Phillip war stumm. Er konnte kaum begreifen, was er da hörte, außer der einen Sache, die er vor allem hören wollte – daß er wieder sein Kommando über die *Huntress* antreten würde.

Schließlich fand er seine Stimme wieder. »Ich ... danke Ihnen, Sir. Wirklich, vielen Dank.«

»Sie müssen sich nicht bei mir bedanken, mein Freund«, versicherte ihm der Kommandeur. »Wenn Jack Lyons Sie nicht für den Orden vorgeschlagen hätte, hätte ich es heute getan, nachdem, was Sie jetzt geleistet haben – aber Sie haben ihn ohne meine Hilfe bekommen. Ihr Bruder wird sicher ein anderes Kommando übernehmen, Ihnen steht also nichts mehr im Weg. Und den Verweis wird man bald vergessen.« Er zog die Uhr aus der Tasche und sah sich im Zelt um. »Ich werde in zwei Stunden mit Sir Colin die Stadt inspizieren. Rasieren Sie sich, essen Sie was und kommen Sie dann mit! Danach können Sie auf die *Huntress* zurückkehren. Wir werden alle auf unsere Schiffe zurückkehren – in ein paar Tagen, habe ich erfahren, und darüber bin ich nun wirklich nicht traurig.« Mit seinen blauen Augen sah er Phillip an und sagte leise: »Gott sei Dank ist dieser Krieg nun fast vorbei!«

»Lieber Gott, ja«, antwortete Phillip aus tiefstem Herzen. »Möge es so sein, Amen!«

Langsam verließ ihn die Betäubung. Er beschloß, sich bei Catriona zu melden, falls die Yacht ihres Arbeitgebers immer noch in Balaklava liegen sollte, und sich für sein ungehöriges Benehmen entschuldigen. Und dann würde er wieder auf die *Huntress* gehen und die lange Heimreise vorbereiten ...

KARTEN

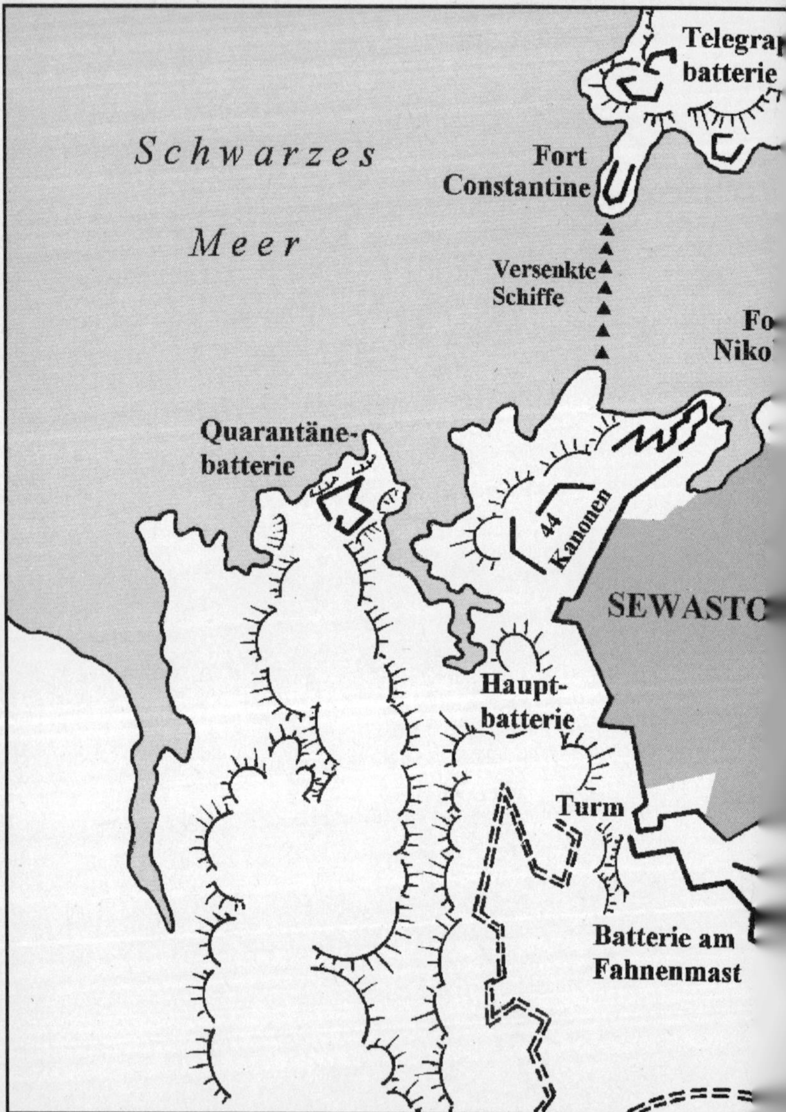
batterie
Schwarzes
Meer
Fort
Constantine
Versenkte
Schiffe
Quarantäne-
batterie
44
Kanonen
Haupt-
batterie
Turm
Batterie am
Fahnenmast

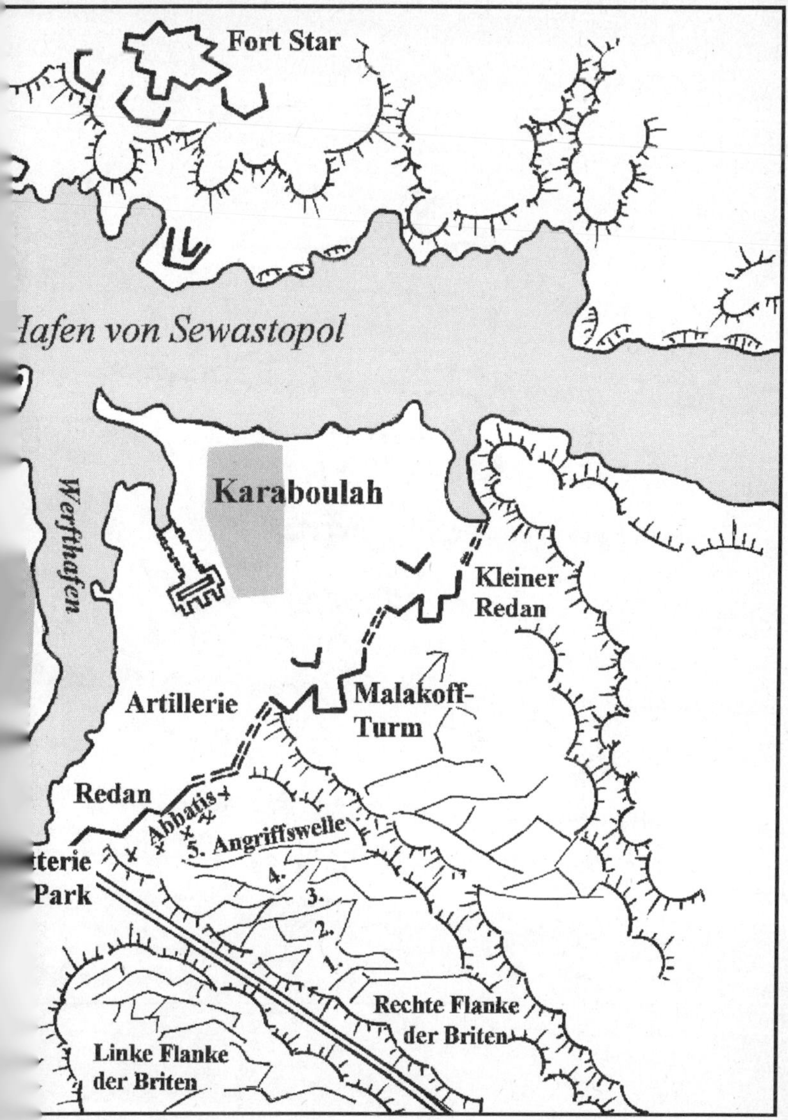

Fort Star
Hafen von Sewastopol
Karaboulah
Werfthafen
Kleiner Redan
Malakoff-Turm
Artillerie
Redan
Abbatis
5. Angriffswelle
4.
3.
2.
1.
tterie
Park
Rechte Flanke der Briten
Linke Flanke der Briten

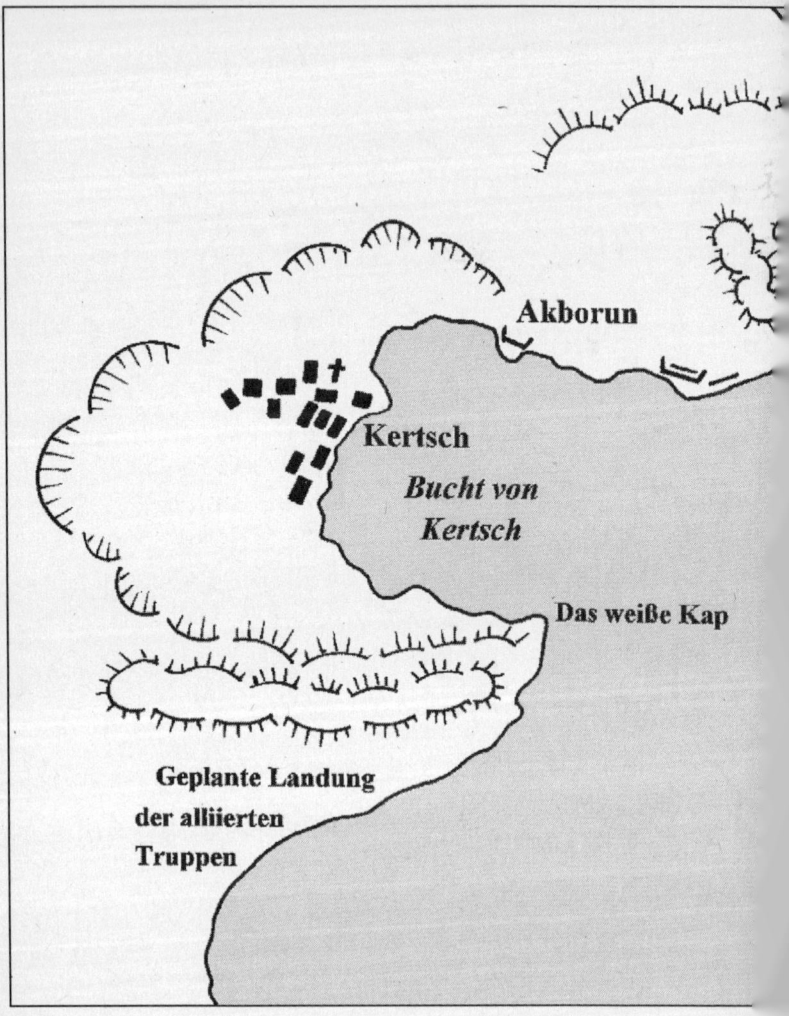
Akborun
Kertsch
Bucht von
Kertsch
Das weiße Kap
Geplante Landung
der alliierten
Truppen

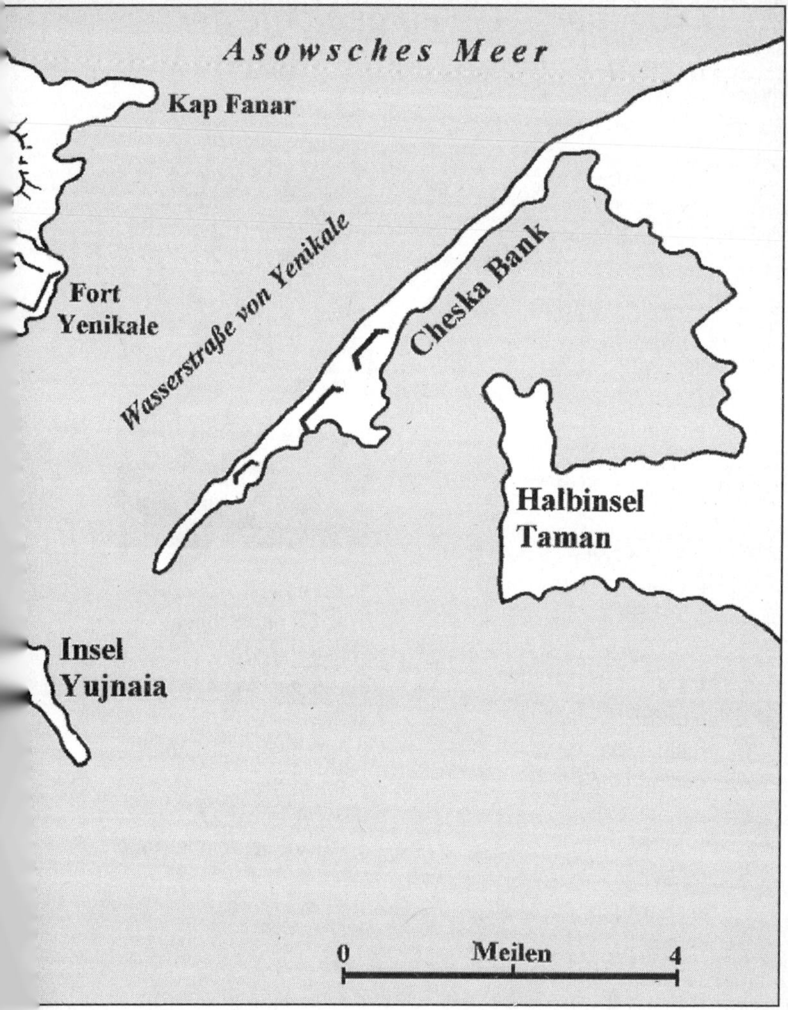
Asowsches Meer
Kap Fanar
Fort
Yenikale
Wasserstraße von Yenikale
Cheska Bank
Halbinsel
Taman
Insel
Yujnaia
0
Meilen
4